KB114126

올 스탯
슬레이어

올 스탯 슬레이어 8

비츄 장편소설

초판 1쇄 찍은 날 § 2016년 2월 5일
초판 1쇄 펴낸 날 § 2016년 2월 15일

지은이 § 비츄
펴낸이 § 서경석

편집책임 § 김현미

펴낸곳 § 도서출판 청어람
등록번호 § 제387-1999-000006호
등록일자 § 1999. 5. 31
어람번호 § 제1-2350호

주소 § 경기도 부천시 원미구 부일로 483번길 40 서경B/D 3F (우) 14640
전화 § 032-656-4452 팩스 § 032-656-4453
http://www.chungeoram.com
E-mail § chungeorambook@daum.net

ⓒ 비츄, 2015

ISBN 979-11-04-90633-6 04810
ISBN 979-11-04-90378-6 (세트)

올 스탯 슬레이어 8

FUSION FANTASTIC STORY

비츄 장편소설

도서출판 청어람

CONTENTS

올 스탯
슬레이어

CHAPTER 1

강남 스타일은 초신성 길드와 헤어졌다.

강남 스타일의 숙소. 이항순이 입맛을 쩝쩝 다셨다.

"인하 길드도 영국에 있다는 것 같던데요? 인하 길드랑 제휴 맺으면 킹왕짱인데."

그 말에 은영은 고개를 번쩍 들었다.

'현석이도 영국에 있다고?'

그 모습에 이항순이 킬킬대고 웃었다.

"은영아, 너 갑자기 왜 토끼 눈을 해? 서방님 보고 싶어?"

"그런 거 아니에요."

"아니면 아닌 거지 왜 화를 내? 봐주라. 나 플슬님한테 찍히고 싶지 않다."

은영은 항순을 흘겨보며 슬쩍 화제를 돌렸다.

"그럼 저희는 어디랑 제휴 맺어요?"

"글쎄. 지금 알아보고 있어. 그래도 뭐, 내일이나 모레 정도면 던전 슬레잉이 가능할 거야."

강남 스타일의 헬퍼 문영준이 인상을 살짝 찡그렸다.

"물갈이한다던 새끼들은 벌써 어디로 갔는지 코빼기도 안 보이네요."

"아마 우리 없이 어디선가 짐 떼기 하려고 하겠지."

"막아야 되는 거 아니에요?"

이항순이 어깨를 으쓱했다.

"우리가 굳이 나서서 막을 필요는 없죠. 우리가 성인군자 플 슬도 아니고. 언젠가 벌 받을 거요, 그 새끼들은."

*　　　*　　　*

욱현의 말에 종원이 깐죽거렸다.

"아니, 형님. 던전을 어떻게 뽀개요? 신뿌도 아니고."

신뿌는 '신전 부수기'의 준말로 종원이 가끔 하는 컴퓨터 게임의 이름이다. 종원의 말에 욱현이 흥, 하고 콧김을 내뿜었다. 그때, 현석이 말했다.

"던전 한 번 부숴볼까?"

이어 현석은 평화에게 말했다.

"평화야, 영국 유니온 측에 연락해서 지금 사람 없는 던전 없는지 알아봐 줘. 그리고 만약 없다면……."

평화가 방긋 웃었다.

"없으면 만들도록 할게요."

이 둘의 모습을 보며 명훈과 종원은 동시에 침을 꿀꺽 삼켰다.

저 예쁘고 아름다운 미소 뒤에, '정치력을 강하게 행사하겠다'라는 본심이 숨겨져 있다는 것이 무서울 정도였다.

"야, 명훈아. 평화 성격이 원래 저랬냐?"

"너도 방금 좀 무서웠지?"

"아마 쟤는 그런 자각도 없을걸. 현석이가 시켜서 신나서 하는 걸 거야."

"원래 아무것도 모르고 하는 게 제일 무서운 거 아니겠냐?"

평화가 방긋 웃으며 한국 유니온에 전화를 걸었다.

"네, 빈 던전 하나가 필요해서요. 영국 유니온에 얘기 좀 해주세요. 플래티넘 슬레이어의 요청이랍니다."

평화가 활짝 웃었다.

"오빠, 여기서 가까운 곳에 빈 던전 생길거래요."

말을 마친 평화가 묘한 눈길로 현석을 쳐다봤다. 그러자 활이 소리를 빽 질렀다.

―안 돼! 쓰담쓰담은 내 거야! 아무도 못 줘!

한바탕 소란 끝에 그들은 영국 유니온 측에서 급하게 마련해 준 밴을 타고서 영국의 Ely 지역으로 이동했다.

인하 길드가 상시 던전에 도착하기 몇 분 전, 마지막으로 클리어에 도전했던 팀이 빠져나왔다. 이제 던전 안은 텅텅 비었다. 공식적인 기록으로는 그랬다.

던전을 부숴 보려 한다는 현석의 말에 영국에서도 순순히 협조했다.

시험 삼아 해보는 거니, 정령석을 제외한 다른 아이템이 나온다면 영국 유니온에게 주기로 했다. 종원이 히죽 웃었다.

"하기야 힘 좀 있다고 남의 물건 막 부수고 빼앗고 그러는 건 좀 아니지. 플래티넘 양아치도 아니고."

던전에 도착한 현석이 물리 모드를 활성화시켰다.

＊　　　　　＊　　　　　＊

미국 유니온에서도 상황을 주시했다. 미국 유니온은 다른 건 몰라도 플래티넘 슬레이어의 행보는 최대한 감시하고 있었다. 지금 플래티넘 슬레이어는 독보적인 1위 슬레이어다. 그가 어떻게 행동하는지 파악하고 알아내는 것은 미국 슬레이어들의 실력 향상에도 엄청난 도움이 될 거라고 판단을 내렸다.

"크리스. 지금 플슬은 뭘 하려는 걸까?"

"아무도 들어오지 못하게 던전 주변을 통제하고 있습니다. 현재 저 던전은 비어 있답니다."

"왜 그렇지?"

"여태까지의 상황으로 미루어 보면… 결론은 한 가지 밖에 없어요."

"뭔데?"

"던전 자체를 슬레잉하려는 겁니다."

같은 시각.

현석이 주먹을 내뻗자 쾅 하는 거대한 소리가 났다. 그러나 던전은 꿈쩍도 하지 않았다. H/P바가 생성된 것도 아니었다.

"으……"

현석은 손을 탈탈 털었다. 멀찌감치 떨어지라고 했더니 100미터 이상 떨어진 명훈이 손나팔을 만들어 물었다.

"왜?"

그걸 옆에서 비웃은 종원이 핸드폰을 꺼내 현석에게 전화를 걸었다. 그 모습에 명훈의 표정이 굳었다.

"왜 그래?"

―반탄력이 장난이 아니네.

"너 대미지 리플렉팅 있잖아."

대미지 리플렉팅은 임팩트 컨트롤보다 두 단계나 높은 등급의 스킬이다. 임팩트 컨트롤을 최대한으로 활성화시켰는데도 불구하고 반탄력이 굉장히 크게 느껴졌다.

현석은 심호흡을 한 번 했다.

"후……"

다시 한 번 주먹을 내뻗었다. 쾅! 거대한 소리가 났다. 영국 슬레이어 볼튼은 입을 쩍 벌렸다.

놀랄 법도 했다. 현존하는 슬레이어들 중 누가 주먹으로 쳐서 저런 폭발음을 낸단 말인가. 소문으로 듣는 것과 실제로 보는 건 완전히 다르다. 전차 포탄 수준의 주먹을 실제로 보니 어안이 벙벙했다.

[내성 스탯이 저항합니다.]
[현재 내성 스탯 306.]
[저항에 실패합니다.]

[상태 이상. '스턴'에 빠져듭니다.]
[남은 시간: 58초.]

이건 예상하지 못했다. 몸이 움직이질 않았다.

'이건… 이것 나름대로 문제네.'

하종원이 핸드폰을 툭툭 쳤다.

"뭐야? 얜 왜 말이 없어? 아니, 근데 쟤 왜 안 움직이고 저러고 있어?"

다른 인하 길드원들도 고개를 갸우뚱했다. 그들은 현석이 스턴 상태에 걸린 걸 본 적이 없기에 더욱 어리둥절해했다. 하지만 영국 슬레이어 볼튼은 알아차렸다.

'스턴에 걸렸네.'

일반 슬레이어들은 스턴에 종종 걸리곤 한다. 보스 몬스터 레이드를 할 때 최소 수십 명이 팀을 짜는 데에는 다 이유가 있다. 현석이 여태까지 황당할 정도로 스턴에 안 걸렸을 뿐이다.

그렇게 1분이 지나고 현석이 수화기에 대고 말했다.

"스턴에 빠졌어. 이거 반탄력 장난 아니네. 임팩트 컨트롤도 소용없어."

―야 그럼 잘된 거 아니냐? 우리 어디 가서 좀 놀다 올까?

"아냐. 조금만 더 연습해 볼 거야."

현석은 간만에 신이 났다.

'옛날 생각나고 좋네.'

옛날이라고 해봐야 불과 1년 전이지만 수련 던전을 클리어할 때가 생각났다. 그땐 30일 동안 내내 석판을 두드려 스킬 레벨

업을 빨리 했었다.

그런데 예상하지 못한 때에 임팩트 컨트롤을 올려줄 수 있는 최적의 상대(?)를 만났다.

하지만 현석은 금방 끝내기로 했다. 던전은 세계 각처에 널려 있고 지금 중요한 건 정령석을 얻는 일이었다.

"다들 더 떨어져 있어. 회오리 쓸 거야."

현석은 상위 급 스킬을 사용하기로 했다.

'능력 봉인 해제.'

[봉인을 해제합니다.]
[1차 각성 상태 확인 완료.]
[블랙 등급 상급 체술 확인 완료.]
[사용 시간 판정.]
[24시간 동안 본연의 능력 사용이 허가됩니다.]

'세, 세, 세, 세상에……!'

볼튼은 너무 놀라 자신도 모르게 뒷걸음질 쳤다.

"오, 오 마이 갓……."

높이 30미터가 넘는 토네이도가 갑자기 던전을 감싸 안았다. 태풍 수준이라 해도 좋을 엄청난 강풍이 주위에 몰아닥쳤다.

주위의 나무가 뽑혀 나가고 흙먼지가 하늘 높이 솟구쳤다. 마치 해일이 몰아치는 듯한 거대한 풍음이 볼튼의 귀를 때렸다.

플래티넘 슬레이어의 공격은 거기서 그치지 않았다.

'광역 회오리.'

단일 회오리보다 크기가 작은 회오리 3개가 세 방향을 점하며 던전을 향해 몰아쳤다.

볼튼은 침을 꿀꺽 삼켰다.

'시, 신이시여……. 저, 저게 진정 인간이란 말입니까?'

그도 메이지는 많이 봐왔다. 그런데 그 어떤 메이지도 저 정도는 아니었다.

30미터 높이의 토네이도에 스톰 오브 윈드 커터의 사용으로 푸른색 바람 칼날이 회오리 사이로 수없이 날아들었다.

거기에 쿨 타임이 없는 윈드 커터도 기관총처럼 쏘아냈다. 순식간에 수천발이 흡사 장대비처럼 쏟아져 내렸다.

위성으로 이를 관측하던 에디는 찻잔을 떨어뜨렸다.

"야, 크리스야. 위성 고장 났니?"

크리스는 잠시 대답하지 못했다.

'우리가 파악한 능력치를 또 뛰어 넘었다. 도대체 또 언제 저렇게……'

플래티넘 슬레이어가 강해지는 폭은 이미 산정해 뒀다. 그의 성장 속도가 엄청나게 빠르다는 걸 감안해서 미리 데이터까지 만들어놓은 것이다. 그런데 이건 그 폭을 가뿐히 뛰어넘었다. 자신들의 예상보다 더 강해진 것이다.

'도대체 저 말도 안 되는 성장 속도는 뭐란 말이냐……!'

자연재해를 불러일으키는 슬레이어라니… 크리스도 예상하지 못했다.

"스톰 오브 윈드 커터의 상위 등급 마법이라 추정됩니다."

"저건 진짜 버그야. 버그가 아니고선 어떻게 설명이 안 돼."

"……."

"어떻게 저럴 수가 있어?"

"…다시 데이터를 파악해서 보고 올리겠습니다."

"알겠어, 알겠는데… 저 인간한테 데이터 같은 게 의미가 있을까?"

"……."

크리스는 간만에 말문이 막혔다. 비단 말문이 막힌 것은 그뿐만이 아니었다.

현석의 슬레잉 장면을 지켜보던 하종원이 말했다.

"쟤는 진짜 버그 캐릭터가 맞긴 맞지?"

언제나 현석의 편을 드는 평화도 반박하지 못했다. 저 모습을 보면 버그 캐릭터가 맞긴 맞았으니 말이다.

모든 사람들을 충격에 빠뜨린 현석은 회심의 미소를 지었다.

'됐다.'

던전에 균열이 생기기 시작한 것을 발견한 현석은 계속해서 공격을 퍼부었다. 던전의 자체 방어력은 상상을 초월하는 수준이었고 덕분에 시간이 오래 걸렸다. 그래도 결국 부수긴 부쉈다.

더 이상 놀랄 것이 없다고 생각했는데, 볼튼은 또 놀라 버리고 말았다.

'정말로 던전을 부숴 버렸어… 그것도 하드 던전을…….'

현석에게 알림음이 들려왔다. 현석도 2년간 슬레잉을 하면서 처음 듣는 업적 알림음이었다.

[상시 하드 던전을 파괴했습니다.]

[황당한 업적으로 인정됩니다.]
[업적 룰렛이 활성화됩니다.]
[업적 보상을 판정합니다.]

현석도 처음 듣는 업적이 인정됐다. '황당한 업적'이며 여태까지와는 다르게 '업적 룰렛'이라는 것이 활성화된단다. 도대체 이게 뭔가 싶어 고개를 갸웃하고 있는데 평화가 움찔했다. 세영도 빠르게 반응했다. 세영이 평화를 안아 들고 바람처럼 빠르게 앞으로 달렸다. 평화가 외쳤다.

"Ratio Heal!"

*   *   *

황당한 업적 보상으로는 '강한 망치'라는 것이 주어졌다. 강한 망치는 공격력도 보잘 것 없고 설명도, '아주 딱딱한 망치. 뭐든지 때릴 수 있다'라는 어처구니없는 설명만 되어 있었다.

현석이 '강한 망치'에 대해 곰곰이 생각하기도 전에, 평화가 외쳤다.

"Ratio Heal!"

그와 함께 'Fuck!' 소리가 들려왔다.

소리를 따라 고개를 돌린 현석의 눈앞에 이상한 상황이 펼쳐져 있었다.

아마도 한국인이라 짐작되는 남자가 영국인이라 추정되는 남자를 향해 검을 뺐고 있었고 평화가 그와 동시에 Ratio Heal을 펼쳤다.

평화 정도의 힐러가 일반 슬레이어에게 주는 Ratio Heal은 여벌의 목숨과 마찬가지였다. 아무리 H/P가 없어도 절대치의 10퍼센트만큼의 H/P를 무조건 채워주기 때문이다.

영국인을 공격하던 한국인 딜러 김석환은 잠시 패닉에 빠졌다.

'젠장… 뭐가 어떻게 된 일이냐?'

주위가 밝아진다 싶었는데 어느새 '던전이 파괴 되었습니다'라는 알림음이 들려왔고 정신을 차려보니 바깥이었다.

강남 스타일 길드에게는 몸이 아파 슬레잉을 할 수 없다고 해놓고서 몰래 던전에 잠입했다.

영국에 통보하지 않고 브로커를 통해 영국 길드와 제휴를 맺었고—역시 불법이고 그 와중에 뇌물을 많이 받았다—던전에 몰래 들어와서 공식 기록에 남지 않았던 거다. 그리고 '짐 떼기'를 하려던 참이었다.

'이렇게 된 거 목격자는 없애는 게 낫겠어.'

김석환이 빠르게 말했다.

"씨팔. 저 새끼들 다 잡아!"

어차피 전투 필드 내에서 사람을 죽이면 피도 안 난다. H/P가 없어지고 몬스터처럼 그냥 사라지게 된다. 다행히 이곳은 외딴곳이다. 사람도 없고 CCTV도 없다.

20여 명에 이르는 초신성 길드원들도 길드장이 무슨 말을 하는지 알아차렸다. 증거를 없애자는 소리였다. 초신성 길드원 중한 명인 유성식은 바지춤을 끌어 올렸다.

"좆같네. 내 차례였는데."

짐 떼기라고 해서 단순히 슬레이어를 죽이는 건 아니다. 여성 슬레이어가 있다면, 그리고 그 여성 슬레이어가 제법 반반하다면 강간도 서슴지 않았다. 어차피 던전 안에서 죽일 거니 증거도 남지 않았다.

유성식은 화가 제대로 났다. 간만에 그가 좋아하는 스타일의 여자를 만나서 잠깐이나마 즐거움을 느껴보려 했는데 갑자기 이상 현상이 발생했다.

슬레이어가 던전을 부쉈을 거라고는 생각하지 못했고 무슨 오류 같은 게 있는 건가 싶었다. 그런데 목격자들 사이에 보이는 여자들이 정말 예뻤다.

민서, 평화, 세영은 어디 내놔도 절대 꿀리지 않을 미인들이다. 유성식은 그중에서도 세영 같은 스타일을 제일 좋아했다.

'이왕 이렇게 된… 그런데 어디서 많이 본 것 같은 얼굴인데.'

과거 TV에 출연한 적이 있는 세영은 얼굴이 좀 알려지긴 했으나 세영의 얼굴을 정확하게 기억하는 사람은 드물었다.

'에이씨, 알게 뭐야.'

그냥 덮치고 보기로 했다. 가냘픈 것이 힘도 약해 보였다. 그런데 길드장인 김석환이 주무기인 검을 땅에 떨어뜨렸다.

"좆… 됐다……."

몇몇 길드원도 마찬가지로 망연자실한 표정을 지었다.

'하… 하종… 원……'

'좆 됐다.'

종원의 얼굴은 세영보다도 훨씬 더 많이 알려져 있다. 하지만 그들의 얼굴을 알아보지 못한 길드원들이 기세 좋게 달려들었다.

김석환도 정신을 차렸다.

'씨팔, 어차피 이판사판이다. 까짓 거 하종원이 강하면 얼마나 강하겠어? 우리는 숫자가 많다!'

숫자를 믿어보기로 했다. 짐 떼기는 엄연한 불법으로 전 세계에서 강력하게 규제하고 있다.

이걸 들킨 이상 이대로 보낼 수는 없다. 다행히 저쪽은 숫자가 적었다. 종원이 고개를 갸웃했다.

"쟤네 뭐해?"

명훈이 똑똑한 척했다.

"유현석 둘러싸고 인질잡기 놀이?"

"지금 유현석 개방 상태지?"

"응."

"물리 모드 펼친다고 안 했냐?"

"그랬지."

"그럼 숨 쉬면 죽을 텐데."

"비물리 모드 활성화했겠지."

상황은 세영에 의해 종결됐다. 어느새 쏜살같이 뛰어나간 세영이 상황을 깔끔하게 종결지었다.

그녀는 그녀만의 세심한 컨트롤로 남자들의 H/P를 3퍼센트 이하로 떨어뜨려 놓았다. 죽은 사람은 아무도 없었다.

'아차……'

그리고 현석의 눈치를 살폈다. 종원이 말했다.

"명훈아. 쟤 지금 현석이 눈치 보고 있지?"

"현석이가 예전에 사람한테 칼 쓰는 여자 매력 없다고 그랬잖아."

한편, 현석은 어깨를 으쓱했다. 세영이 눈치를 보고 있는 사실도 알고 있었다.

"잘했어."

"딱히 칭찬 같은 거 받고 싶었던 거 아냐."

세영은 도도하게 몸을 돌렸다. 그러고서 아마도 강간을 당했을 거라고 생각되는 영국 여성슬레이어에게 자신의 웃옷을 벗어 둘러주었다. 말은 통하지 않지만 세영의 행동은 분명 호의였고 여자 슬레이어는 울면서 'Thank you'를 반복했다.

성형이 말했다.

"슬레이어자격 영구 정지. 살인 및 강간, 특수 폭행 현행범으로 구속."

"잘됐네요."

"네가 공권력도 겸하고 있잖아."

슬레이어의 범죄에 관련해선 현석도 공권력을 일부 갖고 있다.

"네 덕분에 짐 떼기가 확연히 줄어들고 있어."

"그래요?"

현석 덕분에 짐 떼기가 급격하게 줄어들었다. 어쨌든 이번 일로 상위 모드 슬레이어는 하위 모드 던전을 부술 수 있다는 것이 밝혀졌다.

물론 현석처럼 혼자서 쉽게(?) 부술 수 있는 건 아니지만 어쨌든 가능했다. 이게 억제력으로 발동됐다.

던전 안에서 살인이 완전무결한 범죄가 될 수 없게 된 거다. 언제 던전이 파괴되어 현장을 들킬지도 모르니까. 실제로 던전을 파괴하든 말든 그건 중요한 게 아니었다. '들킬 수도 있다'가 중요했다. 그것만으로도 범죄율은 확연히 줄었다.

훈훈한 소식이 알려졌다.

〈타국 던전 슬레잉시, 무작위 검사에 동의 필수!〉
〈슬레이어 보호를 위한 전 세계의 협약.〉
〈한국 유니온과 플래티넘 슬레이어의 아름다운 제안.〉

타국 던전 슬레잉시, 비록 낮은 확률이지만 당국에서 던전을 파괴하는 것에 동의해야만 한다는 협약이 전 세계에 불어닥쳤다. 짐 떼기를 막기 위한 방편이었다.

"솔직히 플슬은 그거 필요 없잖아? 전 세계 최강자인데."

"그러니까 멋있는 거지. 그거야말로 노블레스 오블리주라고 볼 수 있지 않겠냐?"

"진짜 대박이다… 그 사람은."

이번 제안은 플래티넘 슬레이어가 아닌 한국 유니온의 제안이었다. 그런데 사람들은 살신성인의 슈퍼 히어로인 플래티넘 슬레이어가 그랬다고 생각했다.

"훈훈하네."

"그런 사람이 플슬이라서 진짜 다행인 거지."

그런데 훈훈한 소식과 더불어 끔찍한 소식도 하나 전해졌다.

〈한국발 아시아나 여객기 추락. 승객 300여 명 사망.〉
〈한국에 나타난 비행형 몬스터.〉

최초의 비행형 몬스터가 등장했다.

*   *   *

길이 약 8미터의 날개를 펼친 너비 약 15미터의 거대한 비행형 몬스터가 최초로 모습을 드러냈다.

이 비행형 몬스터는 도마뱀과 비슷한 형태를 가지고 있었으며 박쥐와 비슷한 박막 형태의 날개에 양 날개 중앙 부근에 세 개의 발톱을 가진 팔을 가지고 있었다.

눈은 퇴화된 것 같았고 다만 입이 굉장히 컸다. 입을 크게 벌리면 잇몸 사이에 숨어 있던 이빨이 드러나는데 그 길이가 무려 30㎝에 달했다.

한국에서 하와이로 향하는 비행기가 추락했고 승객 300명이 사망하는 안타까운 소식이 전해졌다.

한국에서는 레드 M—arm을 장착한 KF—16 전투기가 즉각 출격하여 퇴치하는데 성공했다. 데이터를 분석해 본 결과 블루 이상의 M—arm을 장착한 전투기면 상대가 가능했다.

〈한국 군. 비행형 몬스터 격퇴 성공.〉

그나마 다행이었다. 실드마저 강력한 개체였다면 속수무책이었을테니까 말이다.

그런데 문제는 거기서 끝이 아니었다. 한국 몬스터 대응 기구, 몬스터 관리 본부장 강찬석이 긴급 대책 회의를 소집했다. 국방부 장관부터 시작하여 정계의 쟁쟁한 인사들이 모인 긴급 대책 회의였다.

"비행 능력이 뛰어나고 빠르긴 하지만 본체 능력 자체가 아주 강한 타입은 아닙니다. 정말 문제는……."

강찬석이 영상을 재생시켰다.

"발표는 되지 않았습니다만……."

"저, 저게 뭡니까?"

"보시는 그대로 입니다. 서산 비행장 격납고 일부가 초토화되었습니다. 알아트(Alert: 공군에서 비상대기를 일컫는 말로 알아트라 발음한다) 비상대기 전투기 조종사와 서브 요원, 일반 병사들까지 포함하여 80명이 죽었습니다. 간밤에 일어난 일입니다."

"설마… 복수입니까?"

"그럴 가능성이 농후합니다. 몬스터를 격추시켰던 전투기가 들어 있는 격납고 앞에서 한창 난동을 부리다가 근처 알아트 대기 중이던 전투기를 폭파시키고 요원들을 죽였습니다."

*   *   *

종원이 말했다.

"원주가 현석이 부모님 계신 곳이잖아요."

그걸로 인하 길드의 목적지가 정해졌다. 욱현이 소매를 걷어 올렸다.

"길장님, 얼른 갑시다."

인하 길드원들이 한국으로 향했다. 그런데 이 행보에 또 오해와 착각이 쌓여갔다.

〈영국에서의 던전 슬레잉을 포기. 자국 시민들을 향한 플래티넘 슬레이어의 전진.〉

조국과 시민들의 안전을 위해 그가 몸소 움직이고 있다고 알려졌다. 역시 플래티넘 슬레이어라는 칭찬이 다시 한 번 한국을 휩쓸었다.

한편, 필리핀에서는 안전상의 이유를 근거로 워프 게이트를 철폐하자 요구했던 국회의원 중 한 명이 돌에 맞아 사망하는 사건이 발생했다.

어쨌든 현석은 원주 비행장으로 단숨에 날아갔다. 일단 전력을 파악하기 위해서 인하 길드원들은 떼어놨다. 그들이 같이 있어주면 심적으로 의지는 되지만 전투에 있어서 도움이 안 될 수도 있으니까.

'블루 M—arm으로도 상대가 가능한 개체라면 그리 어렵지는 않겠지.'

*   *   *

24시간 내에 보복하는 몬스터. 현석은 몬스터 예상 지점에서 미리 대기했다. 하늘을 쳐다봤다.

'온다!'

일반적인 새와는 비교도 할 수 없는 크기의 몬스터들이 떼로 날아오고 있었다. 사이렌 소리가 울렸고 시민들은 벌써 대피를 했다.

현석은 활주로의 중앙에 서서 스톰 오브 윈드 커터를 거의 무한정으로 계속 쏘아냈다. 땅 밑에선 플래티넘 슬레이어의 에메랄드빛 칼날이 쏘아져 올라갔다.

'이 정도면… 딱히 개방을 하지 않아도 괜찮겠어.'

본 능력치 개방을 하면 윈드 커터보다 훨씬 상위 급 마법인 광역회오리의 가동이 가능해진다. 그러나 사용하지 않아도 상대가 가능할 것 같았다.

끼에에엑―!

몬스터들이 괴성을 질러대며 땅 밑의 작은 인간을 향해 날아들었다.

혹시 모를 상황에 대비하여 방공호에서 기관포를 준비하고 있던 군인들은 다리가 후들후들 떨려왔다.

적국의 전투기보다도 훨씬 더 위협적으로 느껴졌다. 한두 마리도 아니고 최소 수십 마리가 하늘을 가득 뒤덮고 날아오는 장년은 마치 하나의 재앙과도 같았다.

"이럴 수가……."

"지금 저게 마법입니까?"

"그런… 것 같다."

적어도 속도에 있어서만큼은 최고라 할 수 있는 풍계 마법. 그

중에서도 최하급 마법이 기관총보다도 빠른 속도로 연달아 뻗어나갔다. 게다가.

"으, 으어. 이, 이쪽으로 떨어집니다!"

"으아아! 조심해! 비켜! 비켜라!"

게다가 지금은 현석은 물리 모드를 가동 중에 있다. 비물리 모드는 H/P만 영향을 끼치지만 물리 모드는 본체에도 직접 타격을 가한다. 고통을 주기 때문에 더 효과적인 공격이 가능하다.

현석의 공격에 대략 6마리가량의 몬스터가 하늘에서부터 떨어져 내렸고 그중 한 마리가 운 나쁘게도 발칸을 준비하고 있는 군인들 앞으로 떨어져 내렸다.

콰광!

요란한 소리와 함께 수억이 넘는 발칸포 한 기가 그대로 부서졌다. 하늘에서 추락하여 몸뚱이로 발칸포를 짓이긴 몬스터가 한동안 정신 차리지 못하고 꿈틀거렸다.

"씨팔, 튀어! B포인트로 이동한다!"

누구는 하늘 위로 마법을 쏘아 올려 괴물을 죽여대고 있는데 누구는 그 파편에도 정신 못 차리고 도망쳐야 했다.

"상사님. 이동하지 않아도 될 것 같습니다!"

"뭐라고?"

"저기 보십시오."

"뭐야?"

"뭔가 반짝거리고 있습니다. 저게 몬스터스톤 아닙니까?"

발칸포에서 대기 중이던 6명의 군인이 침을 꿀꺽 삼켰다. 그들은 비슬레이어지만 몬스터스톤이 어떤 건지는 안다.

슬레이어로 각성시켜 주는 힘을 가지고 있는 스톤, 에너지를 대체할 수 있는 엄청난 자원, 약에 사용하면 약의 효과가 배가되는 신비의 물질, 그것도 블루스톤이면 그린스톤, 옐로우스톤보다도 상위 급의 스톤이 아닌가.

"저, 저게… 진짜 몬스터 스톤이냐?"

눈앞에 수십억이 떨어져 있다고 생각해 보라. 액수로만 그렇고, 사실은 액수보다도 훨씬 더 큰 효용성과 능력을 가진 무언가가 떨어져 있는 거다. 눈이 돌아가지 않을 사람 별로 없다.

"저거 그냥 보고 안 하고 우리가 가지면 안 됩니까?"

"미친 소리 할래? 저건 플슬이 잡은 거라고."

"저도 그냥… 해본 말입니다. 저거 하나만 있으면 군인 때려치워도 될 텐데."

그러나 그럴 수는 없었다. 아쉬운 마음을 뒤로 했다.

현석은 물리 모드에서 비물리 모드로 변경했다.

─주인님. 어째서 바꿨어요?

"저놈들이 살아 있는 상태로 떨어지면 찾으러 다니기 귀찮아서."

─사실은 주위에 있는 인간들이 걱정된 거군요?

"……."

꿈보다 해몽이 너무 좋았다.

─주인님은 참 상냥하고 따뜻해요. 그래서 섹시해요! 활이는 언제나 가슴이 두근두근 한답니다.

한편, 군인들 중 한 명이 외쳤다.

"저, 저기 보십시오!"

"저, 저, 저런……!"

하늘을 올려다봤다. 빨갛고 파란 것들이 떨어져 내렸다. 스톰 오브 윈드 커터에 꾸준히 대미지를 입은 몬스터들의 H/P가 결국 0이 됐다.

최소한으로 따져도 20개는 넘는 몬스터스톤이 바람결에 날리며 쏟아져 내리고 있었다. 레드스톤은 하나에 900억이다. 저 중 하나만 누군가 주워서 빼돌리면 평생 놀고먹을 수 있는 부자가 된다.

"…돈이 우수수 쏟아집니다."

플래티넘 슬레이어는 저걸 찾으려고 움직이지도 않고 있다. 다들 욕심이 생겼다. 저 중 하나만 주워도 팔자를 고칠 수 있지 않겠는가.

'하나만 어떻게 안 되나……'

다들 머리를 굴렸다. 눈치 싸움이 시작됐다. 보고를 올리는 게 맞긴 한데, 하나 정도 어떻게 몰래 숨긴다면 대박이다. 그럼 떵떵거리고 살 수 있다. 이왕이면 레드스톤으로. 모두의 눈이 빛나기 시작했다.

[드레이크 70마리를 3분 내에 사냥했습니다.]
[어려운 업적으로 인정됩니다.]

보너스 스탯 10이 주어졌다.

[하더 모드 규격을 초과한 스탯으로 인한 페널티로 90퍼센트만

큼 차감되어 지급됩니다.]

정작 주어진 스탯은 1이었다. 현석이 말했다.

"주위에 없냐?"

명훈이 대답했다.

"응. 다 죽인 거 같다."

"가자 그럼."

"몬스터스톤 안 주워?"

현석은 몇 걸음 앞으로 움직였다. 레드스톤이 하나 있었다.

"이것만 가져가지 뭐."

당장 눈에 보이는 건 이것밖에 없었다. 다 흩어져 버렸다. 저거 주우러 다녀서 얻게 될 이득보다 귀찮음이 더 컸다.

"3분에 900억 벌었으면 많이 벌었지."

전 세계의 슬레이어들이 플래티넘 슬레이어의 소득원이다. 심지어 워프 게이트를 통한 수익도 하루 수백억이 넘는다.

그렇기에 흩어진 몬스터스톤을 찾으러 다니는 건 아무래도 이득이 되지 못한다는 것이다. 찾으러 다니는데 들이는 시간과 노력이 아깝기도 했고 믿는 구석도 있었다.

"어차피 유니온에서 알아서 수거해 줄 거야."

그런데 황당한 일이 벌어졌다. 몬스터스톤 주워주기 운동이 벌어졌다.

70여 개의 몬스터스톤, 엄청난 보물이다. 그 보물을 찾아주겠다며 시민들이 나섰다.

그중 하나만 몰래 숨겨도 평생을 놀고먹을 수 있는데, 그걸 굳이 찾아다녀서 한국 유니온으로 보내왔다. 수거된 스톤의 수가 무려 12개였다.

이은솔이 투덜거렸다.

"왜 나한테 이런 시련을 주시나요?"

레드스톤 4개와 블루스톤 8개. 그게 눈앞에 있으면 아무리 청렴결백한 사람이라도 흔들리게 마련이었다.

"하나만 갖고 싶다. 이씽."

CHAPTER 2

비행형 몬스터가 한국에 나타나게 되면서 워프 게이트가 훨씬 더 중요해지기 시작했다. 비행기가 공격받을 수 있는 상황이니 보다 안전한 방법을 택하게 된 거다. 그런데 워프 게이트에는 엄연히 한계가 존재했다.

　워프 게이트는 사람만 이동이 가능했다. 조금 더 노력한다면 오토바이나 자전거 정도는 가져갈 수 있었지만 그보다 부피가 큰 건 이동하지 못했다. 그게 가장 큰 아쉬움이었다.

　그러던 어느 날, 폴리네타 3인방이 현석을 찾아왔다. 그들은 이제 글로벌 대기업이 됐지만 그래도 현석 앞에선 극도의 공손함을 잃지 않았다. 현석은 이들의 공손함이 불편할 정도였다.

　그런데 이들의 말을 듣다가 현석은 깜짝 놀랐다.

　"그게 정말입니까?"

"예. 충분히 가능할 거라고 생각합니다. 물론 실 소유자이신 플래티넘 슬레이어님의 동의가 필요하겠지만요. 며칠 정도의 불편함을 감수해야 하기는 하겠지만……."

"만약 그 말대로 된다면 감수해야겠지요."

"실패할 확률도 있습니다."

"괜찮습니다."

폴리네타 3인방은 혀를 내둘렀다. 워프 게이트 하나에서 나오는 수익만 이미 천문학적이라고 알고 있다. 그들도 정확히 모르지만—사실 현석도 잘 모른다. 유니온 측이 자료를 갖고 있는데 잘 안 본다—그래도 하루 수백억의 손실이 나는 건 확실히 알고 있다.

'그걸 이 자리에서 선뜻……'

'진짜 그릇이 다른 사람이다.'

사실은 그릇이 다른 게 아니고 별로 손해에 대한 개념이 없는 거다. 글로벌 대기업 폴리네타는 상상도 못할 만큼의 부가 실시간으로 쌓이고 있었지만 이를 모르는 그들은 그저 경외의 시선으로 현석을 바라볼 뿐이었다.

그때 현석이 말했다.

"일단은 공지가 필요하겠군요. 정확한 날짜는 언제가 좋을까요?"

"플래티넘 슬레이어님의 일정에 모두 맞추겠습니다. 좋을 때 호출하여 주십시오."

플래티넘 슬레이어는 일정이 별로 없다. 몬스터 웨이브 같은 커다란 사건이 없으면 별로 움직일 일이 없으니까. 지금 당장 해야 할 일은 정령석을 얻는 일밖에 없었다.

레드 스카이가 도래하기 전, 새로운 변혁의 시대가 한 발자국 성큼 다가왔다.

＊　　　＊　　　＊

'바야흐로 대무역 시대가 도래했다'라고 표현하는 사람들이 제법 많아졌다.

더 정확히 말하자면 도래했다기보다는 '도래할 것이다'라고 하는 게 맞겠지만 말이다.

대무역 시대라고 말하기엔 아직 시기상조라고들 하기는 했지만 국가 간 무역에 있어서 국경이 점점 의미가 없어질 거라는 말이 나돌기 시작했다.

처음에는 많은 사람이 불편을 호소했다. 워프 게이트 사용을 중지시키면서—물론 공지를 미리 했고 유예 기간도 30일가량 잡았다—여행객들도 여행을 못하게 됐고 사람과 사람 사이를 오가던 거래도 끊겼다.

그러나 약 2달이 지나고 나서, 그러한 불만의 말은 쏙 사라졌다. 폴리네타가 워프 게이트 확장에 성공했기 때문이다. 워프 게이트는 중장비까지는 무리지만 이제 1톤 트럭 정도는 무리 없이 지나다닐 수 있을 정도가 됐다.

"필리핀산 바나나 수입하는데 걸리는 시간이 겨우 몇 시간 정도면 된다더라."

"산지 직송이 가능해졌어."

"우리 같은 소시민들한테는 좋은 거지. 좋은 물건을 싸게 살

수 있는 기회가 생긴 거니까. 해외직구를 해도 금방금방 배송되고."

현석은 본의 아니게 대무역 시대를 열게 된 최초의 인물이 됐다. 플래티넘 슬레이어를 사랑하는 모임 플사모에서는 연일 뜨거운 채팅이 오고 갔다. 만약 현석이 본다면 낯 뜨겁고 오그라들어서 도망쳤을 지도 모를 말들을 아무렇지도 않게 했다.

—이게 다 워프 게이트를 싼 값에 개방하고 대중들한테 공개한 플슬느님의 힘이지.

—몇 시간 전 제배한 필리핀산 바나나를 바로 먹을 수 있는 것도 플슬느님의 힘이죠.

사실 이런 말들과는 다르게 워프 게이트는 소유만 현석이지 그 관리는 한국 유니온과 각국에서 맡아서 하고 있었다.

워프 게이트의 활성화로 정부는 엄청나게 바빠졌다.

일부 국가는 관세를 높여야 한다는 말도 나오고 있었고 엄청나게 많아지고 있는 각국 간의 불법 개인 거래들 때문에 골머리를 썩여야만 했다.

대무역 시대의 시초를 마련한 개척자 유현석은 인하 길드 하우스에서 빈둥거리고 있었다.

정령석은 하도 드롭이 안 되어서, 나중에 구하는 걸로 협의를 본 상태였다.

종원은 쇼파에 누워 있는 현석 옆에 앉았다.

"야, 네 팔자가 상팔자다."

"뭐가?"

"귀찮은 건 정부랑 유니온이 다 알아서 해줘. 숨 쉬면 돈이 쌓여. 도대체 부족한 게 뭐냐? 고자된 거 빼고."

그런데 1층, 거실에서 고함 소리가 들려왔다.

"씨팔! 이런 미친!"

욱현의 고함 소리였다. 종원이 얼른 달려갔다.

"무슨 일이에요?"

"뉴스 속보 떴다."

"속보요?"

뉴스 속보가 떴다. 새로운 던전이나 몬스터는 아니었다. 아마도 북한 소속이라 짐작되는 슬레이어들이 타국의 워프 게이트를 이용해 한국에 침투했다는 소식이었다.

이를 이채림이라는 한국 내 최상위 트랩퍼가 발견을 했단다.

현석이 고개를 갸웃했다.

"워프 게이트는 경상남도에 있는데 왜 굳이 그걸 써서 쳐들어와? 미치지 않고서야."

"그쪽 슬레이어들이 특수한 스킬이 익혔다나 봐. 폴리모프야 스크롤을 구하면 되는 거고. 아예 대낮에 서울까지 차를 타고 진입했다더라. 그리고 특수 은신 스킬을 사용했는데 그 왜, 너도 알잖아. 예전에 자이언트 터틀 때 키워줬던 이채림씨. 그 사람이 은신 스킬을 사용하고 청와대 쪽으로 접근하던 슬레이어들을 발견했대."

종원이 피식 웃었다.

"에이, 설마요. 북한 애들이 미치지 않고서야 갑자기 왜 쳐들어와요?"

욱현이 말했다.

"걔네 원래 미친놈들 맞아. 예전 무장공비 사건 잊었냐? 전쟁은 안 났지만. 생각해 봐. 지금 운이 좋아서 어떻게 발견했지만 만약 발견 못했어봐. 아마 세영이의 투명 스킬과 비슷한 스킬을 익힌 거 같은데 들어가서 대통령 죽였다고 생각해 봐."

남북 간의 긴장 상태가 고조됐다. 그러나 전쟁이 일어날 기미는 보이지 않았다.

일단 북한의 소행이라는 증거가 없었다. 슬레이어가 전투 필드를 펼친 상태로 죽으면 시체를 남기지 않는다. 몬스터와 마찬가지로 그냥 사라진다.

그래서 시체 획득을 하지 못했다. 그리고 나머지 9명은 도망갔다. 정부와 군의 무능에 대한 비판은 둘째 문제로 하고서 일단 그들을 못 잡았다. 게다가 북한의 소행이라고 단정 짓고 북한을 공격하기엔 증거가 모자랐다.

"전쟁이란 게 그렇게 쉽게 일어나는 건 아니니까."

그럼에도 불구하고 국민들은 거칠게 항의했다. 북한과의 전쟁도 불사해야 한다고 말하는 사람이 많았다.

그런데 그 불길은 금방 꺼졌다. 아니, 꺼졌다기보다는 새로운 이슈에 묻혀 버렸다.

〈충격. 드레이크를 잡아먹는 거대 인간형 몬스터. 등장.〉

*　　　　　*　　　　　*

검은색의 거대한 몬스터가 새로이 등장했다. 사실 따지고 보면 몬스터가 새로이 등장하는 건 그렇게 큰 이슈거리는 아니었다. 점점 강한 몬스터 혹은 새로운 몬스터가 나타나는 건 이제 그렇게 놀라운 일도 아니었다.

당장 2달 전만 해도 최초의 비행형 몬스터 드레이크가 나타나지 않았던가.

지금은 이제 각국에서도 대 비행형 몬스터 M—arm을 많이들 구비해 놓고 있어서 그렇게 큰 위협은 되지 않았고, 드레이크의 둥지에도 슬레이어들이 몰려드는 바람에 피해는 거의 없는 수준이다. 확실히 슬레이어들의 수준이 많이 높아졌다.

그런데 새로운 몬스터는 조금 특이한 구석이 있었다. 위성으로 촬영된 영상이 공개되었다. 혼자서 드레이크 둥지에 쳐들어가 드레이크를 도륙하고 드레이크를 씹어먹는 영상이었다.

보통 슬레이어들이 드레이크의 둥지에 쳐들어갈 때엔 80팟을 이룬다. 그 정도는 되어야 드레이크 둥지 공략이 가능하다.

80팟도 힘들 거 같으면 160팟이나 200팟까지도 이룬다. 블루스톤과 레드스톤을 드롭하는 개체이기 때문에 그래도 수익이 많이 남는다.

물론 슬레이어 측의 피해도 꽤 많다. 통계적으로 살펴보면, 한 번 공략에 사망하는 숫자가 7명가량 됐다. 그런 드레이크를 도륙하는 몬스터가 등장한 것이다.

명훈이 하얗게 질린 얼굴로 말했다.

"마력 측정 불가고 충격 수치도 측정 불가네. 드레이크 둥지에 처들어가서 한 끼에 드레이크 세 마리를 동시에 씹어먹어."

욱현이 어깨를 으쓱했다.

"균형자 본체 수십 마리도 한 번에 쓸어버리는 분이 여기 계신데 그게 뭐가 대수야?"

"아니, 그건 그런데 저놈이 시가지에 나타났다고 생각해 보세요. 예전에 싸이클롭스 때도 수백 명이 죽었는데 저건 더한 놈이잖아요."

크기는 약 7미터~9미터가량 되어 보였다. 전체적으로는 인간의 형태에 가까웠는데 피부는 검은색이며 멀리서 보면 잘빠진 흑표범과 같은 느낌을 준다고 했다. 굉장히 짧은 검은색 털이 온몸을 뒤덮고 있는데 그 털에는 윤기가 흐르고 있단다.

평화가 정보를 전해줬다.

"강남 스타일이 이번에 사람들을 모아서 슬레잉을 시도했어요."

"그래?"

평화가 말했다.

"강남 스타일에 디펜더 한 명이 죽었어요. 아직 발표는 안 됐지만요"

시간이 좀 더 흘렀다. 각국은 검은색 몬스터에 대한 경계를 늦추지 않았다. 그 몬스터의 행동 반경은 굉장히 넓었다.

주변의 드레이크 둥지를 박살 내면 드레이크의 시체를 식량 삼아 둥지에서 며칠을 지냈다. 어마어마한 덩치만큼 식탐도 어마어마했다.

한국 몬스터 관리 본부장 강찬석과 한국 유니온장 박성형은 만남을 가졌다.

"그런데 드레이크 둥지를 모두 박살 내고 나면 어디로 어떻게 튈지 모른다는 겁니다. 지금 군 병력을 동원해서 사살해야만 한다는 말이 나오고 있는데……."

"레드 등급 M—arm으로 확실히 처치가 가능한가 보죠? 산불 문제는요?"

"그게 또… 제 윗선에서 하도 죽이라고 난리를 치고 있어서요."

"대책은 없고 어떻게든 죽여라?"

"그 대책을 찾는 게 우리 일이다, 이거죠."

"맞는 말이긴 한데 거슬리긴 하네요. M—arm으로 죽였다가 시가지에서 리젠되면 책임은 누가 지죠?"

"제가 지겠죠."

어쩔 수 없다. 한국 몬스터 관리 본부장이란 그런 위치다. 대책을 찾아내야 하고 그 대책이 제대로 된 대책이 아니면 책임을 져야 하는 위치다.

다른 나라의 같은 경우는 한국이 어떻게 대처하는지 보고 그걸 답습하면 된다. 정 안 되면 플래티넘 슬레이어에게 도움을 요청하면 된다.

하지만 한국 같은 경우는 모든 일이 가장 먼저 일어나니 그마저도 불가능하다. 참으로 불쌍하다고 할 수 있었다.

강찬석이 한숨을 쉬었다.

"지금 당장 떠오르는 방법은 함정을 파서 가두고 움직임을 묶는 건데. 도약력이 10미터가 넘는 놈이라서… 그리고 시가지 재출현 위험도 크고."

결국 현재 남는 해결책은 하나밖에 없다. 플래티넘 슬레이어가 움직여야 한다. 성형이 고개를 끄덕였다. 그가 생각해도 그것밖에는 타개책이 없었다. 이미 강남 스타일도 슬레잉에 실패했다.

강찬석이 말했다.

"내일은 아마 반경 30㎞ 내 마지막으로 남은 드레이크 둥지에 쳐들어 갈 것 같습니다."

"그렇군요."

"정말 정신이 없네요. 북한 슬레이어들 문제가 덮어진 게 어찌 보면 다행이라고 해야 하나……"

그때 성형이 말했다.

"이 방법은 어떻습니까?"

방법을 들은 강찬석이 화들짝 놀랐다.

"서, 설마 진심이십니까?"

"진심입니다."

"그, 그런… 그런 방법이 상부에서 용인될 리가……"

"일단 얘기나 해보시죠."

둘의 만남은 끝났다. 강찬석이 멀어져 가는 성형의 뒷모습을 쳐다봤다.

'상상 이상으로 무서운 사람이다.'

*　　　　*　　　　*

드레이크의 둥지가 모두 박살 나고 나면 지금 나타난 새로운 개체는 먹을 것을 찾아 어슬렁거릴 거라는 예측이 지배적이었다. 그리고 인간은 비록 그 크기는 작아도 개체 수가 풍부하다는 점에서 다음 타깃이 될 확률이 매우 높았다.

홍세영이 현석의 방을 찾아왔다.

"네가 가게?"

"뭐?"

"새로운 몬스터."

"글쎄 고민 중이야."

"왜?"

"신 몬스터는 언제나 업적 대상이 되잖아. 게다가 슬레이어 칭호 효과도 업그레이드될 거고. 뿐만 아니라 진짜로 도시에 진입하게 되면 위험하잖아. 그보다는 내가 빨리 처리하는 게 낫겠지."

"위험하지는 않아?"

현석이 피식 웃었다.

"너 설마 나 걱정하냐?"

"……."

세영은 현석을 한참 동안이나 노려보다가 결국 한 마디를 내뱉었다.

"너 싫어."

"걱정 마. 나는 지금 하더 규격 초과 스탯이야. 그리고 올 스탯 슬레이어고. 다른 클래스랑은 달리 스탯을 올리는 족족 강해지잖아. 전투 스탯이 4,800인데 뭐."

그러자 홍세영은 여태까지의 대화의 맥락과는 별로 상관없는, 뜬금없는 말을 했다.

"너 싫어."

현석은 세영이 방을 나가고서 잠깐 생각에 빠졌다.

'강남 스타일의 디펜더가 공격을 몇 번 방어했다고 했어. 그렇게 강한 개체는 아냐. 적어도 균형자의 왕들보다는 약하겠지.'

다음 날. 반가운 소식이 전해졌다. 플래티넘 슬레이어가 직접 움직인다는 소식이었다.

"이제야 한시름 좀 놓겠네. 여태까지는 왜 안 움직인 거래?"

"플래티넘 슬레이어가 초인이냐? 그거 몰라? 힘쓰고 나면 쉬어 줘야 하는 거."

"아 맞다. 그런 게 있었지."

아니다. 그런 거 없다. 3일 동안 약해지는 페널티가 있기는 하지만 대중들이 생각하는 것처럼 힘겹게 슬레잉하러 다니지 않는다.

요즘 여유로워져서 연애에도 관심이 생기고 있는 중이다. 어쨌든 플래티넘 슬레이어가 신 몬스터 슬레잉에 도전한다는 사실이 알려졌고 수많은 사람은 그 사실만으로도 안도하며 환호했다.

*　　　　　*　　　　　*

현석은 헬기를 타고 이동했다.

"도약력이 16미터가 넘는 어마어마한 놈입니다. 더 이상 가까이 가면 헬기가 붙잡힐 겁니다."

"그냥 여기서 뛰어내릴게요."

"예?"

아무리 지상에 가까이 다가갔다지만 지상 40미터가 넘는 위치다.

"아니, 아무리 그래도……."

명훈과의 통신을 위한 작은 전자 장치를 귀에 부착했다. 현석은 비물리 모드를 가동시킨 뒤 뛰어내렸다.

쿵!

커다란 소리가 났다. H/P에는 영향이 없었다. 고작 40미터 위에서 떨어진 것 정도로는 현석의 방어력과 회피율을 뚫지 못했다.

ㅡ현석아. 착지 잘 했냐?

"어."

ㅡ통합 필드 반경 최대로 좀 펼쳐 줘. 어, 잡혔다. 지금 그 상태 그대로 쭉 올라가.

검은색의 새로운 몬스터. 아직 이름조차 밝혀지지 않은 거대형 몬스터는 산속을 어슬렁거리다가 아주 작은 뭔가를 발견하고는 우뚝 멈춰 섰다.

크으으ㅡ!

짧은 검은색 털이 곤두서기 시작했다. 다른 몬스터들과는 달리 현석을 보고 바로 달려들지는 않았다.

"진짜 흑표범 같은 느낌이네."

형태는 인간형이지만 전체적인 분위기를 보면 흑표범과 비슷했다.

두 눈은 붉은색으로 빛나고 있었고 숨소리가 대단히 거칠었다. 몬스터가 네 발로 땅을 디뎠다. 그때, 헬기로부터 교신이 왔다.

―조심하세요! 도약 직전의 형태입니다. 엄청나게 빠르게 접……

콰과광!

천둥이 터지는 듯한 폭발음이 들렸다. 현석의 오른손이 쏜살같이 쏘아져 오는 몬스터의 안면을 강타했다.

'윈드 커터.'

그리고 윈드 커터 300발을 연속 사용했다. 몬스터는 끼깅 소리를 내더니 뒤로 물러섰다. 단 한 번의 격돌이었지만 몬스터는 적의 강함을 인식한 듯했다. 실드 게이지는 아직 90퍼센트가 넘게 남았다. 스탯 1,000의 현 상태로는 그 정도 충격밖에 주지 못했다.

"몬스터가 일시 스턴 상태에 빠진 것 같습니다!"

"플래티넘 슬레이어의 공격 성공입니다. 실드 게이지 약 8퍼센트 감소!"

현석은 물리 모드를 활성화시켰다.

'물리 모드 사용.'

헬기 위에서 상황을 지켜보며 작전의 서포트를 담당하고 있는 몬스터 관리 본부의 김성식 팀장은 두 눈을 부릅떴다.

'몬스터가… 위축되었다고……?'

드레이크 둥지에 홀로 쳐들어가 드레이크들을 말살하며 그 안에서 식사를 즐기던 저 흉포한 몬스터가 말이다.

'여태까지 몬스터가 저런 적이 있었나?'

없었다. 몬스터는 인간에게 적개심을 가진 괴생명체다. 그런데 지금은 굉장히 위축된 모습을 보이고 있다.

크아앙!

몬스터가 몸을 부르르 떨며 한차례 울부짖었다. 마치 위축된 자신의 기세를 살리기라도 하려는 듯 말이다.

'윈드 커터.'

현석은 윈드 커터를 쏘아냈다. 물리력을 가진 윈드 커터다. 비록 커다란 치명상을 입히지는 못하겠지만 이제 몬스터도 통증을 느낄 거다. 그리고 사소한 통증은 전투에 있어서 상당히 큰 방해가 된다.

김성식 팀장이 빠르게 경고했다.

―조심하십시오! 형태 변환이 예상됩니다.

순간, 몬스터의 손톱이 갑자기 길어지며 송곳니도 길게 튀어나오기 시작했다. 몬스터의 움직임이 급격하게 빨라졌다.

―이후 모든 능력치가 급증합니다. 특히 조심해야 할 것은 빠른 스피드입니다! 조심하셔야 합니다! 속도의 증가 폭이 엄청납니다.

몬스터가 달려들었다. 현석의 눈에는 훤히 보였다.

'느려.'

아까와 마찬가지로, 오른팔을 뻗어 달려드는 몬스터를 쳐냈다. 콰과광! 폭발음이 또 들렸다. 그런데…….

"큭!"

큭, 하고 현석은 한쪽 무릎을 꿇었다.

―야! 괜찮아? 무슨 일이야?

―괜찮으십니까!

플래티넘 슬레이어가 전투 중 한쪽 무릎을 꿇었다.

현석은 온몸을 난자하는 듯한 짜릿한 통증에 한동안 말을 잇지 못했다.

다행인 것은 몬스터도 마찬가지인 듯했다. 현석을 노려보기만 할 뿐 움직이지 못하고 있었다. 한 발자국 움직여 보려다가 몸이 기우뚱한 이후로는 움직임을 멈춘 상태다.

'물리 모드 켜고 직접 부딪치면 나한테 느껴지는 통증도 장난이 아니네.'

슬레이어들은 슬레잉 시 고통을 느끼지 못한다. 반탄력 역시 상태 이상을 초래할 뿐이다.

그런데 이번엔 직접적인 통증이 있었다. 몬스터가 괴로울 거라면 자신도 괴로울 것이 당연하다는 걸 순간 잊고 있었다. 스탯 1,000에 달하는, 워낙 괴물 같은 몸이어서 큰 피해는 없었지만 이건 엄연한 실수였다.

'너무 쉽게 생각했어.'

현석이 다시 비물리 모드를 펼쳤다.

'그사이 또 나태해졌나.'

하더 모드 규격의 던전들도 굉장히 쉽게 클리어해 왔다.

현석도 인간이다. 나태해지지 않았다면 거짓말이다. 아무리 강한 몬스터여도 봉인을 풀면 한 방에 잡는다.

지금은 적수를 찾아볼 수조차 없는 상태다. 심지어 지금 이 몬스터조차도 봉인을 풀지 않은 상태로 몰아붙이고 있다. 적수가 없다 보니 약간은 나태해질 수밖에 없었다.

아주 잠깐의 격돌이었고 통증을 한 번 느꼈을 뿐인데, 뭔가 많은 것이 변한 것 같은 기분이 들었다.

이를테면 깨달음 같은 것이었다. 충격 한 번이 생각의 물꼬를 터주는 역할을 했다.

'그동안 내가 너무 쉽게 슬레잉을 해왔지.'

확실히 그랬다.

'아무리 블랙 등급의 체술이 있고 1차 각성을 마친 신체가 있다고 해도…… 내가 과연 온전한 힘을 끌어 쓰고 있는 걸까?'

지금은 봉인 상태다. 봉인을 해제하면 엄청나게 강해진다. 지금도 충분히 강하긴 하지만, 말 그대로 극과 극의 상태로 변한다. 그 중간은 없다.

'대미지 컨트롤과 체술에만 너무 의존했어.'

그 외 본신 능력에 대한 고찰이 없었다. 그도 그럴 것이 강한 몬스터도 한 방에 때려잡는 힘이 있는데 굳이 그럴 필요를 느끼지 못한 것이다.

명훈이 소리쳤다.

—야! 대답 좀 해보라고! 무슨 일이야? 왜 가만히 있는 거야!

현석은 인상을 찡그렸다.

"귀 아파. 괜찮아. 아무것도 아냐."

—스턴 걸린 건 아니지?

"아냐. 괜찮으니까 걱정 마."

현석은 고개를 돌리면서 몸을 풀었다. 일단 비물리 모드를 끄는 건 자제하기로 했다. 충격이 너무 크다.

"제대로 한 번 슬레잉해 볼까?"

현석이 권투 자세를 취했다.

'내가 이 몬스터의 습성을 모두 파악해 놓으면 이후에 우리 길드원들한테도 도움이 많이 되겠지.'

쉽게 잡겠다는 생각은 버렸다. 대미지 컨트롤을 가동시켰다. 90퍼센트의 대미지를 차감시켰다. 그리고 정말 치열한 전투가 벌어졌다.

나무 수십, 수백 그루가 쓰러지고 천둥치는 소리가 계속해서 들려왔다. 장면만 놓고 보면 정말로 생사를 가르는 치열한 전투가 펼쳐졌다. 헬기들이 떴다. 일대에는 대피 사이렌 소리가 쉴 새 없이 울렸다.

헬기들 안에는 엄선한 헬퍼 30여 명이 타고 있었다. 리스토어를 위해 헬기를 타고 접근하는 중이었다.

"세상에… 나무들이……."

"도대체 무슨 전투를 하면 저런 말도 안 되는 상황이 펼쳐지는 거죠?"

전투는 계속됐다. 몬스터도, 현석도 지치지 않았다. 벌써 6시간째 전투를 하고 있다. 한국은 물론이고 전 세계에 속보가 전해졌다.

〈플래티넘 슬레이어, 6시간째 사투 중!〉
〈한국. 플래티넘 슬레이어 지원을 위해 헬기 급파.〉

그리고 플래티넘 슬레이어의 엄청난 무력을 알고 있는 전 세계 톱급 슬레이어―쩔을 받았던―들은 그 소식을 믿지 못했다.

"말도 안 돼. 그 인간이 어떤 인간인데……."

"그 몬스터가 그렇게 강했다고?"

정말 이례적이다. 하드 던전도 쉽게 깨버리는 플래티넘 슬레이어가 아니던가. 몬스터 웨이브가 발생해도 발생 30초 만에 쓸어버리는 게 그다.

그런데 6시간이 넘도록 치열한 사투를 벌이고 있단다. 게다가 그 일대는 폭격이라도 맞은 것처럼 초토화되고 있다고 했다.

"도대체 얼마나 강한 거야 그 몬스터는……."

착각과 오해가 쌓여갔다. 사실상 현석은 이 몬스터와 일부러 길게 싸우면서 공략집을 만드는 중이었지만 말이다.

약 7시간이 지났을 때 몬스터가 도주하기 시작했다. 그에 명훈이 외쳤다.

―야! 튄다! 잡아!

그랬다가 이내 말했다.

―야 근데… 한국 유니온장님한테 긴급 연락 왔는데 어떡해?

"어. 핸드폰으로 연락하라고 해줘."

남들은 사투 벌이는 줄 알지만 현석은 싸우면서 핸드폰 받을 정도의 여유가 있었다. 전화를 받던 현석은 인상을 살짝 찡그렸다.

"형. 그 제안은 거절할게요."

―…알았다.

"죄송해요."

성형의 제안을 거절했다. 성형의 제안은 크게 어려운 것은 아니었다. 몬스터를 북한 쪽으로 올려 보내자는 것이었다.

북한의 전력도 정확하게 파악이 안 된 상태이니, 몬스터에게 초소형 카메라를 부착하여 북한 쪽으로 보내 놓으면 전력 파악에 상당한 도움이 될 거라고 말했다.

그러나 그렇게 하면 북한의 주민들이 죽을 수도 있다. 아니, 분명 엄청나게 많은 사상자가 발생할 거다. 그건 확실했다.

수천, 수만 명을 죽인 살인자가 되고 싶지는 않았다. 그는 플래티넘 슬레이어지 플래티넘 학살자가 아니니까 말이다.

그런데 학교 수업이 끝나고 방금 도착한 민서의 목소리가 무전기를 통해 들려왔다.

─왠지… 저 몬스터 귀여워.

말을 하는 민서의 눈동자가 약간 이상했다.

CHAPTER 3

"왠지… 저 몬스터 귀여워."

민서와 함께 늦게 합류한 김욱현이 민서의 어깨를 툭 쳤다.

"가시나야. 너 왜 그래?"

눈동자가 약간 이상했다. 흰색으로 물든 것 같은 착각이 들었다. 민서가 욱현을 쳐다봤다.

"응? 왜요?"

"…아무것도 아냐."

욱현은 고개를 갸웃했다. 다시 본 민서의 눈동자는 정상이었다.

'내가 잘못 봤나.'

드레이크 둥지를 단신으로 쳐들어가 박살 내고 그 드레이크를 씹어먹는 몬스터에게 귀엽다는 단어는 딱히 어울리는 단어는 아니었다. 그런데 민서의 눈에는 좀 귀엽게 보인단다.

리스토어를 위해 자리에 모인 헬퍼들은 그 말을 듣고 어이가 없어 민서를 힐끗 쳐다봤다. 만약 이 말을 한 사람이 민서가 아니라 다른 사람이었으면 누군가 욕을 했을지도 모를 일이다.

'저게 귀엽다고? 플래티넘 슬레이어와 저렇게 치열하게 싸움을 벌이는 몬스터가?'

다들 저 몬스터가 엄청나게 강하다고 오해했다. 현석이 일부러 대미지 컨트롤을 가동시켜서 '박투'에 중점을 두고 싸우다 보니 오해할 수밖에 없었다. 얼마 뒤, 몬스터가 도주하자 현석이 쫓아갔다. 민서가 현석에게 전화를 걸었다.

몬스터를 쫓아가던 현석은 전화를 받았다. 그만큼 여유롭다는 뜻이었다.

―뭐라고? 알았어. 일단은 해보자.

민서는 명훈이 타고 있는 헬기로 옮겨 탔다. 그리고 몬스터를 향해 다가갔다. 민서와 현석이 만났다. 현석은 민서를 안아들고서 다시 달리기 시작했다.

"꺄아아악!"

민서는 날카로운 비명을 지르며 현석의 품으로 파고들었다. 람보르기니 베네노보다도 체감 속도가 더 빨랐다. 그만큼 저 몬스터의 속도도 빨랐다. 7미터의 덩치를 가졌음에도 불구하고 말이다.

얼마간 쫓아가자 몬스터도 지친 듯했다. 단거리는 굉장한 속도를 보이지만 장거리엔 약하다는 말이 사실인 듯했다. 현석이 말했다.

"테이밍 시도하겠습니다. 테이머는 민서입니다."

민서는 다리가 풀려 쓰러질 뻔했다. 현석이 잡아줬다.

"무서웠어, 오빠."

"내가 잡아놓을 거야. 그 사이에 시도해."

느려진 몬스터에게 현석이 달려들었다. 공격은 하지 않고 몬스터의 거대한 발목을 붙잡았다. 크기의 차이가 엄청남에도 불구하고 몬스터는 움직이지 못했다. 어떻게든 낑낑대며 움직이려 해봤지만 지칠 대로 지친 몬스터는 현석을 뿌리치지 못했다.

그 상태로 현석은 힘을 더 꽉 줬다. 그 힘이 상당했고 대미지로 적용되어 몬스터의 H/P가 느리지만 조금씩 줄어들기 시작했다.

민서는 정신을 집중했다.

[테이밍 대상을 설정하십시오.]
[필드 몬스터. '오우거'를 테이밍 대상으로 설정합니다.]

민서가 테이밍을 시도했다.

"귀염둥이! 넌 내 거!"

[테이밍에 실패하였습니다.]

연거푸 네 번이나 더 시도해 봤지만 역시 실패였다. 자이언트 터틀 때에는 제법 쉬웠는데, 시스템이 오우거라 알린 이 몬스터는 결코 쉽지 않았다.

'힝. 귀여운데. 꼭 테이밍하고 싶은데.'

민서는 거듭되는 실패에 풀이 죽었다. 아무래도 스탯이 낮아서 그런 것 같다는 기분이 들었다. 잔여 스탯을 확 사용해 버릴까 하는 욕심도 들었다.

"민서야. 특별 몬스터도 아닌 것 같고. 아마 조만간 계속 나타나게 될 거야. 그때 테이밍하고 오늘은 그냥 잡도록 하자."

"응…….."

현석은 다시금 슬레잉을 시작했다. 결국 몬스터는 도망가기를 포기했는지 다시 현석에 대한 적개심을 드러내며 크르르 하고 괴이한 소리를 냈다.

"민서. 너는 뒤쪽으로 빠져서 헬기타고 다시 올라가."

"응."

민서의 안전을 확보한 이후 현석이 주먹을 뻗었다.

'스탯 약 700 정도의 길드가 모여 있으면 충분히 잡을 수 있을 거야.'

전체적인 평가를 내렸다. 슬레잉은 거의 성공했다. 그런데 그게 끝이 아니었다.

H/P가 10퍼센트가량 남았을 때에 오우거의 몸이 붉어지기 시작하며 혈관이 팽창하고 근육이 부풀어 올랐다.

크오오오오!

괴성을 질러댔다. 산속에 숨어 있던 새들이 한꺼번에 푸드덕 날아올랐다.

'특수 변형인가?'

자이언트 터틀도 껍질이 깨지면 강화되는 성질을 가졌다. 오우거도 마찬가지일 것 같다는 생각이 들었다.

현석은 다시금 전투에 접어들었다. 아무리 강해졌다고는 해도 H/P가 10퍼센트도 안 남았다. 게다가 조금씩이지만 그 H/P가 줄어들고 있다. 저 상태가 되면 강해지기는 하되 H/P 감소가 일어나는 모양이었다.

콰과광!

콰과과광!

폭발음이 연속해서 터져 나왔다. 플래티넘 슬레이어와 오우거가 전투를 벌인 곳은 융단폭격을 맞은 것처럼 폐허가 되어갔다.

이번에 현장 지휘를 맡게 된, 명훈과 같은 헬기에 타고 있는 몬스터 관리 본부 실무팀장 김성식의 얼굴이 핼쑥하게 질려 저도 모르게 중얼거렸다.

"저게… 플래티넘 슬레이어의 진짜 힘인가?"

그동안 말로는 많이 들어봤는데 이렇게 실제로 보니 침이 바짝바짝 말랐다. 말 그대로 인간 병기였다. 주먹질 하나가 로켓포와도 비견될 정도라고 생각했다.

'아니. 어쩌면 로켓포보다 강할 수도 있어.'

그리고 그 플래티넘 슬레이어와 거의 호각으로 싸우고 있는 저 몬스터는.

'재앙급 몬스터다.'

재앙급의 몬스터라고 생각하게 됐다. 과거 싸이클롭스처럼 하드 모드 규격을 뛰어넘는 개체인 것 같았다.

드레이크 둥지를 혼자서 깨부술 때부터 알아봤다.

'너무 강해. 정말 너무 강하다.'

자괴감이 들 정도였다. 실드만 없다면 현대 무기로도 어떻게 해보겠지만 지금 당장은 플래티넘 슬레이어 말고는 기댈 수 있는 수단이 없었다. 물론 그의 착각이다.

현석은 지금 봉인 상태를 풀지도 않았다. 지금은 고위 마법인 폭풍은 커녕 회오리도 사용 못 하는 약골이다.

스탯 1,000과 4,800은 하늘과 땅 차이이니까. 현석도 하더 던전을 깰 때는 스탯 4,800으로 깼다.

슬레잉이 완료됐다.

[최초로 오우거를 사냥했습니다.]
[오우거 슬레이어의 칭호를 획득합니다.]
[쉬운 업적으로 인정됩니다.]

업적이 떴다. 쉬운 업적이다. +5스탯이 주어졌는데 사실 5만큼 주어지면 스탯 1도 안 쌓인다. 90퍼센트의 페널티 때문이다. 하지만 괜찮았다. 티끌을 모아서 태산만큼 뻥튀기하면 된다.

김성식은 또 저도 모르게 중얼거렸다.

"레드스톤……."

레드스톤이 드롭됐다. 싸이클롭스도 레드스톤이고 균형자도 레드스톤이다. 그런데 저 몬스터까지 레드스톤이다. 나른 보드와는 달리, 같은 레드 등급이라 할지라도 그 안에서 강함의 격차가 엄청났다.

'도대체……. 그럼 플래티넘 슬레이어가 도달했다는 하더는 어느 수준이란 말인가. 지금 보여준 게 다가 아니란 뜻인가. 아냐.

그럴 리가 없어. 6시간이 넘는 혈투를 치렀다. 아무리 플래티넘 슬레이어라도 힘을 아낄 수 있던 수준이 아니었어.'

착각과 오해가 쌓여갔지만 어쨌든 오우거 슬레잉은 완료됐다.

〈플래티넘 슬레이어. 현존 최강의 몬스터 오우거 슬레잉 완료.〉
〈연이은 솔로잉. 인류의 구원자란 칭호가 아깝지 않아!〉

6시간이 넘는 대혈투를 벌인 덕분에 사람들은 정말로 심각하게 오해했다. 오우거를 현존하는 최강의 몬스터로 분류하는 것에 일말의 주저도 하지 않았다.

그리고 그런 혈투를 홀로 벌인 플래티넘 슬레이어의 이름이 더욱 높아졌다.

오우거가 정리되자 다시금 잠깐 잊혔던 문제가 고개를 들고 스멀스멀 수면 위로 부상하기 시작했다.

'더 이상의 도발은 용납하면 안 된다', '오우거도 처리했으니 이제 남은 문제를 다시 생각해야 할 때다'라는 주장이 제기됐다.

바로 북한의 슬레이어 침략 문제였다. '반북 시위'가 전국적으로 일어날 정도였다.

그에 반해 북한은 '우리는 모르는 일이다. 날조하지 마라. 자꾸만 거짓 선동으로 우리의 자주 존엄을 위협하면 서울이 불바다가 될 것'이라고 연일 경고했다.

서울 불바다 발언에 한국 국민들은 더욱더 화를 냈다. 인터넷엔 루머가 떠돌았다.

"그 얘기 들었어? 플래티넘 슬레이어가 직접 북한에 쳐들어간대."

"혼자 처들어가서 강상훈 목 따버리면 게임 끝 아냐? 솔직히 플슬을 어떻게 막아? 게릴라 계의 전략 핵무기급 아니냐?"

"그렇지. 안 그래도 애국심 투철한 슬레이언데 이번에 열이 엄청 받았나 봐."

그 열 받았다는 플래티넘 슬레이어는 현재 인하 길드의 길드 하우스 내 수영장에서 편하게 수영을 즐기는 중이었다.

사람들의 생각과는 달리 현석은 그렇게 크게 열 받지 않았다. 북한의 소행이라는 증거도 없었고 루머에 휩싸이는 건 이미 익숙해져서 별로 신경도 안 썼다.

종원이 고개를 절레절레 저었다.

"저놈 애국심 딱히 뛰어나지 않잖아."

명훈도 고개를 끄덕였다.

"그런데 결과만 놓고 보면 장난 아니야."

명훈이 현석의 업적(?)들을 하나하나, 떠오르는 것들만 얘기해 봤다.

"잘 봐. 처음에 그린 등급 최하급 몬스터들 나타났을 때 몬스터 디지즈가 인류의 존속을 위협할 엄청난 재앙이라 했는데 쟤 덕분에 그거 막았잖아. 한국 피해 엄청 적었고. 쟤가 그린스톤 풀어서 그랬지?"

"그랬었지."

"게다가 어찌 됐든 웨어울프도 슬레잉했지?"

"그랬지."

"거기에 한국에 발생한 몬스터 웨이브 쓸어버렸지?"

"그것도 맞네."

"저번에 뭐냐, 한국 노인들을 위한 복지 정책 내놨지?"

"그랬어."

"일본으로부터 사과도 받아냈지? 역사도 바로 잡았지? 독도도 확실히 우리 땅이라고 인정받았지?"

"그랬네."

"게다가 영국에 있다가도 드레이크 쳐들어왔다니까 바로 복귀했지?"

"맞네. 쟤 애국자 맞네."

생각해 보니 결과만 놓고 보면 완전히 열혈 애국자다. 게다가 세계도 사랑하는 성인군자다. 쩔을 통해 각국 슬레이어들을 키워줬으니까. 과정이야 어찌 됐든 결과는 그랬다.

＊　　　　＊　　　　＊

믿기 힘든 소식이 한국을 강타했다. 한국 유니온과 한국 정부가 일을 냈다. 주체는 유니온이었다. 한국 정부의 지원을 등에 업은 상태로 한국 유니온 소속 최정상급 슬레이어들이 힘을 합쳐 북한을 공략했다.

전쟁이 일어날 새도 없이 슬레이어들만으로 게릴라전을 계획하여 북한의 국방위원장 강상훈을 검거했다. 중국의 경우와 비슷했다.

미국 유니온장 에디가 혀를 내둘렀다.

"저런 게 실제로 성공하다니……."

사실 성공할 확률이 그리 높아 보이지 않았다. 저번에 은신 스킬을 사용하여 한국에 쳐들어왔던 슬레이어들이 실제로 북한의 슬레이어라면, 북한 슬레이어들은 특수한 스킬을 익히고 있을 확률이 높았다.

그리고 강상훈이라면 분명 그러한 슬레이어들을 대거 기용하여 신변에 안전을 기하고 있었을 거다.

"어떻게 성공한 거지?"

"모르겠습니다. 한국 유니온 외에 다른 뭔가가 더 있을 가능성이 높습니다."

"플래티넘 슬레이어라면 모르겠지만."

"같은 시각 플래티넘 슬레이어는 한국에 있었습니다. 예전에 잠깐 보고드렸던 최은영이라는 여자와 함께 있었습니다. 폴리모프에도 가능성을 열어두고는 있습니다만……."

아무리 미국이라고 해도 현석의 일거수일투족을 전부 관찰하기는 힘들다. 최대한 관찰하려고 하고는 있으나 가능한 일이 아니었다. 24시간 밀착 카메라를 붙여놓았다면 모를까.

"플래티넘 슬레이어의 지원이 없었다면 거의 불가능에 가까웠던 일입니다. 그런데 한국 유니온은 해냈습니다. 저희가 모르는 무언가를 분명히 갖고 있겠죠."

"하기야 플슬이 소속된 유니온인데 우리가 모르는 뭔가를 가지고 있다고 해도 놀라운 일은 아니겠지. 혹시 알아? 우리한텐 공개 안 됐어도 북한에 워프 게이트가 하나 또 있을지?"

전 세계 유일의 분단국가 한국은 한국 유니온의 주도 아래 통일됐다. 물론 앞으로 해결해 나가야 할 문제점들은 엄청나게 많았다. 그러나 현실적인 문제들은 뒤로하고서 이제는 얼마 남지 않은 이산가족들은 상봉의 눈물을 흘렸다.

일단 통일이 되기는 됐으나 이산가족상봉을 제외하고 남한과 북한 국민들은 자유로이 왕래할 수 없었다. 북한 지역이 아직 안정화되지 않았기 때문이다.

종원이 수영장 저편에서 손을 들어 올렸다.

"야, 통일의 주역. 플래티넘 슬레이어!"

"……."

현석과 함께─오늘은 기분이 좋아 팔짱을 꼈다─걸어오던 민서는 고개를 갸웃했다.

"오빠가 왜 통일의 주역이야?"

종원이 또 킥킥대고 웃으면서 말했다.

"쟤는 그냥 가만히 있어도 세계의 영웅이 되고 성인이 되고 또 통일의 주역도 되잖아."

머쓱해진 현석이 변명했다.

"내가 의도한 거 아냐."

현석은 가만히 있는데 주위에서 난리였다.

럭셔리 항공기 BBJ도 가만히 있는데 받았고 초음속 비행기도 가만히 있는데 받았다. 가만히 있으니 글록사의 이사가 됐고 또 가만히 있으니 이번엔 통일을 주도한 영웅이 됐다.

어이없지만 결과가 그랬다.

*　　　　　*　　　　　*

나름대로 통일을 이뤄냈다고는 하지만 아직 안정화 단계는 아니었다. 북한에 뿌리를 두고 있는 레지스탕스가 있었다. 그들은 대부분 슬레이어이며 게릴라전을 펼치면서 한국 측에서 북한 관리를 위해 보낸 관료들을 암살하기까지 했다.

뿐만 아니라 그들은 궁극적으로 한국 유니온장 박성형과 플래티넘 슬레이어 그리고 나아가 한국 대통령을 암살하겠다고 밝혔다.

누군가 모르는 사람이 '널 죽여 버리겠다' 혹은 '널 지켜보고 있다'라는 편지만 보내와도 신경이 곤두서는 게 사람이다. 현석도 당연히 신경 쓰였다.

현석의 방 안.

리나가 모습을 드러냈다.

"리나, 넌 도대체 언제 어디서 그렇게 불쑥불쑥 나타나는 거야?"

"나는 그대의 뒤편에 서서 그대를 언제나 지켜보고 있겠다고 했다. 나는 그대의 분신이며 그대의 반쪽이다."

'아니 그러니까 어디서 그렇게 튀어나오는 거냐고.'

현석은 묻고 싶었지만 같은 대답이 튀어나올 것 같아 그만두기로 했다.

책상 앞에 앉아 있는 현석의 뒤로, 리나가 걸어가 허리를 살짝 숙이며 현석의 목을 감싸안았다.

"그대는 내가 지키겠다."

"……"

뭔가 좀 뒤바뀐 것 같다는 생각이 들었다. 사실 현석이 정말로 마음먹고 슬레잉하고자 한다면 리나는 현석의 상대가 못 된다. 여타 다른 균형자들의 왕보다 강할 거라고는 생각하지만 그래도 4,800스탯에는 미치지 못할 거다.

'뭐… 굳이 분위기 깰 필요는 없지.'

아카시아 꿀 같은 달콤한 향기가 코에 스며들었다.

같은 시각. 홍세영은 일기를 쓰다 말고 다리를 달달 떨었다.

'뭔가 불안해.'

뭐가 불안한 건지는 모르겠는데 뭔가가 불안했다. 느낌이 안 좋다. 북한의 슬레이어들이 현석을 노리겠다는 말 때문인가 싶었는데 갑자기 더 불안해졌다.

*　　　　*　　　　*

백열등이 꺼질듯 말듯 애처로운 빛을 냈다. 그 아래에서 남자들이 대화를 나눴다. 대다수의 남자가 밤색 털모자를 뒤집어쓰고 있었다.

"그러면 플래티넘 슬레이어를 죽일 수 있을 겁니다."

"하지만 백두산 어디에서 그를 찾을 수 있습니까?"

"이미 백방으로 알아봤고 그를 찾았습니다. 변고를 알리자 그도 움직이려는 모양새를 취하고 있습니다."

완벽한 한국어는 아니었다. 미묘하게 억양이 달랐다.

"플래티넘 슬레이어에 대한 정보도 많이 모았습니다."

"직접적인 공격보다는 그 주변을 먼저 공격하는 것이 나을 겁니다."

"한국 유니온장은 어떻게 하죠?"

"오히려 그가 더 쉽습니다. 그건 이쪽에서 알아서 하겠습니다.

조만간 자세한 계획을 발표하도록 하죠."

그들은 악수를 나눴다.

"수령 동무의 복수를 위해."

∗   ∗   ∗

북한에는 레지스탕스가 있다. 그러나 그와 반대로 한국에 적극적으로 협조하는 사람들과 슬레이어들도 있었다. 북한 슬레이어들은 일반적인 다른 슬레이어들과는 약간 달랐다.

정부 인사들이 모인 자리에서 성형이 말했다.

"북한 슬레이어들은 능력치에 맞지 않는 뛰어난 기량을 소유한 경우가 많습니다."

"무슨 뜻이죠?"

"여러분들도 아시다시피 슬레이어들은 각기 레벨을 갖고 있습니다. 그 레벨이 무력을 정확하게 나타내는 건 아니지만 그래도 레벨과 강함은 비례하는 경향을 띕니다. 그러나 북한 슬레이어들은 레벨이 낮음에도 불구하고 강합니다. 게다가 대인전에 특화되어 있습니다."

"어떻게 그런 것이 가능합니까?"

"슬레잉보다는 훈련을 통해 강해졌기 때문입니다. 상당히 많은 수의 슬레이어가 북한의 통제와 감시 속에서 엄격한 훈련을 받았습니다. 그 훈련이 꽤 큰 성과가 있었습니다."

굳이 비유하자면 신 슬레이어들과 비슷하다고 보면 됐다. 신 슬레이어들은 잠재력이 굉장히 높은 슬레이어들이다. 지금은 많이 둔화됐지만 성장 속도가 굉장히 빨랐다.

성형이 다시 말했다.

"다시 말해, 그들은 지금 다듬어지지 않은 원석이라는 뜻입니다. 레벨이 낮아 슬레잉을 하면 레벨을 쉽게 올릴 수 있습니다. 지금처럼 몬스터들의 수준이 높아진 상태에서, 약간의 도움만 있다면 말 그대로 폭풍과도 같은 성장을 거둘 수 있습니다."

"그러나 그들을 믿을 수 있습니까? 성장시키기엔 리스크가 너무 큽니다."

"물론 아닙니다. 당연히 대비책이 있어야겠지요."

성형은 한국 유니온으로 돌아왔다. 현석이 기다리고 있었다. 성형은 한숨을 푹 내쉬었다.

"정부 관계자라는 놈들은 대책도 없으면서 문제점 물고 늘어지는 것에만 혈안이 된 모양이야. 차라리 일선에서 슬레잉 뛰라는 게 더 낫겠어."

현석은 피식 웃었다.

"그럼 슬레잉 뛰시죠?"

"나 이제 약골인 거 알잖아. 슬레잉할 시간도 없고. 나중에나 쩔이나 한 번 해줘."

"그러죠 뭐. 잘 따라와야 할 겁니다. 늦어지면 버리고 갈 거예요."

"어이구, 무서워라."

성형도 피식 웃었다.

플래티넘 슬레이어 전담팀 실무자 이은솔이 녹차를 타서 들어왔다. 현석도 이제 은솔과 제법 친해졌다.

"은솔씨. 오랜만이에요. 잘 지냈어요?"

"아니요. 못 지냈어요. 현석 씨 혹시 게이는 아니죠?"

"네?"

"아니 남자들한테 러브레터가 왜 그렇게 많이 와요?"

현석은 멋쩍게 웃으며 괜히 성형에게 화살을 돌렸다.

"실무자 더 안 뽑았어요?"

"……."

성형은 은솔의 눈치를 봤다. 사실 잊고 있었다. 못 뽑은 게 아니고 안 뽑았다. 원래 위에 있는 사람은 아랫사람의 고충을 세심하게 살피기 어렵다.

"제가 월급 대신 내줄테니까 몇 명 더 뽑죠?"

이은솔의 눈이 반달을 그렸다. 기대감이 잔뜩 섞인 눈빛으로 성형을 쳐다봤다. 성형이 크흠, 헛기침을 했다.

"은솔 씨. 플래티넘 슬레이어 전담팀 팀원 모집 공고 내걸도록 하세요."

은솔은 행복하게 웃었다. 이제 막내 탈출이다.

'그리고 솔직히 이런 직장이 또 어디 있어?'

사실상 그녀에게 상사는 플래티넘 슬레이어 전담 팀 팀장 고강준밖에 없다. 다른 팀원들도 있지만 하는 일이 달라 마주칠 일도 없고 스트레스도 없고 월급도 세다.

게다가 직속 상사는 아니지만 사장이라 할 수 있는 박성형 역시 은솔에게 스트레스를 준 적이 없다.

자기 일만 잘하면 뭐라고 하지도 않는다. 또한 알아 모셔야 할 플래티넘 슬레이어 역시 성격이 무난하다.

나이 어린 여동생이 있어서 그런지는 몰라도 다소 건방지게 굴어도 허허 웃고 만다. 다시 말해 가족 같은 분위기다. 그녀는 대번에 공고를 내걸었다.

―플래티넘 슬레이어 전담팀 실무자 모집. 가족같이 훈훈한 분위기!

3명을 뽑는데 지원자가 17만 명이 몰렸다. 이은솔의 눈이 휘둥그레졌다. 좌절했다.

'이거… 언제 다 검토해……?'

학벌과 스펙도 엄청나다.

'아니. 이 사람 꽤 유명한 슬레이어잖아. 왜 이런 말단 실무팀에 지원을 해? 뭐야? 어학연수 3년? 편지 분류랑 잔심부름에 어학연수가 뭔 소용이야? 4개 국어 가능? 미쳤어. 이게 인간이야? 넌 탈락.'

엄청난 스펙의 지원자들이 몰려들었고, 그 엄청난 스펙의 지원자들이 떨어지는 기현상이 벌어졌다. 도대체 얼마만큼의 스펙을 갖고 있어야 합격이 되는지에 대한 의견이 분분해졌다.

사실 합격의 기준은 별거 없었다. 이은솔의 마음에 드는 게 전부였다.

한편, 현석과 성형은 대화를 계속 나눴다.

"전투 필드는 항상 켜놓은 상태지?"

"예, 그리고 그게 아니더라도……."

만약에라도 그럴 리는 없겠지만 만약 위험한 상황이 발생한다면 리나가 나설 거다. 리나는 현재 현석을 제외하면 대적할 사람이 없다. 그 대단하다는 TS 길드의 길드장 에디슨이 나서도 역부족이다.

"형님이야말로 조심해야죠. 북한 쪽 움직임이 심상치 않은 것 같던데."

"예상 범위야. 나는 이미 대비하고 있어. 그보다는… 새로운 얘기를 하고 싶은데."

성형이 말을 이었다.

"그들은 정말 다듬어지지 않은 원석이거든. 유니온 쪽 말고 ㈜소리 스폰으로 해서 그들 중 일부를 PFC 선수로 발탁하려고 해."

"PFC 선수요?"

"분명 가능성이 있어. 약간만 도움을 주면 챔피언도 가능할 거라고 봐. 그 몇 명을 성공적인 케이스로 만들어 주는 거지. 최대한 화려하고 멋진 삶을 살 수 있도록."

"북한 슬레이어들에게 희망을 선사해 주겠군요."

성공에 대한 희망을 심어 줄 거다. 현석이 어깨를 으쓱했다.

"소리 홍보 엄청 많이 되겠네요."

좋은 생각도 하나 났다.

"그럼 글록사도 팀 하나 만들까요? 소리와 글록의 경쟁 구도. 재미있을 거 같은데."

"요즘 심심하다더니 진짜였나 보네."

"뭐. 딱히 그런 건 아니고요. 저도 나름 글록사 이사잖아요. 재미있겠네요."

즉흥적으로 생각이 났다. ㈜소리와 글록사가 PFC 시장에 뛰어들기로 했다. 아직 세상에 공표되지는 않았다. 성형은 플래티넘 슬레이어가 굉장히 심심해하고 있다며 쿡쿡대고 웃었다.

"차라리 제가 심심한 게 낫지 않아요?"

"하긴 그것도 그렇네."

생각해 보면 그 말도 맞다. 현석이 심심하지 않으려면 커다란 일이 있어야 하고, 그 말은 곧 재앙에 근접한 상황이라는 뜻이니까.

"차라리 계속 심심했으면 좋겠네요."

한편, 그날 밤. 명훈은 뭔가 이상함을 느꼈다. 광역 탐색에 뭔가 걸릴듯 말듯, 이상한 기척이 느껴졌다.

'집중 탐색.'

집중 탐색을 사용했다. M/P 차징을 위해 자고 있는 민서를 깨우기까지 했다.

"…무슨 일이야, 오빠? 나 졸린데……."

명훈이 말했다.

"…누군가 이 집에 숨어들었어."

민서가 작게 물었다.

"오빠한테 먼저 알려야 하는 거 아냐?"

"알려야지."

M/P 차징을 받아 집 안을 탐색하고 보니 이제 집 안에 뭔가가 숨어들었다는 게 확실해졌다. 좀도둑일 확률은 지극히 낮았다. 일단, 일반 사람이면 광역 탐색에도 쉽게 걸린다.

'슬레이어야.'

은신 계열의 스킬을 익힌 슬레이어. 그것도 고도의 숙련도를 가진 슬레이어일 확률이 매우 높았다. 애초에 인하 길드의 길드 하우스는 일개 좀도둑이 어떻게 해볼 만큼 만만한 집도 아니다.

'플래티넘 슬레이어가 있는 곳이란 걸 알고 잠입했을 텐데.'

그렇다면 그 실력에 자신이 있다고 볼 수 있겠다. 실제로 그 실력이 뛰어난지 아니면 지나친 자만심인지 확인할 수는 없었지만 말이다.

'그건… 지금부터 상대해 보면 알겠지.'

명훈이 말했다.

"민서야, 너 핸드폰 가지고 나왔어?"

"아니. 근데 어차피 오빠 잘 때는 핸드폰 무음으로 해놔서 소용없을걸. 근데 오빠한텐 별일 없잖아. 어차피……."

민서는 입술을 살짝 깨물었다. 아무래도 약간 분했다. 오빠를 빼앗긴 것 같은 느낌이었다.

"뭔가 오빠한테 나쁜 일 생길 것 같으면 리나 언니가 딱하고 나타나잖아."

"그렇긴 하지. 그런데 내가 만약 여길 침입한 무언가라면 현석이부터 노리진 않을 거야."

"무슨 말이야?"

"아무리 자기 실력에 자신이 있다하더라도, 쉬운 길 놔두고 어려운 길로 돌아가지는 않겠지. 노린다면……."

그렇다면 여기서 가장 약한 평화와 민서를 노릴 가능성이 농후했다. 그런데 민서는 여기 있다.

'평화가 위험할 수도 있겠어.'

집중 탐색으로도 뭔가가 있다는 것만 발견했다. 어디서 뭘 하고 있는지까지는 알아낼 수 없었다.

'젠장.'

원래대로라면 이쪽에서 발견하지 못한 것처럼 은밀히 행동해서 그놈을 잡으려고 했는데 그렇게 했다가는 평화가 위험에 빠질 수도 있겠다는 생각이 들었다. 명훈이 빠르게 앞으로 달렸다. 세영의 방문을 쾅쾅 두드렸다.

"홍세영! 일어나! 빨리!"

세영의 방이 가장 가까웠기 때문이다. 안에선 인기척이 없었다. 자고 있는 것 같았다. 그래서 특단의 조치를 취했다.

"세영아! 현석이 바람피운다!"

방문이 벌컥 열렸다. 가히 전광석화와도 같은 빠르기였다. 지금까지 곤히 잠들었었다면 피곤한 기색이 있을 법도 한데 홍세영에게 그런 기색은 없었다.

"세영아, 집 안에 누가 침입했어. 내가 민서 보호하고 있을 테니까 얼른 평화 깨우고 현석이한테 알려."

홍세영은 아주 잠깐 고개를 갸웃했지만 이내 그 뜻을 알아차렸다. 그녀의 몸이 순식간에 사라졌다. 인하 길드 하우스 내에 한바탕 소란이 일었다.

자다가 깬 욱현은 성질을 버럭 냈다.

"어떤 간 큰 샹놈의 새끼가 여길 쳐들어왔어!"

현석을 제외한 인하 길드원들이 거실에 집합했다. 다행히 평화에겐 아무런 일도 없었다. 욱현은 고래고래 소리지르다 말고 이내 피식 웃었다.

"야, 너네 좀 뭐라도 걸쳐라. 눈 둘 곳이 없다. 특히 홍세영 이 가시나야. 너 아무리 잘 때라도 그렇지, 옷이 그게 뭐냐?"

"……"

평화와 세영은 극과 극의 모습을 보여주고 있었다. 평화는 모자와 귀까지 달린 보들보들한 면 소재의 캐릭터 잠옷을 입고 있었다. 평화의 외모와 잘 어울린다면 잘 어울렸지만 상당히 유아틱하다는 것을 부정할 수는 없었다.

세영 같은 경우는 속살이 훤히 다 비치는 얇은 실크 소재의 흰색 잠옷을 입고 있었는데 그녀의 육감적인 몸매가 다 드러났다. 가슴골이 보이는 것은 물론이요, 길이가 굉장히 짧아 그녀의 쭉쭉 뻗은 다리가 한눈에 다 보였다.

두 명의 중간쯤 되는 모습이 민서였다. 민서는, 정체를 알 수 없는 괴상한 캐릭터가 그려진 박스티를 입고 있었는데 문제는 팬티만 입고 있었다는 것. 그걸 깨달은 민서가 황급히 박스티를 쭉 내렸다.

어릴 때부터 민서를 봐온 종원이 키득대고 웃었다.

"어차피 티셔츠 길어서 보이지도 않아. 그리고 넌 아직 발육이 덜 되서 볼 것도 없다."

"아니거든! 나 완전 다 컸거든!"

"네 옆의 두 언니를 봐도 그 말이 나오냐? 평화 쟤는 저렇게 펑퍼짐한 거 입고 있음에도 불구하… 으악! 왜 날 공격해. 우린 그 이름도 아름다운 종영콤비… 아, 알았어. 내가 잘못했어."

연수가 위층을 쳐다봤다.

"이 정도 소란을 피웠는데 현석이는 왜 안 나오지?"

욱현이 명훈을 툭 쳤다.

"명훈아. 너 뭐 잘못 안 거 아니냐? 누가 있는 게 확실해?"

"틀림없어요. 오죽하면 민서 깨워서 M/P 차징을 받았을까. 집중 탐색을 여러 번 해서 얻은 결과예요."

민서가 실실 웃었다.

"그래도 명훈 오빠 좀 듬직했다? 완전 엄살쟁이 피노키오인 줄 알았는데 그래도 할 땐 하는 구나."

그제야 명훈은 퍼뜩 정신을 차렸다.

"어씨, 진짜 그렇네. 내가 미쳤다고 앞장섰어. 와~ 나 이러면 안 되는데. 몸 사려야 되는데. 내가 미쳤지."

평화는 살짝 한숨을 내쉬었다.

"그런데 오빠 방문은 왜 안 열릴까요? 명훈 오빠. 현석 오빠 위에서 자고 있는 거 확실하죠?"

"그렇다니까? 분명 기척은 잡혀. 그리고 이질적인 뭔가도 분명 잡히고. 들켰음에도 불구하고 도망 안 가고 있는 거보면 용하긴 한데."

$$* \qquad * \qquad *$$

이춘식은 북한이 망한 이후로 백두산에서 나오길 원치 않았다. 북한의 슬레이어들은 이춘식을 일컬어 살인 기계라고 불렀다. 그런데 후배들이 자꾸 그를 찾아왔다.

속세와 인연을 완전히 끊었다고 생각했는데, 이렇게 세상을 등지기엔 좀 아쉽기도 했다.

'그놈만 죽이고 정말 연을 끊는다.'

그렇게 생각했다. 솔직히 쉬웠다. 그에겐 특수 스킬인 은신이 있었고 고도의 암살 훈련을 받은 전문 살인자였으니까. 아무리 대단한 플래티넘 슬레이어라고 해도 자는 동안 몰래 공격하면 방법이 없을 거라고 생각했다.

그는 자신 있었다. 조국을 망하게 만든 저 원수의 얼굴을 노려봤다. 원수는 세상모르고 잠들어 있었다.

'죽여주마.'

단도를 꺼내 들고 소리 없이, 바닥에 내려섰다. 플래티넘 슬레이어의 얼굴이 보였다. 그런데.

"그대는 누구인가?"

이불 안 쪽에서, 여자의 목소리가 들려왔다.

"그대는 대관절 무엇이관대 나와 부군의 취침을 방해하고 있는가."

그 여자는 옆으로 누운 상태로, 플래티넘 슬레이어의 가슴팍에 손을 얹은 채 눈동자만 돌려 춘식을 쳐다봤다. 춘식은 침을 꿀꺽 삼켰다.

'기척을 느끼지 못했다.'

몸이 덜덜 떨려왔다. 그는 특수 클래스다. 상대의 기세를 어렴풋이 읽을 수 있었다. 하지만 여자의 기척을 읽으려 하자 두려움이 밀려들었다.

여자는 아주 조심스레 플래티넘 슬레이어의 몸 위에 이불을 덮어주었다. 잠든 플래티넘 슬레이어의 이마에 살짝 키스했다.

'무방비 상태!'

그러나 공격할 수 없었다. 몸이 움직이지 않았다. 움직이면 목이 잘려 나갈 것 같은 불길한 예감이 들었다.

"그대여. 잠시 자리를 옮기지. 나는 부군에게 이 모습을 들키고 싶지 않음이니."

이춘식은 아무런 말도 하지 못했다. 이런 보고는 없었다. 플래티넘 슬레이어는 혼자서 잔다고 말했다. 여자가 있다는 정보는 없었다. 이런 헛된 정보를 전해준 북한 슬레이어들에게 괜스레 욕지기가 치밀어 올랐다.

'거짓된 정보를 줘서 나를 죽이려던 차도살인지계였던가!'

아무래도 그런 것 같다. 이런 실력자가 플래티넘 슬레이어 옆에서 밀착 경호를 하고 있었다면 미리 말을 해줬어야 옳다. 일부러 알려주지 않은 것 같다는 기분이 들었다.

물론 착각이었다. 리나가 매일 이렇게, 현석 몰래 현석 품에 안겨 있다는 건 현석도 몰랐던 일이다. 당사자도 모르는 일인데 제아무리 날고뛰는, 심지어 미국 첩보 기관이라 할지라도 알 수가 없다.

'현역 시절에도 나를 시기하고 공격하려던 무리는 많았었지.'

그는 확신했다. 이건 음모다.

여자는 그야말로 엄청났다. 아무것도 보이지 않는 이상한 공간으로 이동해 왔는데 이것이 던전의 일종이라는 것을 깨닫는 데는 그리 오래 걸리지 않았다.

[여왕. 리나. J. 알리세인. 퓨리티어의 특수 공간에 진입합니다.]
[현 슬레이어의 능력을 지나치게 초과하는 영역입니다. 빠른 탈출을 권합니다.]

빠른 탈출을 하고 싶어도 하지 못했다.

"그대는 누구인가?"

속세에 대한 미련은 전부 접어뒀다고 생각했다. 플래티넘 슬레이어를 죽이고 유유자적한 삶을 살려고 했다. 그런데 막상 이 순간이 되자 목숨이 아까워졌다. 무엇보다도 자신을 속인 북한 슬레이어들에겐 보복을 해야만 했다. 그는 기지를 발휘했다.

"플래티넘 슬레이어님의 제자가 되기 위해 찾아왔습니다. 제 실력을 조금이나마 보인다면 제자가 될 수 있지 않을까 해서였습니다."

"……."

이춘식은 또 그럴듯한 변명을 했다.

"아시지 않습니까? 제가 아무리 전력으로 공격해도 저는 플래티넘 슬레이어님의 털끝도 건드릴 수 없습니다."

리나가 무어라 말을 하기도 전에 춘식은 말을 빠르게 말을 이었다. 이미 여왕이라는 것은 시스템 알림을 통해 들었다.

"아름다운 여왕님과 부군의 잠자리를 방해해서 정말 송구스럽게 생각합니다."

만약 일반 사람이었다면 여러 가지를 캐묻고 머리를 굴렸을 거다. 하지만 리나는 일반 사람이 아니다. 균형자다. 균형자는 생각 외로 굉장히 단순하다. 리나의 표정이 조금 풀어졌다.

"그대, 지금 무엇이라 했는가?"

춘식은 토씨 하나 틀리지 않고 아까 했던 말을 똑같이 반복했다.

"부군……."

리나는 혼자서 아주 작게 중얼거렸다. 입가엔 가느다란 미소가 새겨져 있었다. 표정 완전히 풀렸다.

"그대의 갸륵한 마음은 알겠다. 그러나 기다리라. 그대로 인해 부군을 깨울 수는 없음이니."

아침이 밝아왔고 현석이 눈을 떴다. 이상한 남정네 하나가 눈에 보였다. 그리고 눈에 익은 아름다운 얼굴도 보였다.

"어라? 리나? 아침부터 무슨 일이야?"

아침에 찾아온 게 아니고 간밤에 현석과 같이 있었다. 현석이 모를 뿐이다.

하도 밖이 소란스러워서 리나가 이곳은 조용하게 만들었다. 덕분에 현석은 푹 자고 일어났다. 상황을 전해 들은 현석은 피식 웃었다.

상황은 금방 파악됐다.

'그러니까 나를 죽이기 위한 자객이나… 뭐, 그런 거였던 것 같은데.'

재미있는 건, 이 남자가 북한 슬레이어들에 대해 맹렬한 복수심을 품고 있다는 것. 이게 진짜인지 살아남기 위한 연기인지 알 수는 없었지만 잘만 이용하면 좋은 패가 될 수도 있겠다는 생각이 들었다.

'영혼의 계약처럼 강제성을 갖는 아이템이 있으면 좋을 텐데.'

현석이 방을 나서자 어쩐 일인지 인하 길드원들은 난리를 쳤다. 간밤에 누군가 쳐들어왔고 그걸 명훈이 알아차렸다나 뭐라나. 엄청 소란을 피웠는데도 일어나지 않아서 현석의 방문 앞에서 기다렸단다.

문을 열려고 해도 안 열리고 아무리 두드려도 일어나지 않아서 의아하게 생각했었단다.

"오빠! 도대체 방 안에서 무슨 일이 있었던 거야?"

"나도 몰라. 그냥 눈 뜨니까 저 남자랑 리나랑 있더……."

이 남자 처우에 대한 문제를 생각하느라 별생각 없이 말했는데, 갑자기 좀 무서워졌다. 평화가 평소처럼 따뜻한 미소를 짓고 물었다.

"그러니까 오빠는 자고 있고, 리나 씨께서 오빠를 지켜준 거네요. 그 말은 즉, 오빠가 잠들었을 때부터 리나 씨는 오빠 옆에 있었구요."

현석도 모르는 일이다. 그런데 생각해 보니 그런 것 같다. 아무래도 자고 일어나면 항상 리나의 체취가 느껴지곤 했었으니까.

"아니, 그게."

고개를 돌려 옆을 봤다. 방금까지 옆에 있던 리나는 이 자리에 없었다.

그렇게 며칠이 흘렀다.

현석은 성형과 합의하여 남자의 처우에 대한 결론을 내릴 수 있었다. 의외로 써먹을 구석이 상당히 많았다.

성형이 말했다.

"네가 말한 방법 써먹기 전에, 북한 쪽부터 처리하면 좋을 것 같은데."

현석이 대답했다.

"그건 해결할 수 있어요. 예전에 봉인 팔찌라는 걸 얻었거든요."

CHAPTER 4

한국 정부는 한국 유니온의 지원 아래 통일을 이뤄냈다. 대단한 업적이다. 사람들은 당연히 한국 유니온과 그 뒤를 든든히 받쳐 주고 있는 플래티넘 슬레이어를 칭송했다.

　일반적인 경우와는 반대다. 슬레이어가 있고 그 뒤를 유니온이 받쳐 주는데, 한국 유니온은 유니온이 앞에 서고 플래티넘 슬레이어가 그 뒤를 든든히 받쳐 줬다.

　"역시 한국의 3대 축복이라니까."

　"솔직히 통일이 될 거라고 그 누가 생각이나 했겠어?"

　물론 오해다. 그 시각 현석은 은영과 커피 마시고 있었다. 커피 마시면서 쉬고 있었는데 자신도 모르는 사이 통일의 주역이 되어 있었다.

　성형이 말했다.

"리스크 없는 리턴은 없어."

성형이 확실한 건 딱 하나였다.

"네가 말한 대로 써먹기 전에, 북한 쪽부터 처리하면 좋을 것 같은데."

현석이 어깨를 으쓱했다.

"그건 해결할 수 있어요."

해결할 수 있다. 예전 미국 균형자 본체 웨이브 때 얻은 아이템들 중 '봉인 팔찌'가 있다. 일본에서 발견되었던 '영혼의 계약'과 마찬가지로 구속력을 갖는 아이템이었다. 저번에 확인만 해놓고 쓰지는 않았다. 지금은 그때 그대로, 평화의 인벤토리에 들어있다.

"영구 조건은 아니에요. 구속 당시의 조건을 완료하면 봉인은 효력이 없어져요."

"그것만 해도 충분하지."

현석과 성형은 약간의 위험부담은 감수하되 김춘식을 이용하는 것으로 결정을 내렸다. 김춘식은 백두산에 칩거하기는 했으나, 그전까지는 북한의 핵심 슬레이어로 임무를 수행했다고 한다.

김춘식의 머릿속에는 북한의 지형은 물론이고 세력 구도와 지하 시설에 대한 정보까지도 들어 있다.

그들의 앞에 김춘식이 포박된 상태로 의자에 앉아 있었다. 박성형의 말을 들은 김춘식은 다시 한 번 물었다.

"확실한 겁니까?"

현석이 대답했다.

"확실합니다. 다만 기간은 60일 이내 입니다. 60일 이내에 조건을 클리어하지 못하면 슬레이어로서 당신의 능력은 사라지게 될 겁니다. 하지만 클리어하게 되면 당신은 그 이후로 우리와 동등한 관계에서 계약을 맺을 수 있게 될 겁니다. 아이템을 넘겨드리면 인벤토리에서 상세 설명 확인이 가능합니다."

거기에 성형이 한 마디를 덧붙였다.

"그리고 유감스럽게도 당신에겐 선택권이 없습니다. 죽든가, 아니면 제안을 받아들이든가. 믿었던 조국에 배신당한 당신이니 선택을 강요할 필요도 없겠지만."

세부 계획이 세워졌다. 북한에서 레지스탕스로 활동하고 있는 주요 간부들 몇 명을 추렸다.

"이놈은 가능합니다. 예. 이놈도 죽일 수 있습니다. 예. 이놈도 가능할 것 같습니다만……. 조금 위험할 수도 있겠습니다."

그렇게 해서 주요 핵심 명단 21명이 추려졌다. 성형이 조건을 조금 풀어줬다.

"확실하게 잡을 수 있는 놈으로 하죠."

"알겠습니다."

그중에서 확실히 죽일 수 있다고 장담한 사람은 16명. 목표는 16명으로 잡았다. 이 16명의 사살을 봉인 팔찌 클리어 조건으로 삼았다. 그렇게 김춘식은 북한으로 송환됐다.

북한 슬레이어의 리더들 중 한 명, 이길상이 이를 갈았다.

"이 더러운 배신자!"

"배신은 니들이 먼저 했어."

사실 김춘식이 상대를 잘못 만나서 그렇지 굉장히 뛰어난 슬레이어임에는 틀림없었다. 슬레이어로서의 능력도 그렇고 애초에 살인 기계로 훈련을 받은 몸이다. 무엇보다도 상대에 대한 정보가 빠삭한 상태에서의 기습은 그 효과를 톡톡히 발휘했다.

"하늘이 부끄럽지도 않느냐!"

"그 말 벌써 10번도 넘게 듣는다. 날 배신했을 때부터 너희는 이렇게 될 운명이었다. 감히 누가 누구보고 배신자래? 더러운 새끼들."

16명을 죽였다. 핵심 지도부 16명을 죽이는 데에 걸린 시간은 약 35일가량. 그동안 그 16명이 무력하게 당한 것만은 아니었다.

김춘식도 함정에 잘못 빠져 죽을 뻔하긴 했으나 한국에서 지급받은 H/P 포션 덕택에 목숨을 부지할 수 있었다.

'거 참…… . 이런 게 있다는 걸 말로만 들었지 완전히 신문명이구만. 어쨌든 다 끝났네.'

북한 슬레이어 지도층이 한꺼번에 16명이나 목숨을 잃자 북한 레지스탕스는 급속도로 힘을 잃기 시작했다.

전에는 상당히 위협적인 맹수였다면 지금은 목줄 풀린 강아지 정도가 되어버렸다. 한반도 안정화에 가속도가 붙기 시작했다.

현석은 나름대로 감탄했다.

"이래서 내부의 적이 무섭다는 말이 나오는 건가 봅니다."

"그렇지. 아무리 너라고 해도 북한 내에 꽁꽁 숨어 있는 16명의 슬레이어를 찾아내서 죽이기란 쉽지 않을 테니까."

어쨌든 김춘식은 임무를 완료했다. 조건이 클리어된 봉인 팔찌는 그 힘을 잃고서 보너스 스탯 30을 주었다고 한다.

그 사실을 알게 된 성형은 생각했다.

'대박이군.'

스탯 30. 화이트 등급의 결코 불가능한 업적을 클리어하면 일반적으로 보너스 스탯 30을 준다.

'조건을 굉장히 쉽게 설정해서 올리면…… 보너스 스탯 30이 거저 들어오겠어. 난이도에 따라 보상이 달라질 가능성도 배제할 수는 없지만 일단 아직 세상에 밝혀지지 않았으니…… 이건 무조건 사재기를 해야 한다. 물량이 풀리는 대로 무조건.'

한편, 현석은 생각했다.

'겨우 30? 별거 없네.'

*　　　　*　　　　*

김춘식과 유현석은 계약을 체결했다. 김춘식에게 최소한의 안전장치는 했다. 김춘식은 언제나 위치가 확인되도록 몸속에 마이크로칩을 이식해야만 했다.

그는 이를 거부하지 않았다. 그도 그의 처지를 안다. 그는 이미 사용된 말이다. 버려지지 않으려면 뭔가를 보여줘야 했다. 다행히 저쪽에서도 이쪽에 원하는 게 있는 듯했다.

'반드시 이긴다.'

김춘식은 다짐했다. PFC 세계에 새로운 혜성이 바람처럼 등장했다.

"김춘식! 김춘식! 김춘식!"

"발라 버려! 김춘식! 김춘식!"

글로벌 무기제조회사인 글록사가 후원하는 신인 김춘식은 등장과 동시에 빠르고 강렬한 움직임을 통해 PFC 내에서 몸값을 기하급수적으로 높였다. 사람들은 혜성처럼 나타난 신인의 등장에 환호했다.

키도 작고 몸집도 작은데 덩치 큰 슬레이어들을 때려눕히는 그 모습은 가히 신기에 가까웠다.

─김춘식 선수! 전광석화와도 같은 빠르기로 어퍼컷!

─대 슬레이어 파블로 선수의 H/P가 30퍼센트 이하로 하락합니다.

─김춘식 선수의 승리! 김춘식 선수의 승리입니다! 또 이겼습니다. 4전 4승!

현석은 예쓰, 하고 주먹을 불끈 쥐며 성형에게 전화를 걸었다.

"형님, 기다리세요. 곧 올라갑니다."

─얼마든지. 이쪽에서도 만반의 준비를 취하고 있다고.

㈜소리에서도 후원하는 슬레이어가 있다. 현 PFC의 챔피언이다. 현석과 성형은 지금 내기 중이다. 소리가 후원하는 PFC 챔피언 프레드릭과 글록이 후원하는 떠오르는 신성 김춘식과의 매치. 내기도 좀 큰 걸 걸었다.

"형님. 명동에서 웃통 벗고 춤추는 거 잊지 않으셨죠?"

성형이 피식 웃었다.

─너야말로 잊지 않았지?

                    *   *   *

  PFC 챔피언인 프레드릭과 도전자 김춘식과의 대결. 결과는 김
춘식의 패배였다. 은밀하게 몰래 침투하여 습격하고 목을 따는
것이라면 김춘식이 유리하겠지만 이건 아니었다.
  링 안에서, 모두가 보는 앞에서 급소를 제외한 공격으로 싸워
야 한다. 김춘식은 특유의 빠른 움직임으로 좋은 모습을 보이기
는 했으나 프레드릭의 특수 스턴 스킬과 이어진 난타로 인해 패
배하고 말았다.

  ―네! 정말 안타깝습니다.
  ―떠오르는 신성 김춘식! 그러나 김춘식은 아직 신예입니다!
기량을 조금만 더 갈고 닦으면 언젠가 설욕전을 펼칠 수 있을 거
라 믿어 의심치 않습니다!

  현석은 인상을 살짝 찡그렸다.
  "아, 형님. 진짜로 해요? 제가요?"
  "약속은 약속이잖아."
  맞다. 약속이다. 그래서 현석은 폴리모프를 사용했고 ㈜소리
가 후원하는 또 다른 선수로 발탁되어 PFC 경기를 뛰게 됐다.
당연히 본래 힘을 끌어다 쓰면 원샷 원킬이 된다.
  성형은 조건을 걸었다. 상대의 스탯과 밸런스를 최대한 맞춘
상태로 경기에 임할 것.
  '아씨… 최대 스탯이 400 정도면 대미지 컨트롤을 도대체 얼마

나 활성화시켜야 하는 거야?'

살살 때리는 것도 일이다. 잘못 때려서 실수하면 상대의 목숨이 날아간다. 현석은 그러고 싶진 않았다.

'그런데 이거 꽤… 재미있네.'

현석은 복싱을 배우고 있다. 이제는 제법 잘한다. 그러나 복싱과 PFC와는 또 달랐다.

슬레이어들만의 특수한 커리큘럼이 있다. H/P, M/P 등을 관리하는 법. 그리고 H/P 감소를 줄이기 위해 빗겨맞는 법, 상대의 H/P를 효과적으로 감소시키기 위해 유리한 방법 등. 너무 높은 스탯과 강한 힘을 가지고 있어서 관심을 두지 않았던 것들이 반쯤은 재미 삼아 훈련을 하면서 보이게 됐다.

김춘식이 조금 분한 듯 말했다.

"사정 너무 봐주시지 않으셔도 됩니다."

김춘식과 대련을 하면서 현석은 슬슬 감을 찾았다. 어느 정도로 공격해야 적당한 수준의 대미지. 그러니까 일반 슬레이어들에게 걸맞는 대미지가 들어가는지 알 수 있게 됐다.

현석 딴에는 제법 고생해서 알아낸 건데 김춘식은 자존심이 상하는 모양이었다.

"봐주는 거 아닙니다. 김춘식 씨 덕분에 어쨌든 많은 공부를 하게 되네요."

신체 스탯이 워낙에 우월하다 보니 기타 잡기술은 별로 필요 없었다.

권투를 배우기는 했지만 슬레이어로서의 능력을 빼고 권투만 놓고 본다면 일반인보다 좀 더 나은 수준 정도에 불과했다.

현석은 스스로의 동작과 모양새, 힘을 주는 방법 등을 새로이 연구하며 트레이닝을 이어갔다. 처음엔 반쯤 장난인 내기 때문이었는데, 정말 열심히 하다 보니 재미가 붙었다. 상급 체술이 도와주고는 있으나, 스킬이 도와주는 것과 본신 능력은 엄연히 달랐다. 김춘식을 보면서 그걸 확실히 느꼈다.

　'내겐 쓸데없는 동작이 너무 많아.'

　평화가 도시락을 싸들고 특수 제작한 도장에 찾아왔다. 민서가 평화를 맞이했다.

　"오빠. 저렇게 열심인 건 되게 오랜만에 봐. 언니는 또 도시락 싸왔어?"

　"응. 내가 할 줄 아는 게 이런 거 밖에 없잖아."

　"오빠 완전 좋아하겠다."

　민서는 리스토어를 위해 대기 중이었다. 평화는 흐뭇한 미소를 지으며 현석을 쳐다봤다.

　"언니. 그렇게 대놓고 보면 너무 티나."

　"괜찮아. 그런 거."

　"그렇게 얼굴 완전 빨개진 채로 당당한 척 해봐야 애처롭거든……."

　"하, 하나도 부끄럽지 않아. 내가 오빠 좋아하는 건 다, 당연한 거니까."

　민서는 피식 웃고 말았다. 현석은 평화가 온 줄도 모르고 정말 열심히 트레이닝에 임했다. 그를 상대하는 김춘식도 굉장히 진지했다. 스파링이라도 할 때면 김춘식은 정말 죽일 각오로 스파링에 임했다. 그럴 수밖에 없었다.

'강평화 씨도 그렇고 홍세영 씨도 그렇고 예전에 리나란 여자도 그렇고 거기에 최은영 씨까지! 에라이 몹쓸 바람둥이 새끼!'

속으로 외치며 주먹을 뻗었다. 그는 혼전 순결주의자이며 여태껏 연애라곤 한 번도 해본 적이 없었다.

평화가 고개를 끄덕였다.

"정말 진지하네 두 사람. 보기 좋다. 그렇지?"

민서도 고개를 끄덕였다. 그렇게 며칠이 흘렀다.

현석에게 알림음이 들려왔다.

[체술의 묘리 획득이 인정됩니다.]

여태까지 들어보지 못한 알림음이었다.

[반복 숙달로 인해 스킬. 발경이 생성됩니다.]

정확히는 모르겠어도 아마 상급 체술과 연관이 있는 스킬인 것 같았다. 순간 빈틈을 보인 현석에게 김춘식이 달려들어 안면에 주먹을 정확하게 꽂아 넣었다. 활이 버럭 소리를 질렀다.

─이 못된 원숭이 새끼야! 감히 우리 주인님의 얼굴에 그 더러운 손을 대! 내가 너를 가만 두지 않을 테다!

그렇게 소리쳐 놓고선 이내 옆에 현석이 있다는 것을 상기한 활은 아주 작게 쪼그라들었다. 그리고 모함했다.

─…라고 저기 평화 언니가 전해 달랬어요. 저는 그런 험한 말 할 줄 몰라요. 활이는 착한 활이어요.

현석은 대미지를 입지 않았다. 회피율이 너무 높아서 그렇다. 민서가 이상함을 눈치챘다.

"오빠, 근데 갑자기 왜 그래?"

"새로운 스킬이 생겼어."

"새로운 스킬? 뭔데?"

"발경."

스킬이 생기는 건, 슬레이어들에게 그렇게 희귀한 일은 아니었다. 종종 일어나는 일이다. 그런데 그런 것치곤 현석의 표정이 조금 이상했다. 민서가 물었다.

"그게 뭐야?"

이때까지만 해도 현석은 몰랐다. '체술의 묘리 획득'이 현석 자신의 목숨을 수십 번은 구해줄 것이라는 것을 말이다.

체술의 묘리 획득이 인정됐고 그에 따라 나타난 새로운 스킬 발경. 현석은 스킬창을 열어 살펴봤다.

[발경(Active)—LV.1]

—물체 내부에 기파를 터뜨려 외피에 손상을 주지 않고 내부에만 충격을 주는 스킬. 일정 확률로 방어력 무시.

—필요 스킬: 체술.

—필요 M/P: 2,000.

—대미지 강화: +50%

현석은 순간, 헉 소리를 낼 뻔했다. 대미지 강화 +50퍼센트는 어마어마한 거다. 스탯의 영향을 받는 스킬은 아닌 듯했다. 화이트 등급이며 레벨은 1이었으니까. 그럼에도 불구하고 대미지 강화 +50퍼센트가 붙었다.

현재 현석은 53만의 공격력을 갖고 있고 여기에 +50퍼센트 추가 판정이 붙으면 무려 20만의 공격력이 덧붙게 된다.

겨우 M/P 2,000을 사용해서 말이다.

'뿐만 아니라 일정 확률로 방어력을 아예 무시해.'

그 일정 확률이 어느 정도 되는지는 알 수 없으나 등급이 높아지고 레벨이 높아지면 분명 확률도 높아질 거다.

'그리고 물리 모드에서 사용하면……'

물리력이 작용하는 물리 모드에서 사용하면, 굉장히 효과적으로 사용할 수 있는 스킬이었다. 두꺼운 외피를 가진 몬스터에게 내부로부터 커다란 고통을 줄 수 있는 스킬이었으니 말이다.

'이건 진짜 대박 스킬이다.'

게다가 지금 레벨도 낮다. 올리면 올릴수록 강해질 거다. 강해진 건 좋은데, 한 가지 안 좋은 기억이 떠올랐다. 한때 한국을 들썩거리게 만들었던 엽기 살인사건. 장기가 무언가에 폭사된 것처럼 산산조각 났는데 겉은 멀쩡했던 시체들이 떠올랐다. 현석은 고개를 저었다.

'물리 모드가 가능한 건 하더 모드부터야.'

하더 모드에 접어든 슬레이어는 아직 본 적이 없다. 인하 길드조차도 아직 하더 모드에 들어가지 못했다. 다른 슬레이어가 하더 모드에 진입했을 확률은 지극히 적었다.

김춘식도 흥미를 보였다.

"새로운 스킬이 생겼습니까?"

현석이 씨익 웃었다.

"실험 한 번 해보죠."

김춘식은 좀 불안해졌다. 그리고 그 불안은 현실로 다가왔다. 끄아악! 비명 소리가 체육관 안에 울려 퍼졌고 평화는 힐을 약 3초 정도 늦게 줬다. 그날 밤 민서가 물었다.

"언니. 근데 힐 왜 그렇게 늦게 줬어? 언니 정도 되는 힐러의 반응 속도가 아니었는데? 일부러 그랬지?"

"아니야. 실수였어."

"에이. 거짓말. 다른 사람도 아니고 언니가?"

한편, 활은 신나서 쫑알거렸다.

―흥! 그 원숭이 녀석 감히 우리 주인님 얼굴을 때리다니. 비명을 지를 때 활이는 아주 행복했답니다. 꼬시다 꼬셔.

현석 주위를 빙글빙글 돌다가 이내 물었다.

―화, 활이가 지금 무슨 말을 한 거죠 도대체? 모, 모, 못 들으셨죠? 그렇죠? 분명히 그럴 거예요!

민서가 고개를 끄덕였다.

"아~ 그래서 일부러 힐 늦게 줬구나. 좀 더 아프라고."

＊　　　　　＊　　　　　＊

현석은 폴리모프를 사용해 모습을 바꿔 PFC에 출전했다.

처음에는 재미였는데 발경을 얻고 난 이후에는 제법 진지해졌다. 일부러 스탯 사용에도 크게 제한을 뒀다. 아무리 기술이 좋고 싸움을 잘하는 5세 꼬마가 있다 해도 2미터가 넘는 성인 남성을 이길 수는 없는 법이다.

현석이 본래 스탯을 가지고 그대로 전투에 임하면 말 그대로 학살이다. 신체 스펙 자체가 지나치게 차이가 많이 난다. 그래서 특수 스킬 봉인과 대미지 컨트롤을 통해 최대한 밸런스를 조절했다. 그렇게 싸워보고 나니 얻게 되는 것도 꽤 많았다.

스탯 1,000을 가지고 1,000만큼의 힘을 이끌어내지도 못한다면 억울한 일이다.

'북한 슬레이어들은 100을 가지고도 500 이상의 힘을 냈어.'

적어도 대인전 전투에 관해선 그랬다. 그렇다면 스탯 1,000을 가지고 있으면 그보다 훨씬 더 강한 능력을 보유할 수 있을 거다. 현석은 글록 소속이 아니라, 재미있게도 ㈜소리의 선수로 뛰었다. 그리고 김춘식에게 패배했다.

성형이 물었다.

"일부러 진 건 아니지?"

"아니죠. 최대한 공평한 조건에서 했더니 질 수 밖에 없더라고요. 살인 기계로 십년 넘게 수련한 인간을 제가 동등한 조건에서 어떻게 이겨요?"

"그건 그렇지만."

사실 따지고 보면 현석은 지금 유흥을 즐기고 있는 것과 다름없었다.

스스로의 몸에 금제를 걸고 여가를 즐긴다고 봐도 무방할 정도였다. 다시 말해 좀 평화로운 일상을 보내는 중이다. 그러나 그 평화는 그렇게 오래가지 못했다.

세상은 1차 평화기 이후, 본격적인 하드 모드에 진입하였으며 하드 모드 내에서도 하더에 해당하는 균형자들 때문에 한바탕 곤욕을 치러야만 했다.

그 이후에도 여러 가지 사건들—영국의 슬레이어를 흡수하는 슬레이어, 중국의 Ghost형태 몬스터들, 균형자 웨이브, 드레이크와 오우거 등장 등—이 등장했다.

드레이크 때문에 하늘길이 조금 제한됐지만 대신 워프 게이트가 열려 대무역시대를 개척하고 있는 중이다. 또한 몬스터스톤의 놀라운 효용과 더불어 세계는 그 어느 때보다도 빠르게 발전하고 있었다.

강력한 몬스터 오우거 이후로는 이렇다 할 큰 일이 일어나지 않았다. 후일 사람들은 이 기간을 일컬어 제2차 평화기라고 부르게 된다.

그리고 그 2차 평화기도 이제 막바지에 이르렀다. 현석이 김춘식에게 패배하고서 인하 길드 하우스로 들어왔을 무렵, 세계 전체가 잠깐 붉은빛에 휩싸였다. 비록 약 5초 정도의 짧은 시간이지만 사람들은 분명히 봤고 또 느꼈다.

"도대체 무슨 일이 일어난 거지?"

"낸들 아나. 좀 불길한데."

"맞아. 무슨… 피로 물든 세상. 그런 느낌이었어."

"야, 너 소설 너무 봤다. 피로 물들긴 개뿔. 뭐 잠깐 무슨 일이 일어났겠지."

세계는 갑자기 일어난 이 괴현상을 두고 레드 스카이라고 명명했는데 레드 스카이 이후 딱히 별다른 변화는 일어나지 않았다. 적어도 하루는 그랬다.

약 24시간 뒤.

세계는 경악에 빠져들게 됐다.

〈남아프리카 공화국. 현재 연락 두절. 국민들 생사 알 수 없어.〉

〈위성으로도 잡히지 않는 아프리카 대륙.〉

〈레드 스카이가 뒤덮은 아프리카. 그곳엔 무슨 일이?〉

위성으로도 탐사가 안 된다. 전파 장해망이라도 펼쳐져 있는 것 같았다. 무인 드론을 보내 안쪽의 상황을 알아보려 했지만 실패했다.

아프리카 대륙 내에 있는 모든 나라들과 연락이 끊겼다. 아프리카 대륙에는 거대한 돔 형태의 붉은 막이 덧씌워졌다.

그러다 운 좋게, 흐릿하게나마 위성에 영상이 잡히곤 했는데 아프리카 대륙은 지금 이상하게 변해 있었다. 현대에선 찾아볼 수 없을 법한 나무들이 자라고 여태껏 보지 못했던 몇 종류의 몬스터가 발견됐다.

평화는 눈을 질끈 감았다. 인터넷 유투브에 뜬 영상을 보다가 깜짝 놀라 영상을 닫아버렸다.

지금 아프리카 대륙은 몬스터들의 천국이 됐다. 그 안에서 아프리카 슬레이어들이 고군분투하고 있는 모양이지만 쉽지 않은 듯했다.

몬스터들에게 씹어먹히는 영상 몇 개가 유투브에 공개됐고 세계는 혼란에 빠졌다.

성형은 무미건조한 목소리로 말했다.

"그나마 다행인 건 한국에 변화가 일어나지 않았다는 거야."

현석도 고개를 끄덕였다.

"그러게요. 도대체 아프리카 안에서 무슨 일이 벌어지고 있는 거죠?"

"파악할 수 없어. 아주 가끔씩 돔의 가장자리 부분만 위성으로 촬영이 가능하다고는 하는데……. 그것도 극히 일부고. 안쪽 사람들과는 아예 연락이 안 돼."

현석 역시 사태의 심각성을 느끼고 있는 중이다. 아프리카가 저렇게 됐다. 여태까지 대부분 굵직한 변화의 중심이었던 한국도 안전하지 않을 수도 있다.

'레드 돔이라…….'

레드 돔. 지금 아프리카를 감싸고 있는 돔을 레드 돔이라고 부르게 됐다. 그 안으로는 어떠한 생물체도 접근이 안 된단다. 단, 예외는 있었다.

성형이 말을 이었다.

"슬레이어들은 들어갈 수 있다고 해."

슬레이어들 몇이 급히 파견되었다고 했다. 그런데 돌아오지 못했다. 들어가는 것까지는 가능한데 나오질 못한단다. 왜 그런 건지는 밝혀지지 않았다.

"문제는 나올 수가 없다는 거지. 전파도 모두 차단되고 있고. M—20에서도 대책을 강구하고 있는 모양이야."

"돔에 타격을 가하는 거는요?"

"그것도 실패야."

"레드 등급의 M—arm으로요?"

"미국에서 시도해 봤는데 안 먹힌다더라."

세계 경찰을 자처하는 미국에서 레드 등급의 M—arm으로 공격해 봤는데 레드 돔은 꿈쩍도 하지 않았다고 했다. 아프리카에 세계의 기자들이 몰려갔다.

슬레이어가 아닌 일반인들은 레드 돔 안으로 진입 자체가 불가능했고 그들은 레드 돔 주위를 배회했다.

그러던 차, 어떤 기자가 레드 돔의 경계에서 아프리카 주민들을 만날 수 있었다. 즉시 취재에 들어갔다. 물론 레드 돔이 가로막고 있어서 음성은 들리지 않지만 주민들의 모습은 보였다.

민서는 넋 나간 듯 중얼거렸다.

"끔찍해……."

민서는 끔찍한 광경을 몇 번 봤다. 예티 때도 봤고 Possesion Ghost 때도 봤다. 그래서 약간은 익숙해졌다고 생각했는데 차마 영상을 볼 수 없었다.

주민들은 레드 돔을 손톱으로 마구 긁으며 울부짖었다. 고통과 절망에 빠진 인간의 모습은 정말 필사적이었다. 손에서 피가 줄줄 흐르고 있음에도 불구하고 그들은 멈추지 않았다.

주위의 돌로 찍어보기도 하고 머리로 쾅쾅 찧어대는 사람도 있었다. 어떤 사람은 아마도 뇌진탕 때문에 그 자리에서 피를 흘리며 기절하기도 했다.

그리고 몬스터의 종류는 알 수 없으나 기다란 형태를 가진 어떤 몬스터가 주민들의 발목을 감싸고 레드 돔 안쪽으로 쭉 끌어당겼다.

손톱으로 땅을 긁으며 버텼지만 소용없었다. 몇몇은 그렇게 안쪽으로 끌려들어 갔고 몇몇은 또 다른 몬스터들에 의해 잡아 먹혔다.

아비규환의 아프리카.

레드 돔이 뒤덮은 레드 스카이 상태의 아프리카. 그들을 어떻게든 도와야 한다는 세계인들의 목소리가 높아지기 시작했다.

세계에 처음 발생한 레드 스카이. 아무도 타개책을 내놓지 못했다. 그렇다고 자국 슬레이어들을 돔 안으로 밀어 넣는 짓을 하는 유니온들도 없었다.

아무것도 밝혀진 것이 없다. 안쪽에는 단 한 번도 보지 못했던 형태의 몬스터들이 생겨났다. 그러한 위험이 있는 곳에 자국 슬레이어들을 파견할 여유가 있는 유니온은 없었다.

그건 현석 역시 마찬가지였다. 아무리 강한 힘을 가지고 있다고 하더라도 그 안에 들어가고 싶은 마음은 없었다.

'레드 스카이라······.'

그러나 또 완전히 무시하고 싶지도 않았다. 지금 세계인들은 아프리카를 구해야 한다고 한마음이 되어 외치고 있다. 현석 역시, 구할 수만 있다면 그들을 구해주고 싶다. 방법이 없을 뿐.

그러던 차 현석이 유니온을 찾았다. 현석이 말했다.

"성형이 형, 이 방법은 어때요?"

아프리카 전역을 뒤덮은 레드 돔은 어떤 무기로도 흠집 하나 낼 수 없다고 했다. 그렇다면 그보다 상위 등급의 M—arm이라면 어떨까, 생각해 봤다.

"퍼플 등급의 M—arm이면 가능성이 있지 않을까요?"

"퍼플 등급?"

하더 던전들을 클리어하면서 왕마다 약 2개의 퍼플스톤을 선사했고 덕분에 현석의 인벤토리에는 19개의 퍼플스톤이 있다.

성형은 머뭇거렸다.

"하지만……"

퍼플스톤은 레드 등급보다 상위 등급의 스톤이다. 사람들은 레드 등급위에 무언가가 있다는 것도 모른다. 지금은 그 금액이 정해지지도 않은 최고의 보물이 바로 퍼플스톤이다.

"그걸 사용해도 괜찮겠어……?"

"저도 영상 봤어요."

아프리카. 10억에 이르는 사람들이 지금 레드 돔 안에 갇혀서 언제 죽을지 모를 위험에 처해 있다. 그들을 위해 발 벗고 나서기는 조금 그렇지만 그래도 갖고 있는 것을 내놓지 않을 만큼 그는 궁핍하지도 여유가 없지도 않았다.

"세상에서 딱 저만 내놓을 수 있는 물건이잖아요."

성형은 현석을 물끄러미 바라보다가 이내 피식 웃었다. 성형도 그 생각을 안 해본 건 아니다. 그러나 어디까지 퍼플스톤은 현석의 물건이다. 희소성까지 계산하면 감히 상상할 수도 없는 엄청난 자원이다. 그래서 말을 못하고 있었다.

"살신성인의 슈퍼 히어로로……. 맞긴 맞네."

"정말 살신성인의 슈퍼 히어로였다면 제가 지금 아프리카로 갔겠죠. 그런건 싫어요."

"어쨌든… 정말 대단한 거야. 매번 느끼는 거지만 현석이 네가 플래티넘 슬레이어여서 진짜 다행이다."

플래티넘 슬레이어가 퍼플스톤 10개를 기증하여 글록사가 퍼플 등급의 M—arm을 제조하겠다고 밝혔다.

물론 몬스터스톤만 있다고 무기가 만들어지는 건 아니다. 레드 돔에 타격을 주기 위해선 광범위 폭발이 아닌, 일정 반경에 폭발력을 집중할 수 있는 기술력도 필요하다. 미국 역시 힘을 보태겠다고 밝혔다.

미국은 토마호크 미사일 20여기를 기증하기로 했다. 미국과 글록이 합작하여 세계 최초의 퍼플 등급 M—arm을 만들어냈다. 당연한 말이지만 여기에는 10개의 퍼플스톤이 포함되어 있는 M—arm이었다.

〈아프리카를 향한 구원의 손길!〉
〈플래티넘 슬레이어. 퍼플스톤 기증.〉
〈미국, 토마호크 미사일 20기 기증. 추가기증 의향 있어.〉

현석은 성형과 함께 미국 대통령 데이빗과 만남을 가졌다. 데이빗이 말했다.

"재래식 무기를 일정 수준 이상 쏟아 부으면 레드 돔의 강도가 잠깐이지만 약해지는 것을 확인할 수 있었습니다."

현석은 그 말을 이해했다.

"그렇다면 재래식 무기와 M—arm을 같이 사용할 때 효과가 극대화되겠군요."

"그렇습니다. 미국은 물론이고 전 세계 42개국에서 힘을 보태기로 했습니다."

다른 제반 요소들은 둘째 치고 오로지 무기만을 금액적으로 따졌을 때 40조 원어치의 폭격이 레드 돔 위에 가해진다고 했다. 그러나 이 40조 원이라는 금액은 별로 의미가 없었다.

여기에 퍼플 등급 M—arm이 한점을 집중 타격할 거다. 퍼플 스톤은 가치가 정해지지 않은 보물이고 40조 원이라는 엄청난 금액을 의미 없게 만들기에 충분했다. 전 세계에 19개밖에 없는 거니까.

레드 돔에 갇힌 아프리카를 위해 세계가 나섰다. 이 사건은 전 세계적으로 매우 중요한 사건으로 취급되었으며 전 세계인이 숨죽여 그 과정을 지켜보았다. 며칠 뒤. 폭격이 시작됐다.

—레드 돔의 강도 약화가 확인되었습니다.

밤낮없이 폭격이 이어졌다. 어차피 쏟아 붓는 것이라면 확실하게 쏟아 붓는 게 좋다. 지금까지 터뜨린 폭탄만 해도 어지간한 나라는 지도에서 지워 버릴 수 있을 정도의 엄청난 화력이었다. 그러나 레드 돔에는 딱히 변화가 없었다.

—퍼플 M—arm 토마호크. 준비됐습니다.

그리고 대망의 퍼플 등급 M—arm도 준비가 완료됐다. 전 세계 주요 언론들이 상황을 실시간으로 전파했다.

—이상 현상에 휩싸인 아프리카 대륙을 구하기 위해 사흘 밤낮 폭격이 이어졌으며…….

—미국이 토마호크 미사일을 발사 준비 중에 있으며…….

한국, 강원도 원주.

TV를 숨죽여 지켜보던 유세권이 주먹을 불끈 쥐었다.

"제발 성공해야 할 텐데……."

그의 절친한 친구 박진웅 역시 그 옆에 앉아 TV를 뚫어져라 쳐다봤다. 그도 영상을 봤다. 그에겐 남일 같지가 않았다. 늦둥이 아들이었던 박진호를 떠나 보낸 지 이제 겨우 2년쯤 지났을 뿐이다. 영상 속에서 어린아이가 죽는 모습은 진웅의 가슴을 뜨겁게 만들었다.

—플래티넘 슬레이어가 기증한 퍼플스톤으로 퍼플 등급의 M—arm을 만든…….

박진웅이 중얼거렸다.

"플래티넘 슬레이어란 분… 진짜 난 놈은 난 놈이네."

유세권도 동의했다.

"그렇지. 한국에서 저런 영웅이 태어나다니."

"내가 언제 한 번 꼭 찾아뵙고 감사하다고 인사라도 드려야 할 텐데……."

아들의 죽기 전 소원을 이루어줬던 그 사람. 언제 찾아왔는지조차 모르게 부조함에 10억을 넣어줬던 그 사람. 죽기 전에 한 번이라도 보고 싶었다. 그 사람은 아이의 작은 소원을 들어줬었고 이제는 세계의 위기에 구원의 손길을 내밀었다.

—발사 10초 전.

세계가 조용해졌다. 이름도, 얼굴도 모르는 아프리카 사람들이 저 이상한 곳에서 해방되기를 전 세계 사람이 기원하고 또

기도했다.

—발사 8초 전.

오죽하면 미국에선 EMP와 관련한 실험은 모두 중지됐을 정도다. 만에 하나라도 항법 장치에 영향을 줄 수 있다나 뭐라나.

사실 그럴 가능성이 거의 없다고 보면 되지만 그래도 미국 시민들이 나서서 운동을 벌였다. 아프리카의 해방에 조금이라도 영향을 끼칠 수 있는 건 하지 말자는 운동이었고 그건 큰 호응을 얻었다.

—발사 3초 전.

—발사 2초 전.

—발사 1초 전.

미국의 전략 핵잠수함이 토마호크 미사일을 토해냈다.

토마호크 미사일 20기가 일정한 시차를 두고 정해진 지역과 타깃을 향해 날았다. 폭발이 일었다.

1번째 미사일이 레드 돔과 부딪쳤다.

콰광!

커다란 소리가 났다. 하지만 레드 돔에는 별다른 변화가 없었다.

2번째 미사일이 레드 돔과 부딪쳤다.

역시 변화가 없었다.

3개가 레드 돔과 부딪쳤다.

그때 약간의 변화가 포착됐다.

그리고 그 변화는 실시간으로 미 정부에 보고가 올라갔다.

—레드 돔의 색깔이 옅어졌습니다.

—레드 돔 색깔에 변화 포착!

—강도 측정 중!

4번째 미사일이 레드 돔과 부딪쳤다.

박진웅이 주먹을 꽉 쥐었다. 색깔이 옅어 지는 게 육안으로도 보일 정도였다.

'제발 좀 어떻게 잘 좀 돼라!'

5번째 미사일이 레드 돔과 부딪쳤다. 현석 역시 실시간으로 상황을 지켜봤다. 아무리 부자인 현석이라고 해도 퍼플스톤이 아깝지 않은 게 아니다.

그러나 세상에서 그밖에 할 수 없는 일이기에 후회는 남지 않았다. 이왕에 기부한 거 잘 되는 게 좋다. 좋은 변화가 나타났으면 좋겠다.

13번째 미사일이 레드 돔과 부딪쳤다.

콰과광!

그때, 다시 큰 변화가 일어났다.

—레드 돔의 색깔이 확연히 옅어졌습니다!

—위성으로 안쪽 상황 관측이 가능해졌습니다!

—13개의 퍼플 등급 M—arm! 레드 돔에 타격을 가했습니다!

실시간 중계를 위해 나가 있던 기자들이 흥분해 목청껏 소리를 높이기 시작했다.

—기적이 일어나고 있습니다!

색깔이 정말 많이 옅어졌다. 레드 돔 바운더리(경계)에서 울부짖고 있는 어떤 흑인들이 보였다. 그들은 레드 돔을 손톱으로 마구 긁고 있었다.

15번째 미사일이 레드 돔과 부딪쳤다.

―레드 돔의 반경이 줄어들기 시작했습니다.

―레드 돔의 크기가 줄어들었습니다!

레드 돔의 크기가 줄어들기 시작했다. 경계에 있던 흑인들이 구조됐다. 마침 그 부근에 있던 영국 특수 구조대가 그들을 구조했다. 대기 중이던 전 세계의 슬레이어, 군인들이 아프리카 대륙에 내려섰다.

17번째 미사일이 레드 돔과 부딪쳤다.

32명의 아프리카 사람들을 구조했다. 그들은 눈물을 흘리며 자신이 살았음에 안도하고 자신을 구해준 이들에게 무릎을 꿇고 엉엉 울었다. 그들의 말을 누군가 해석해 줬다.

―붉은 지옥에서 구해주어서 정말 감사합니다.

―사람들이 붉은 지옥에서 구해줘서 감사하다고 무릎 꿇고 엉엉 울고 있습니다.

이것은 영화가 아니다. 실제 상황이다. 레드 돔이 줄어들고 구조된 사람들이 자신을 구조해 준 사람들을 향해 절을 올리고 무릎을 꿇고 있었다.

18번째 미사일이 레드 돔과 부딪쳤다.

레드 돔이 굉장히 흐려졌다.

19번째 미사일이 레드 돔과 부딪쳤다.

콰과광!

요란한 소리가 또 터져 나왔다. 그리고 레드 돔이 사라졌다.

—발사 중지!

마지막 20번째 토마호크 미사일은 발사되지 않았다. 레드 돔이 아프리카에서 사라졌기 때문이다.

기자들은 침을 튀기며 중계했다.

—기적이 일어났습니다! 전 세계인들의 염원을 담아 진행했던 해방 프로젝트가 결국 성과를 일궈냈습니다!

—퍼플 등급의 M—arm! 아프리카를 뒤덮었던 레드 돔을 없애는 데 성공했습니다!

한국과 미국이 주도했고 40여 개국이 참가한 이번 해방 프로젝트는 성공리에 끝났다.

*　　　　*　　　　*

UN에서 국제 평화유지군을 파견했다. 전 세계 유니온들도 합심하여 슬레이어들을 파견했다. 비록 레드 돔은 없어졌지만 그 안에는 듣도 보도 못한 몬스터가 많이 생겨났다. 세계는 적극적으로 구호활동에 나섰다.

성형이 말했다.

"무조건적인 선의로 보긴 힘들겠지."

"그렇죠. 새로운 몬스터에 아프리카에 대한 지분도 요구할 수 있으니."

아직 정확히 밝혀지진 않았지만 아마 아프리카 내의 대부분의 나라는 멸망했을 거라 짐작되고 있다. 지금까지 구조된 아프리카인들은 겨우 50만 명 수준. 앞으로도 생존자는 계속 발견되겠지만 그래도 엄청나게 많은 사람이 죽었다. 다시 말해 주인이 없어진 땅이 됐다는 소리다.

비정한 소리로 들릴 수도 있겠지만 누가 더 생존자를 많이 구출했느냐, 누가 더 큰 영향을 끼쳤느냐가 지금 미개척지라 할 수 있는 아프리카를 얼마나 많이 차지할 수 있느냐가 될 수도 있는 문제라는 소리다.

현석이 어깨를 으쓱했다.

"그래도 구호 활동을 안 하는 것보단 낫겠죠."

"그거야 그렇지. 우리도 적극적으로 동참하고 있고."

"강남 스타일 길드랑 슬레이어 2천 명을 파견했다면서요."

"어. 자원자만 받았는데도 그 정도였어."

현재 한국 내 슬레이어들의 숫자는 약 6만 명 정도로 추산된다. 겨우 오크 정도 잡을 수 있는 어중이떠중이를 제외한 숫자다. 어중이떠중이들까지 합치면 수십만 명에 이른다.

6만 명 중 2천 명을 골라 뽑아 파견했다. 분명 좋은 성과를 거둘 수 있을 거다.

"인하 길드는 안 가?"

"한국에서 하드 던전들을 돌 거라서요. 그게 이득인 것 같아요. 거기까지 왔다 갔다하느니."

"거기에 워프 게이트가 있었다면 참 좋았을 텐데."

"그러게요."

며칠이 지났다. 아프리카 대륙에 서식하고 있는 몬스터들에 대한 특징과 강함 정도가 알려지기 시작했다. 또 며칠이 지났다. 아프리카 내에 슬레이어 혹은 유니온들 간의 세력 구도가 조금씩 생겨나기 시작했다.

급기야는 슬레이어들 간의 전투가 벌어졌을 지경이었다. 아프리카 대륙 내에서도 지금 이슈가 되고 있는 곳은 바로 르완다 지역이다.

그곳에 서식하는 '초원 가재'는 개체 수가 많고 약한데, 블루스톤을 드롭했다. 사냥하기에 아주 좋은 몬스터였다. 그 외에도 카메룬과 튀니지의 일부 지역은 '핫한 사냥터'로 유명해졌다.

그렇기에 슬레이어들 간에 무력 다툼이 벌어지고 있는 것이었다. 치안을 유지할 군대도 없고 국가도 없었다.

"그래서? 불만이야? 불만이면 한 판 붙어보시던가."

그래서 법 같은 것보다는 힘의 논리가 지배하는 땅이 되어버렸다.

유니온들도 대책 마련에 나섰지만 그 넓은 지역을 전부 커버할 수도 없는 노릇이었고 당장 슬레이어들을 어떻게 규제할 수 있는 것도 아니었다.

슬레이어들 간의 다툼이 비일비재하게 일어났고 심지어 살인도 자주 벌어졌다.

누군가 말했다. 생김새로만 살펴보면 이탈리아 계통의 남자 슬레이어 같았다.

"옐로우 몽키 새끼 주제에."

한국의 골드 등급 슬레이어 이항순이 침을 퉤! 뱉었다.

"저 새끼 뭐래냐?"

강남 스타일 소속 딜러 최은영이 항순을 말렸다.

"오빠, 길장님이 타 길드랑 부딪치지 말라고 했었잖아요."

"저쪽이 먼저 건드렸잖아. 씨팔 아까도 스틸한 거 봐줬더니만. 만만하게 보고."

강남 스타일의 유닛 길드─강남 스타일의 8명과 타 길드들 20여 명이 연합했다─와 어떤 길드가 부딪쳤다.

아프리카 대륙 곳곳에서 일어나고 있는 세력 다툼. 그 다툼이 점점 커지기 시작했다.

＊　　　＊　　　＊

강남 스타일이 영역권 문제를 놓고 타 길드와 싸운 것은 크게 이슈화가 됐다. 급기야는 한국 슬레이어와 이탈리아 슬레이어 간의 전쟁 수준으로 확대되게 됐다.

성형이 상황을 설명했다.

"솔직히 전쟁까진 아니지만……. 이대로 내버려 두면 충분히 전쟁 형태가 돼. 적어도 수백 명 이상끼리 부딪치게 되니까. 아직 사망자는 없는 모양이지만… 이대로면……."

한국 유니온과 E─유니온도 자국 슬레이어들에게 그만둘 것을 권고하고 있으나 강제력은 없었다.

성형이 솔직히 말했다.

"사실 그렇다기보다도… 우리 쪽에선 일부러 적극적으로 말리지 않고 있는 거지."

이탈리아의 슬레이어들은 한국의 슬레이어들에 비교하면 확연히 뒤떨어지는 실력을 가지고 있다.

전체적으로 유럽의 슬레이어들은 수준 자체가 낮았다. 그나마 요즘 많이 따라왔다고는 하나 한국에서 아프리카로 날아간 슬레이어들에 비하면 손색이 있는 것이 사실이었다.

"네 이름에 가려져 강남 스타일의 이름이 무시받고 있거든."

상대적으로는 그렇다. 강남 스타일 역시 세계적인 강함을 자랑하는 길드다. 그러나 한국에는 압도적으로 강한 플래티넘 슬레이어가 있다.

미국하면 TS 길드를 떠올리지만 한국하면 플래티넘 슬레이어를 떠올리기 때문에 상대적으로 강남 스타일이 약체처럼 느껴지는 게 사실이다.

"그리고 무엇보다도 유럽 슬레이어들. 특히 이탈리아 슬레이어들은 동양권 슬레이어들을 대놓고 싫어하고 있어."

"그래요?"

"백인 우월주의에 찌들어 있는 놈들이 꽤 되어서 말이야."

현석은 어깨를 으쓱했다.

"어쨌든 가보긴 해야겠네요."

"은영 씨 때문에?"

"은영이도 있고… 그 사냥터 몬스터가 꽤나 재미있는 놈이라면서요."

재미있다… 라. 성형은 피식 웃었다. 확실히 현석의 입장에서는 재미있을 수도 있겠다싶다. 다른 슬레이어들은 목숨을 걸어야 하지만 말이다.

그때 작은 인형 형태의 활이 활활 불타올랐다.

—주인님. 그 암컷 때문에 그 먼 곳까지 가시는 것이어요? 활이는 시샘할 거예요!

활은 잔뜩 토라진 척을 했지만 현석이 손가락으로 살살 긁자.

—저, 저는 이런 걸로 토라진 것이 풀리지 않…….

하고 버티다가 꺄르르 웃고 말았다.

—그, 그만! 거긴! 아, 안 돼요! 벼, 변태 주인님!

*　　　　　*　　　　　*

플래티넘 슬레이어가 아프리카로 향한다는 건 공표하지 않았다. 그러나 강남 스타일 길드원들과 지금 그들과 힘을 합치고 있는 한국 슬레이어들은 유니온으로부터 소식을 들을 수 있었다.

강남 스타일의 길드장. 김상호가 말했다.

"일단 마찰을 피합시다."

"알겠습니다."

플래티넘 슬레이어가 수 시간 내로 도착할 거라고 하는데 굳이 이탈리아 슬레이어와 부딪칠 필요가 없다는 판단이 섰다.

강남 스타일 길드가 물러서자 이탈리아 슬레이어들은 기가 살았다.

"옐로우 몽키 새끼들아. 어디 계속 덤벼봐라."

이탈리아의 중상급 길드 중 하나인 프랑슘 길드의 길드장 파브리앙이 가운데 손가락을 척 들어 올렸다.

"거 보십쇼. 한국은 플래티넘 슬레이어 빼면 잡것들이라니까요."

"이제 사막 가재는 우리가 잡으면 됩니다."

약 3시간 정도. 사막 가재가 서식하고 있는 중앙 아프리카 부근의 사냥터를 이탈리아 슬레이어들이 독식했다.

*　　　　*　　　　*

플래티넘 슬레이어가 도착해 은영의 안부부터 물었다.

"야. 너 괜찮아?"

"뭐야? 너 설마 나 걱정돼서 여기까지 온 거야?"

"그냥 겸사겸사. 한국 슬레이어들한테 일이 생겼다길래."

강남 스타일의 헬퍼 문영준은 확신했다.

'아냐. 이건 분명히 은영 씨가 여기 있어서 온 거야. 우리만 있었으면 전쟁을 하든 뭘 하든 신경 안 썼을 거야.'

이항순도 비슷한 생각을 했는지 문영준과 눈을 마주친 상태로 고개를 끄덕였다. 어쨌든 플래티넘 슬레이어가 왔다.

강남 스타일의 길드장 김상호가 현석에게 물었다.

"플래티넘 슬레이어께서 어떤 묘안이 있으신지……?"

"묘안이요?"

현석은 고개를 갸웃했다. 묘안 같은 건 없었다. 그리고 그 갸웃거림에서 강남 스타일 길드원들은 희망을 얻었다.

이항순이 낄낄대고 웃었다.

"아, 그렇군요."

별생각 없이 왔다. 그 말은 즉, 별생각 없이 사막 가재들을 잡겠다는 뜻이다. 김상호가 고개를 끄덕였다.

"하기야… 직접적으로 부딪칠 필요도 없죠."

이탈리아 슬레이어들과 부딪칠 필요도 없었다. 현석이 전투 필드를 최대한 확장시켰고 명훈이 탐색 스킬을 사용했다.

"전투 필드 내 확인되는 사막 가재 숫자 총 52마리. 아! 한 마리 죽었네. 이제 51마리."

현석이 최하급 마법 윈드 커터를 쏘아내기 시작했다. 김상호를 비롯한 강남 스타일 길드원들, 그리고 한국 슬레이어들은 또다시 입을 쩍 벌릴 수밖에 없었다.

도대체 몇 천발이 쏘아지는 건지 모르겠다. 현석의 손으로부터 윈드 커터가 쉴 새 없이 쏘아져 나갔다.

*　　　　*　　　　*

이탈리아의 길드원들은 사막 가재 슬레잉에 성공했다.

사막 가재는 커다란 집게발만 조심하면 슬레잉하기가 쉬운 개체였다. 장갑이 굉장히 딱딱해서 공격력이 강한 근딜이 많이 필요하기는 했지만 말이다.

집게발 공격은 강했지만 느려 피하기 쉬웠다. 덕분에 단 1명의 사망자만 발생했다.

다른 슬레이어의 발에 걸려 넘어졌고, 그때 사막 가재의 집게발에 공격을 당했다. 실수가 아니었다면 사망자가 발생하지 않을 수도 있었다.

프랑슘 길드의 길드장 파브리앙도 활짝 웃었다. 신기록을 세웠다.

"총 소요 시간 42분. 신기록입니다."

다들 만족했다. 사막 가재를 잡는데 겨우 42분밖에 안 걸렸다.

사막 가재는 특이한 몬스터였다. 다른 몬스터들과는 다르게 사체를 남긴다. 그리고 이 사막 가재의 사체는 하나에 100억이 넘는다. 껍질 자체도 굉장히 수요가 높은 데다가 고기는 없어서 못 팔 정도다. 맛도 좋은데, 간간히 스탯 +1을 해주는 효과도 나타난다고 하니 부르는 게 값이었다.

게다가 사막 가재는 비선공 몬스터다. 한 마리를 공격할 때에 다른 몬스터를 신경 쓸 필요가 없다는 거다. 그래서 사막 가재는 슬레이어들이 슬레잉하고 싶어 하는 1순위의 대상이었다.

다음 사냥감을 물색했다. 그런데 뭔가 발견했다.

"길드장님. 저기… 뭐가 떨어집니다."

"저건… 윈드 커터? 도대체 어디서 떨어지는 겁니까? 트랩퍼! 확인하세요!"

"모, 모르겠습니다. 안 잡힙니다."

그들은 이탈리아 슬레이어들의 인식권 밖에서 쏘아내고 있었으니 당연했다. 그런데 말도 안 되는 일이 벌어졌다.

윈드 커터가 사막 가재의 몸에 끝없이 박혀 들어갔다. 하나하나의 대미지가 어마어마했다. 단 한방에 실드 게이지가 10퍼센트씩 깎여 나가고 있었다.

이탈리아 슬레이어들은 망연자실했다.

"말도… 안 돼……!"

"윈드 커터가 저런 대미지라고?"

한편, 현석은 좀 실망했다.

"확실히 대미지가 안 들어가긴 하네요."

명훈도 고개를 끄덕였다.

"한 방에 겨우 10프로밖에 안 깎이네. 너도 많이 약해졌다야."

플래티넘 슬레이어는 압도적인 무력을 바탕으로 이탈리아 슬레이어들을 주눅 들게 만들었다. 이탈리아 슬레이어들이 손을 쓰기도 전에 플래티넘 슬레이어가 주변을 초토화시켜 버렸다.

사실상 사냥터를 점유한다고 해도, 그 밖에서 처리해 버리면 뭐라 할 수도 없었다. 더군다나 상대가 플래티넘 슬레이어라면 말이다.

주변의 사막 가재는 결국 현석이 다 잡아버렸다. 강남 스타일의 길드원 근접 딜러 이항순은 원래의 무기인 철퇴 대신 호루라기를 삑— 삑— 불어댔다.

"헤이! 스틸 노노! 스틸 노노! 그건 플래티넘 슬레이어 거. 헤이! 그거 플슬 거라고. 이 십새끼들아!"

한국 슬레이어들이 열심히 발로 뛰었다. 현석이 잡은 사막 가재들을 수거하기 위해서다.

수거해 오는 것만으로도 지분의 50퍼센트를 떼어준다고 했으니 한국 슬레이어들에게는 남는 장사였다.

이 사건은 세계 언론에 공표됐다.

〈플래티넘 슬레이어. 무력시위.〉
〈한국 슬레이어의 뒤엔 플래티넘 슬레이어가 버티고 있어.〉
〈사막 가재 수십 마리. 단 3분 만에 몰살.〉

플래티넘 슬레이어는 균형자 웨이브조차도 상대가 가능했던
—물론 시간이 3시간씩이나 걸렸지만—전 세계 유일무이한 슬레이
어고, 그 슬레이어가 무력시위를 했다고 알려졌다.

애초에 미국이나 중국, 일본 등 슬레잉 강국에서는 한국과 척
을 지고 싶지 않아 했는데, 이번 일을 계기로 수많은 나라가 한
국 슬레이어들과의 마찰을 피하게 됐다. 오죽하면 중국 슬레이
어들이 '아임 코리안!'을 외치고 다닐까.

어쨌든 플래티넘 슬레이어가 나서면서 한국 슬레이어들은 아
프리카 대륙 개척에 더욱더 열을 낼 수 있게 됐다.

아프리카 대륙은 그야말로 황금 알을 낳는 땅이었다. 블루 이
상의 상위 등급 몬스터스톤도 많이 드롭되고 특수한 아이템이나
사체 등도 드롭되는 신비로운 곳이었다.

성형이 말했다.

"이젠 국가들이 나서서 아프리카를 접수하고 싶어 하는 눈치
야. 레드 돔을 없애는데 결정적인 역할을 했던 네가 있어서 쉽게
움직이지는 못하고 있지만."

선진국들은 현석의 눈치를 살필 수밖에 없다.

"어쩔 수 없죠. 아프리카의 나라들이 대부분 멸망했고 이제
주인이라고 할 수 있는 사람들이 별로 없으니까요."

"지금 당장은… 슬레이어들의 세계로 이뤄지고 있지만…….

만약에라도 몬스터가 정리되고 삶의 터전이 가꿔진다면 어떻게 될지 몰라. 대륙을 차지하기 위한 전쟁이 벌어질 수도 있어."

물론 근 시일 내에 이뤄질 일은 아니었지만 만약에라도 그렇게 된다면 한국 역시 뒤처질 수는 없는 일이다. 한국 유니온에서도 미리부터 슬레이어들을 파견하고 있지 않은가.

"군대를 파견하려는 움직임도 포착되고 있……."

그런데 그 순간 사이렌 소리가 울려왔다. 유니온장실의 창문에 새어들던 황금빛 태양의 색깔이 변했다. 현석이 움찔 놀랐다. 창문 쪽으로 달려가 창문을 열어봤다.

'색깔이… 변했다……!'

한국이 레드 돔에 뒤덮였다. 익숙했던 세상이 변해 버렸다. 현석도 전에 없이 심각한 표정을 지었다.

'이럴 수가…….'

CHAPTER 5

한국의 하늘이 붉게 변하며 레드 돔이 생겼다.

현석은 한국 몬스터 대응기구. 몬스터 대응 관리 본부장 강찬석에게 전화를 걸었다. 유니온을 통하지 않은 직접 연락은 거의 처음 받는 것이라 강찬석도 순간 당황했다.

"예, 알겠습니다. 예. 즉시 처리해 보도록 하겠습니다."

아직까진 폭풍의 핵처럼 조용하다. 사람들은 대피 시설로 일사불란하게 대피했고 그에 따라 피해는 그렇게 크지 않았다. TV 방송이 나오지 않는 것도 아니었다. 아직은 아무런 일도 벌어지지 않았다.

현석은 정부로부터 헬기를 지원받아 곧바로 원주로 향했다. 이제 좋든 싫든 부모님과 함께 살아야 한다.

현석은 전에 없이 강경한 어조로 말했다.

"오셔야 합니다. 아부지랑 엄마가 반대해도 소용없어요. 억지로라도 끌고 갈 겁니다."

'아프리카보다 더 강한 개체가 나타나면 나타났지 그보다 덜한 개체가 나타나진 않을 거야.'

하물며 오크 같은 하위급 개체라 할지라도 한국에 나타나는 오크는 타국에 나타나는 오크보다 강하지 않은가.

현석의 아버지인 유세권은 원주를 떠나야 한다는 그 말에 인상을 찡그렸다.

"대피 시설에 좀 들어가 있다가 나오면 되지 않냐?"

"아부지, 제 말 좀 들어주세요. 언제 몬스터들이 들이닥칠지 모른다고요."

"한국에 그 왜 플래티넘 슬레이어 있잖아. 그 사람 있으면 저 이상한 것도 깨부숴 주겠지."

"시도 안 해본 거 아니라고요! 말 좀 들어요, 제발!"

현석은 버럭 소리 질렀다. 시도를 안 해본 게 아니다. 레드 돔 안쪽에서 이미 퍼플 등급의 M—arm으로 레드 돔을 가격해 봤으나 소용없었다. 이유는 알 수 없었다.

현석 역시 공격해 봤지만 소용없었다. 물리 모드를 켜봐도 레드 돔은 요지부동이었다.

"제가 플래티넘 슬레이어라고요. 아부지!"

"이놈이 날 갖고 장난을 치나!"

현석은 짧게나마 설명했다. 플래티넘 슬레이어가 아니면 보여줄 수 없는, 슬레이어라면 보고 감탄하며 입을 쩍 벌릴 만큼의 윈드 커터 난사를 보여줬다.

슬레이어라면 저게 얼마나 대단한 건지 안다. 그러나 일반인들은 그렇게까지는 잘 모른다.

"자세한 건 가면서 설명드릴테니까 일단 타세요."

'세상에 어느 슬레이어가 국가로부터 헬기도 척척 지원받겠냐고요'라는 말은 안으로 삼켰다.

애초에 갑자기 나타나 '아부지, 제가 그 세계에서도 최고로 강하다는 플래티넘 슬레이어입니다'라고 말한다면 바로 믿는 게 더 이상한 일이었다.

인하 길드원들이 모였다. 현석의 부모님을 비롯하여 인하 길드원들의 부모, 형제들도 인하 길드 하우스에 모였다.

현석이 입을 열었다.

"정식으로 인사드리겠습니다. 플래티넘 슬레이어이자 인하 길드의 길드장을 맡고 있는 유현석입니다."

*   *   *

인하 길드원들끼리도 회의 시간을 갖게 됐다. 명훈이 먼저 말했다.

"지금 딱히 탐색에 걸리는 놈은 없어. 그런데 불안하다. 뭔가 여태까지와는 분명 달라."

세영도 고개를 끄덕였다.

"육감을 사용해 봤는데 이상해. 정확한 정보는 아무것도 뜨지 않아. 예전에 내가 육감을 처음 얻었을 때랑 비슷해. 그냥 위험하다는 것만 느껴져."

민서가 활에게 물었다.

"활아, 너는 뭐 아는 거 없어?"

작은 인형의 형태로 현석의 어깨에 앉아 있던 활의 몸집이 조금 줄어들었다.

―저도 사실 아직 잘 모르겠어요. 죄송해요. 하지만 지금까지 와는 분명 다를 거예요. 일단 주인님이…….

현석이 말을 끊었다.

"일단 모두 조심해. 무슨 몬스터가 어디서 어떻게 튀어나올지 몰라. 그래도 우리 길드만큼 다양한 몬스터와 사건들을 경험해 본 길드는 없을 거라고 봐."

그리고 말을 이었다.

"그리고… 난 예전처럼 강한 힘 발휘 못 하는 거. 다들 인지하고 있지?"

리나가 불쑥 나타나 현석의 옆에 섰다.

"그대는 내가 나의 목숨을 바쳐서 지키겠다."

현석에게 문제가 생겼다.

현석은 현재 올 스탯 1,000이다.

봉인을 해제하고 나면 4,800의 스탯이지만 지금은 아니다. 정말 큰 문제는 각성 상태에 돌입하는 것이 불가능해졌다는 거다.

―정확한 건 저도 아직 모르겠어요. 주인님이 스탯 4,800상태로 각성하면 제가 알 수 있는 정보가 더 많을 수도 있겠지만… 지금으로서는 무언가 강력한 힘이 주인님을 강제하고 있다는 것밖에 모르겠어요.

각성 상태 돌입 불가. 이건 심각한 문제다.

하더 던전 왕성의 보스 몬스터들인 왕을 처리하는 것도 스탯 1,000으로는 거의 불가능에 가깝다.

최악의 경우 한국을 뒤덮고 있는 이 레드 돔이 하더 이상에 해당하는 난이도를 가진 무언가라면 균형자들의 왕보다 강하다는 소리고, 그렇다는 말은 스탯 1,000으로는 클리어가 불가능하다는 소리다.

'방법을 찾아야 해.'

*　　　　*　　　　*

한국이 레드 돔에 휩싸인 지 7시간이 지났다. 한국 유니온에서도 비상대책회의가 열렸다. 한국 내 최정상급 길드의 길드장들 20여 명이 자리에 함께했다.

"분명 새로운 몬스터들이 나타나게 될 겁니다."

"하지만 한국의 슬레이어들 수준이라면 크게 걱정하지 않아도 될 것 같은데요."

"아프리카의 경우와는 다릅니다. 아프리카 레드 돔의 경우, 퍼플 등급의 M-arm으로 깨졌죠. 그러나 지금은 아닙니다. 그리고… 예상하기로는 이 레드 돔 자체가 어떤 커다란 영향력을 끼치고 있는 것 같습니다."

"또한 아프리카에서 나타나는 몬스터와 한국에서 나타나는 몬스터는 그 수준 자체가 다르죠. 무슨 일이 일어날지 모르니 각오를 단단히 해야 합니다."

문제는 단순히 몬스터에만 국한된 것은 아니었다. 몬스터가 나오면 죽이면 된다.

"이 시간이 지속된다면… 한국은 영원히 고립됩니다."

"식량도 자급자족해야죠. 게다가 석유 한 방울 나지 않는 이 국가가 석유 없이 어떻게 버티겠습니까?"

"그나마 북한과 통일이 된 것이 지금은 다행이군요."

온갖 이야기가 쏟아져 나왔다. 문제점들도 많았다. 그러나 해결책은 나오지 않았다. 궁극적인 해결책은 저 레드 돔을 부숴야 하는 건데 그 방도를 아무도 몰랐다.

"플래티넘 슬레이어께서 레드 돔을 직접 부술 수는 없는 겁니까?"

현석이 말했다.

"아실 분은 아시겠지만 저는 비물리 모드와 물리 모드를 선택할 수 있습니다. 그 어떤 모드로도 레드 돔에 타격을 가할 수 없었습니다. 아니, 더 정확하게 말하면 물리 모드를 펼쳤을 때 제게 작용하는 반탄력을 제가 버틸 수가 없었습니다."

이렇다 할 결론도 없이, 비상 대책 회의는 끝이 났다. 유니온장 집무실엔 성형과 현석만 남았다.

박성형이 의자에 앉았다.

"레드 스카이라……. 너조차도 어떻게 손쓰지 못하게 된 건 정말 의외인데."

"활의 말에 따르면 구속력을 갖는 무언가가 있다고 하네요. 레드 돔은 몬스터는 강하게, 슬레이어는 약하게 만드는 뭔가를 갖고 있는 모양이에요."

"올 스탯 1,000 상태면……."

그래도 최강자인 것은 부인할 수 없지만 스탯 4,800에 비하면 너무나 초라한 수치임에는 틀림없었다. 그때 보고가 올라왔다. 새로운 신종 몬스터가 나타났다는 보고였다.

"오크가 나타났습니다."

박성형은 그나마 안심했다는 듯 되물었다.

"오크?"

"예. 그러나 피부가 붉은색이며 뒤통수부터 허리까지 갈기털이 달린 형태라 합니다."

*   *   *

강남 스타일이 필두에 섰다.

붉은색이며 갈기가 달린 오크는 처음 보는 형태지만 충분히 사냥 가능한 상대였다. 이 레드 스카이라는 것을 지나치게 두려워하고 있던 게 아닐까, 하는 생각마저 들 정도였다.

그런데 트랩퍼 중 한 명이 몸을 움찔 떨었다.

"뭐야? 너 왜 그래?"

"이상 반응이 감지되고 있습니다."

이곳에 함께하고 있는 트랩퍼는 총 3명. 그 3명이 동시에 외쳤다.

"한 마리가 아닙니다!"

공간이 일렁거리기 시작했다.

"최소 32마리. 붉은색 오크들이 나타나고 있습니다."

김상호는 주먹을 불끈 쥐었다.

'웨이브라고?'

웨이브를 처음 경험해 보는 건 아니었지만 이런 형태의 웨이브는 처음이었다. 애초에 웨이브라면 처음부터 수십 마리가 한꺼번에 나타난다.

"유니온에 지원 요청해. 군은 뭐하고 있대?"

"지원 오고 있다고 합니다!"

뭔가 일이 어려워졌다. 레드 돔, 레드 스카이가 발생했을 때 당황한 건 사실이다. 그러나 붉은색 오크가 나타났을 때만 해도 괜찮을 거라고 생각했다. 사냥하면 그만이니 말이다.

그러나 저 오크가 한꺼번에 수십 마리씩 나타난다면 문제가 된다.

사실 힘들긴 해도 힘을 합치면 충분히 상대가 가능할 것이었다. 그런데 정말 문제는.

'설마 다른 지방에도 저따위로 나타나는 건 아니겠지……?'

이곳 한곳에만 저렇게 몬스터가 나타나지는 않을 거라는 사실이다.

그때 한국 유니온에 또다시 보고들이 올라왔다.

"전국적으로 수십 곳에서 붉은색 오크들이 발견되고 있습니다."

*   *   *

한국 유니온으로부터 연락이 왔다. 성형의 전화였다.

─웨이브가 시작됐어. 여태까지와는 차원을 달리하는 규모로.

갈기가 달린 붉은 오크의 웨이브가 진행되었다. 처음에는 한 마리만 있다가 주위에 슬레이어가 접근하게 되면 그 주변으로 수십 마리의 오크들이 나타나게 되는 형태를 한, 처음 발견되는 형태의 무작위 웨이브였다.

위이이잉―!

경고 사이렌이 쉼 없이 울려 퍼졌다.

지하 대피소 안의 사람들은 공포에 떨었다.

시간이 흘렀다. 사실상 결과는 참담했다.

이건 몬스터에 대한 인류의 패배라고 말해도 될 정도였다.

M―arm을 아낌없이 사용하며 방어전에 나섰지만 7개 도시가 거의 궤멸 수준에 이르렀다. 지하 대피소에 남아 있는 사람들은 절망에 빠졌다.

"어차피 이렇게 남아 있으면 굶어 죽습니다."

지하 대피소 내에서 사람들이 버틸 수 있는 시간은 길어야 3일 정도였다. 식량과 식수는 충분하지 않았고 어떤 곳은 전기가 끊겨 환풍 시설이 작동하지 않았다.

대피한 사람들 중 상당히 많은 수가 슬레이어다. 인위적 슬레이어 각성이 가능해지면서부터 슬레이어의 숫자가 급격하게 증가했었으니 말이다.

"차라리 나가는 게 살 수 있는 방법일지도 모릅니다."

몇몇 슬레이어들의 주도 아래 젊은 남자들을 중심으로 밖으로 나가는 정찰대 비슷한 게 생겼다. 밖에는 마트도 있고 편의점도 있다. 가장 급한 식량과 식수 문제를 어떻게든 해결할 수 있을 거다.

그러자 자연스레 일반인보다는 슬레이어가, 일반 슬레이어보다는 보다 강한 슬레이어가 사람들의 리더 격으로 행세하게 됐다. 권리를 가지고 마구 휘두르는 것이 아니라, 사람들이 그들을 의지하게 됐다.

일부 대피소는 청년들이 주축이 되어 주변의 편의점이나 마트 등에서 식량과 식수를 조달해 왔다. 그러나 모두 그런 건 아니었다.

의정부의 한 대피소.

"이제부터 너희는 모두 내 명령을 따라야 한다."

한 남자가 말했다.

이름은 우창현으로 그는 슬레이어이며 근딜을 맡고 있다. 그는 그가 이끄는 길드인 블랙야크 길드원들과 함께 대피소에 숨었었는데 레드 스카이 발발 7일 후 본격적으로 움직이기 시작했다.

한 남자가 벌떡 일어섰다.

"그게 무슨 개소리야?"

"이런 소리다."

우창현이 눈짓을 하자 블랙야크 소속 길드원 중 한 명이 전투 필드를 펼치고 남자를 그 자리에서 죽여 버렸다.

"이런 거지."

지하 대피소는 난리가 났다. 눈앞에서 버젓이 살인이 벌어졌다. 그러나 이곳엔 그들을 지켜줄 법도 경찰도 없었다. 하늘이 레드 스카이에 뒤덮인 이후, 지금은 TV방송도 끊겼다.

우창현이 말했다.

"할 말 있는 사람은 또 일어나 봐, 어디."

법은 멀었고 주먹은 가까웠다. 우창현은 만족한 듯 고개를 끄덕였다.

"그래, 그래야지. 목숨이 아깝지 않거든 내 말을 따르는 게 좋을 거야. 어차피 나도 너희들을 함부로 마구 대할 생각은 없어. 이렇게 된 이상 힘을 합쳐야 우리가 살아갈 수 있을 테니까. 이젠 전화도 거의 불통이고. 우리끼리 뭉쳐야만 하는 거야."

붉은 오크를 맞상대할 자신은 없다. 만약 붉은 오크가 쫓아온다면 이 사람들 중 일부를 먹이로 던져 주고서라도 도망을 쳐야 했다. 이 지하 대피소에 숨어든 사람은 약 400여 명.

'차라리 이게 좋은 걸 수도 있어.'

겨우 400명밖에 안 되지만 그래도 이들의 왕으로 군림할 수 있게 된 거다. 그는 차라리 예전보다 지금이 좋았다. 법도 없고 힘으로 모든 것이 결정되는 약육강식의 세계. 3일 동안 반항하는 사람 12명 정도를 죽였다.

3일 뒤.

'내 클래스가 변화했다?'

우창현의 클래스가 변했다. 그는 의미심장한 미소를 지었다.

'마음에… 들어.'

*　　　　　*　　　　　*

성형이 말했다.

"전국적으로 비슷한 현상이 벌어지고 있어. 어떤 곳은 제법 인간적으로 일 처리가 진행되고 있는 모양인데 또 어떤 곳은 소규모 독재주의 국가처럼 변하고 있어."

어쩔 수 없다. 이제 한국에 남은 사람들은 단순히 '생존권'을 놓고 싸워야 하게 되었으니까. 밖에는 붉은 오크들이 활개치고 있고 앞으로 다른 어떤 몬스터가 또 나올지 모른다.

그에 따라 이 상황을 타개하기 위해 유니온이 주체가 되어 강남 스타일, 날으는 코끼리, 호크, 프리미엄, 송골매 등. 최소 10개 이상의 길드와 연합을 시키고 있는 중이다.

"정부는… 일부 도시를 포기할 생각인 것 같아. 지금 당장 레드 돔을 어떻게 할 수 있는 것도 아니고."

"……"

현석은 말하지 못했다. 일부 도시를 포기한다는 말은 그 안의 사람들은 죽든 살든 신경 쓰지 않겠다는 말이 아닌가.

그러나 또 그 외에 다른 방도가 없어 딱히 반박하지는 못했다. 그 사람들을 구하지 못하는 것에 대해 도의적인 미안함은 있지만 그렇다고 그들을 구해야만 하는 의무가 있는 건 아니었으니까.

'레드 존이라……'

주먹을 꽉 쥐었다. 이곳은 특수 지역 레드 존이며 그에 따라 스탯 봉인 해제가 불가능하다는 알림음을 떠올렸다.

성형에게 보고가 올라왔다.

"의정부에서 우창현이라는 슬레이어를 중심으로 한 슬레이어 집단이 생겨나고 있습니다."

또 하나의 보고가 올라왔다.

"오성 유니온에서 정부의 미적지근한 대응을 적극적으로 공격하며 슬레이어 세력 연합에 나섰습니다."

레드 돔이 언제 어떻게 걷힐 지 아무도 모른다. 이젠 슬레이어가 곧 힘이다. 오성 그룹에서도 오성 유니온에 전폭적인 지원을 하기 시작하는 듯했다.

일단 기본적인 생필품과 주거지역 확보만 하더라도 사람들에게 큰 영향력을 발휘할 수 있을 테니까.

현석이 말했다.

"우리도 우리만의 안전한 영역을 만들 필요가 있다고 봐요."

그게 급선무였다. 세상이 바뀌었다. 레드 스카이가 도래했고 아수라장이 되어버렸다.

이제 몬스터를 잡는 것은 단순히 부산물 획득이 아닌, 생존의 우선 조건이 되어버렸다. 그 가운데 변화가 생겼다.

새로운 형태의 아이템이 드롭되기 시작한 것이다. 마치 이때를 위해 기다렸던 것처럼 말이다.

CHAPTER 6

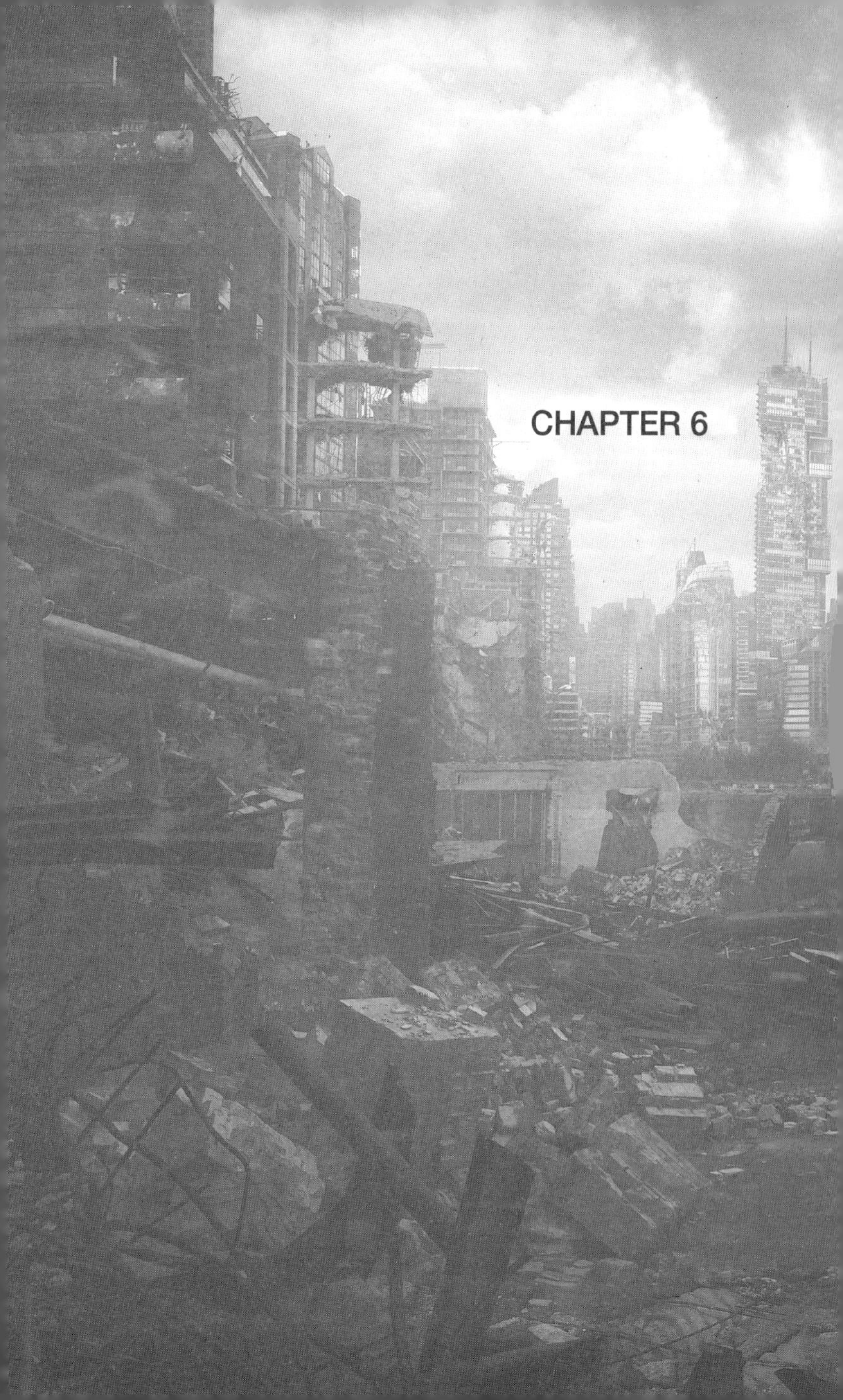

새로운 아이템들이 드롭되기 시작했다.

민서가 물었다.

"오빠, 오늘은 좀 어때? 수확 있었어?"

이전에는 전혀 없었다가 새로이 등장하게 된 아이템을 크게 분류하자면 2가지로 분류할 수 있었다.

하나는 생필품.

생필품의 종류는 다양했다. 기본적인 먹거리부터 시작해서 의복, 심지어 난방 기구나 에어컨까지 등장했다.

마치 정말 게임 속처럼 게임의 아이템으로 모든 것을 해결할 수 있게 된 거다.

전기가 없어도 내구력만 있으면 작동이 되는 생필품들. 그러니까 슬레이어들이 있으면 자급자족이 가능해졌다는 거다.

또 다른 아이템은 바로 '안전 코어'라는 성인의 주먹만 한 크기의, 구슬 형태의 아이템이다. 이건 솔로잉으로 인정되었을 때 보상으로 주어지는 특수한 아이템이었다.

현석이 말했다.

"오늘 획득한 코어는 두 개야."

안전 코어는, 바로 안전 구간을 만들어 주는 아이템이었다. 안전 코어는 그 크기와 순도에 따라 다르지만 일정 구간을 던전 내의 안전 구간처럼 안전한 구역으로 만들어줬다.

안전한 구역이라함은 몬스터가 침범하지 못하는 구역을 말했다.

민서가 엄지를 치켜 올렸다.

"역시 오빠 짱이야."

세영은 말은 하지 않지만 물끄러미 넋놓고 현석을 쳐다봤다.

"가시나야. 너 그러다가 뽀뽀하자고 달려들겠다. 입술 넣어라."

옆에서 욱현이 핀잔을 줄 때까지 말이다.

정부는 언제나처럼 라디오방송을 계속해서 내보냈다.

코어를 사용하면 안전 구간 확보가 가능하므로 시민 여러분은 너무 염려하지 말고 최대한 살아남으라는 라디오방송이었다.

"이대로 며칠만 더 있으면 목동은 커버할 수 있겠어."

안전 코어 외에도 '방벽' 혹은 '성벽' 같은 아이템들도 간혹 드롭되곤 했는데 이것은 한국이 이 지경만 아니었다면 가히 혁신이라고 할 수 있는 아이템이었다.

사용하면 그 즉시 성벽이 세워진다. 건축 기간, 자재 소모, 인력 소모 없이 바로 이루어지는 신기한 현상이었다.

이 세계가 정말로 게임 속처럼 변해가고 있다는 뜻이다. 클릭한 번이면 건물이 지어지는 것처럼 말이다.

한편, 전투에 직접적으로 도움을 주기 힘든 명훈은 요즘 몬스터들을 피해 다니면서 이 레드 돔을 부술 수 있는 단서에 대해 찾고 있는 중이다.

명훈은 엄살을 부렸다.

"오크라서 다행이야. 만약 웨어울프였으면 나 이렇게 도망치지도 못하고 죽었다. 너네들 나 못 봤다니까? 나 장례식 치를 뻔했어. 진짜 레알 죽을 뻔했어."

현석이 물었다.

"그래서 단서는 찾았어?"

"아니, 모르겠어. 사실 네가 스탯을 회복해서 활을 키운 다음에 활이 알려주는 게 가장 빠른 방법일 텐데."

스탯만 회복하면 이 붉은 오크 웨이브 정도는 순식간에 처리가 가능하다.

이렇게 한 구역, 한 구역 나서서 싸우는 건 너무 느렸다. 오히려 없애는 것보다 새로이 생성되는 게 더 많다고 할 정도였으니까.

"그런데 다른 슬레이어들도 만만치 않아. 각 지역의 슬레이어들이 단체로 약이라도 했는지 많이 강해졌더라고. 원래 숫사슴 몬스터를 잡던 슬레이어들이 이제 붉은 오크를 막 때려잡는다니까?"

"그게 말이 돼?"

"말 안 되지. 근데 세상에서 가장 말 안 되는 네가 여기에 있잖아. 다른 일이라고 뭐 안 일어나겠냐? 이 치트키 중의 치트키. 사기 중의 사기왕아. 어떻게 그렇게 페널티를 먹어도 올 스탯 1,000이냐?"

*　　　　*　　　　*

대한민국 내에서 열 손가락 안에 꼽히는 길드라 할 수 있는 송골매 길드는 의정부 쪽으로 파견되었다.

발견된 붉은 오크의 숫자는 약 10여 마리. 규모는 작았지만 방심할 수는 없었다.

송골매 길드의 길드장 김은혜는 손톱을 잘근잘근 깨물었다.

'여태까지 들어보지도 못했던 슬레이어라……'

의정부 쪽에는 지금 하나의 슬레이어 집단이 세력을 이루고 있는 중이다.

한국 유니온이나 오성 유니온 같은 거대 세력이 아니라, 이번에 새로이 출범하게 된 슬레이어 연합이었다. 그들의 대표 이름은 우창현.

'평범한 슬레이어라고 했었지. 그런데 어떻게 이렇게 단시간에 강해질 수 있었지?'

우창현에 대해 나쁜 소문은 충분히 들었다. 우창현은 의정부의 민심을 가라앉히기 위해 10명이 넘는 사람들을 죽였다고 했다.

거기까진 이해하려면 할 수도 있었다. 소동과 폭동을 가라앉히려면 일단 공포 분위기를 조성하는 것도 나쁘지 않다고, 적어도 김은혜는 그렇게 생각했다.

김은혜는 우창현과 만났다. 솔직히 김은혜는 조금 놀랐다.

'안전 구역의 규모가 꽤 넓다.'

이 정도면 한국 유니온에서 주축이 되어 만들고 있는 안전 타운의 크기에 거의 필적하는 수준이 아닌가.

'더더군다나… 이들은 어떻게 안전 코어를 획득할 수 있었지? 플래티넘 슬레이어의 솔로잉으로만 획득 가능한 것이 아니었나?'

이상했다. 뭔가 있다.

'이 남자, 범상치 않아.'

결국 이 리더가 범상치 않다는 뜻이다. 여태까지 힘을 숨기고 있었다거나……. 김은혜가 입을 열었다.

"붉은 오크 10여 마리가 나타난 것을 알고 있습니다."

"네. 안 그래도 이쪽에서 없애려던 참입니다. 한국 유니온에서 왜 굳이 이 먼 의정부까지 출정을 했는지 그 의도를 모르겠군요."

우창현의 목소리는 상당히 날카로웠다. 불편한 기색을 전혀 감추지 않았다. 아무래도 한국 유니온에 불만이 있어 보였다.

김은혜는 그것을 충분히 이해했다. 이들은 버려진 이들이라 할 수 있다. 버려졌는데 자생력을 키워 살아남았다.

세계 멸망이나 한국 멸망. 그러한 단어가 시기상조일지는 모르나―레드 스카이가 생긴 지 겨우 10여 일밖에 지나지 않았으므로―어쨌든 그러한 심각한 상황 가운데 정부와 유니온에 의해 버려진 셈이다.

"……우리는 그쪽 슬레이어들과 힘을 합쳐서 이 난관을 타개해 볼 생각입니다."

"무슨 난관이요?"

"저 레드 스카이를 없애야죠."

우창현이 킥킥대고 웃었다. 킥킥대고 웃다가 이내 낄낄거렸다. 김은혜가 인상을 찡그렸다.

"뭐가 그렇게 재미있죠?"

"이봐, 아가씨."

우창현이 목소리를 낮췄다.

"왜 레드 스카이를 없애야 하지?"

"당연한 거 아닙니까?"

"어째서 당연한지 도무지 모르겠군. 이제 와서 한국 유니온이 만인을 다 구하겠다는 영웅 놀이를 하겠다는 건 아닐 테고."

김은혜는 순간 말문이 막혔다. 레드 스카이는 당연히 없어져야 한다. 김은혜는 그렇게 생각했다. 그러나 우창현은 진심으로 그렇지 않다고 생각하고 있는 것 같았다.

"슬레이어만 있으면 필요한 모든 것은 아이템으로 드롭돼. 그런데 내가 어째서 저 레드 스카이를 없애야 하는 거지? 도대체 왜?"

우창현은 씨익 웃었다.

"우릴 버려놓고서, 이제 와서 우리에게 손을 내밀겠다? 우리가 이렇게 크지 않았다면 유니온에서 과연 손을 내밀었을까?"

"우창현 씨, 기분 나쁜 것은 충분히 이해합니다. 그러……."

김은혜는 말을 잇지 못했다. 데굴데굴 그녀의 목이 굴러 떨어졌다. 전투 필드가 펼쳐 있음에도 불구하고 목이 잘려 나갔다.

물리 모드가 가동되었다는 뜻이다.

"이 미친놈이 무슨 짓을……!"

"길드장님! 이 개새끼가!"

그때, 송골매 길드원들을 향해 공격이 쏟아졌다. 원거리 공격도 있었고 근거리 공격도 있었다.

미리 준비라도 한 것 같았다. 송골매 길드원들은 순식간에 몰살당했다. 딱 한 명을 제외하고 말이다.

우창현이 말했다.

"뭐, 어차피 여기서 무슨 짓을 하든 한국 유니온에서 파악할 수는 없겠지. 오다가 오크 부대를 만나 죽었다고 해도 어쩔 수 없을 테고."

살아남은 슬레이어 하나가 꿈틀거렸다. 배에 관통상을 입었다. 우창현이 그 슬레이어의 머리를 발로 밟았다.

"이곳은 내 세계야. 내가 왕이라고."

흐흐거리면서 웃었다.

"이 좋은 곳을 왜 없애?"

* * *

의정부의 슬레이어 연합. 이들은 자신들을 일컬어 '블랙 나이트'라는 얼토당토않은 이름을 붙였다. 그리고 의정부를 블랙 나이트 왕국이라고 불렀다. 현석이 인상을 찡그렸다.

"블랙 나이트요? 블랙 나이트 왕국? 도대체 무슨 생각인 거죠? 힘을 합쳐도 모자를 판에."

"영상 전송이 가능한 소형 카메라를 미리 부착해 놓지 않았다면 전혀 모를 뻔했어."

당장 레드 스카이만 해도 머리가 아픈데, 급속도로 강해진 저 '블랙 나이트'들이 활개를 친다면 곤란해진다. 저들은 기존의 한국 유니온 및 정부에 상당한 반감을 가지고 있으며 레드 스카이가 생겨난 것을 오히려 반기고 있었다. 그들만의 왕국이 만들어졌으니까.

"이런 어처구니없는 경우가……."

어처구니없는 경우가 실제로 발생했다.

"원래 강남 스타일이 가려고 했었다가……. 김상호 씨의 개인적인 사정 때문에 바꾼 거거든. 그랬다가… 결과는 몰살. 송골매도 호락호락한 길드는 아닌데."

"기본적으로 숫자부터가 워낙 차이 나니까요."

"그렇다고는 해도 너무 무력하게 당했어."

현석은 잠시 눈을 감았다. 만약 강남 스타일이 갔었다면 정말 생각하지도 못한 곳에서 은영을 아예 잃어버릴 뻔하지 않았던가. 그걸 생각하니 갑자기 심장이 쿵쿵대기 시작했다.

'확실히 해결을 봐야 할 문제야.'

그때, 강남 스타일의 김상호와 최은영이 함께 유니온장의 집무실로 들어왔다. 최은영은 현석에게 살짝 눈인사했다. 현석도 고개를 끄덕였다.

"갑자기 무슨 일이시죠?"

"붉은 오크 무리를 사냥하다가… 새로운 상황이 발생했습니다."

"김상호 씨께서 직접 방문할 정도로 큰일입니까?"

김상호가 고개를 끄덕였다.

"…보스 몬스터가 등장했습니다. 근딜 여섯 명이 죽고 후퇴했습니다.

*   *   *

레드 스카이, 붉은 오크 그리고 우창현만 하더라도 골이 아픈데 여기에 보스 몬스터까지 등장했다. 최은영이 보고를 덧붙였다.

"40인 팟 룰이 적용되는 것 같습니다."

"안전 구역을 침범하지는 못하는 모양이지만……. 상당히 가까운 곳에서 어슬렁거리고 있습니다."

현석이 어깨를 으쓱했다.

"차라리 대규모로 여기저기서 사건이 터지는 것보다는 보스 몬스터가 나을 수도 있어요. 적어도 저한테는요. 40인 룰이 저한테도 적용되는지 알아봐야겠지만."

현재 현석이 힘을 제대로 못 쓰고 있는 이유는 그가 한 명이어서다. 여러 군데에서 동시다발적으로 나타나고 있는 붉은 오크 웨이브를 처리하지 못하는 거다. 차라리 강한 개체 한 마리가 나타난다면 얘기는 달라진다.

김상호가 말했다.

"키클롭스보다 적어도 2배는 강할 거라고 생각합니다."

그때, 활이 크게 불타올랐다.

—주인님, 주인님, 주인님!

말을 이었다.

―꼭 잡아야 해요. 뭔지는 잘 모르겠지만 분명히 주인님이 잡아야만 해요. 거기 실마리가 있을 거예요!

현석은 레드 스카이가 싫다. 비록 가족들의 안전은 어느 정도 보장받았지만 이 레드 스카이를 없애 버리고 싶다.

지금도 전국에 공포에 떨며 갇혀 있을 수많은 사람이 있다. 그들을 모두 구하겠다라는 투철한 사명 의식을 가진 건 아니다.

그러나 구할 수 있다면 구하고 싶었다. 무사안일주의, 안전제일주의를 최고로 치던 현석은 많이 변했다.

'정말 나도 많이 변했네.'

그런데 그 변화가 그렇게까지 싫지는 않았다. 적어도 할 수 있는 게 있다면 하고 싶었다.

'레드 돔 내의 최초 보스 몬스터라.'

*　　　　　*　　　　　*

플래티넘 슬레이어가 이번에 새로이 나타난 보스 몬스터를 슬레잉하겠다고 결정하며 40인 파티를 구성하겠다고 했다.

한국에서 열 손가락 안에 들어가는 길드 중 하나인 '날으는 코끼리'가 이번 원정에 함께 참여하기로 했다.

날으는 코끼리의 길드장 공만식은 길드원들을 불러놓고 브리핑을 시작했다.

"목표 대상은 붉은 오크의 보스 몬스터. 이름 자체는 아직 밝혀지지 않았지만 일단은 보스몹이라고 통칭하는 걸로 합니다.

익히 알려진 대로 40인 팟을 구성합니다."

"인하 길드와 날으는 코끼리만 갑니까?"

날으는 코끼리는 길드 특성상 그 인원이 제법 많다. 소규모 길드가 12명 정도의 인원을 이루고 있고 보통은 20여 명가량이 한 길드를 이룬다. 날으는 코끼리는 그보다 더 많은 35명의 인원수를 가진 길드다.

"플래티넘 슬레이어는 트랩퍼나 디펜더 성향의 슬레이어는 빠져 주길 원합니다."

"그 말은……."

그 말은 즉, 플래티넘 슬레이어가 누군가를 지키려고 신경 쓰지 않겠다는 소리다.

과거, 싸이클롭스가 처음 등장했을 때 플래티넘 슬레이어가 솔로잉을 했다면 싸이클롭스를 훨씬 쉽게 잡을 수 있었다는 건 모두들 알고 있는 사실이다.

"즉, 플래티넘 슬레이어는 우리의 안전을 보장해 줄 수 없다는 소리죠. 그리고 모두가 아시다시피 붉은 오크 무리는 원거리 공격에 상당히 강한 내성을 갖고 있습니다. 그러므로 제 한 몸 추스를 수 있는 근딜 20명, 힐러 16명이 이번에 지원을 나가게 됩니다. 부족한 힐러는 프리미엄과 강남 스타일 길드에서 지원받기로 했습니다. 인하 길드원 중에서도 홍세영 씨, 하종원 씨가 합류합니다."

＊   ＊   ＊

현석 일행은 보스 몬스터를 잡으러 이동했다. 위치는 경기도 가평. 현석을 포함한 딜러진 24명과 힐러진 16명이 보스몹 슬레잉에 나섰다.

현석에게 익숙하다면 익숙한 알림음이 들려왔다.

[보스 몬스터 레이드를 시작합니다.]

현석에게만 들린 게 아니다. 현재 파티를 꾸리고 있는 40명에게 동시에 들렸다. 각자 저마다 긴장하기 시작했다. 레드 돔 내에서의 첫 번째 보스 몬스터.

그 몬스터가 어떤 능력을 갖고 있는지, 어떤 힘을 갖고 있는지 아직 전부 모르는 상태다.

[보스 몬스터 레이드 시작 30초 전.]

현석이 재빨리 외쳤다.

"모두 방어 진형으로 밀집합니다."

이렇게 처음에 시작 시간을 주는 경우는 뭔가 특별한 것이 있는 경우가 많다. 대부분의 경우, 잡몹이 먼저 출현한다. 그것도 꽤나 많은 숫자가.

[보스 몬스터 레이드가 시작됩니다.]

그리고 못 보던 것이 새로 생겨났다.

[보스 몬스터 레이드는 도중에 포기할 수 없습니다.]

레드 돔을 축소시켜 놓은 것 같은 원형 돔이 생겨났다. 현석의 파티에 포함된 40명의 머리 위로 돔이 생겼다.

"어? 이, 이게 뭐야?"

그동안 수많은 보스 몬스터를 학살(?)해 왔던 현석도 처음 보는 형태의 레이드였다.

'빠져나갈 수… 없도록 해놓은 거다.'

이 이상한 돔의 목적은 확실했다. 레이드가 끝날 때까지, 슬레이어를 레이드 구역 밖으로 이탈하지 못하도록 막는 것 말이다.

공간이 일렁거리기 시작했다. 이때가 기회다.

"보스몹은 제가 어그로를 끌겠습니다. 딜러진이 붉은 오크를 맡습니다!"

날으는 코끼리 길드원들은 순간 당황했다. 일이 좀처럼 풀리지 않으면 도망치면 된다. 어차피 붉은 오크는 그렇게 빠른 개체가 아니니까. 쉬운 마음으로 왔는데 일이 어렵게 진행됐다.

하종원이 버럭 소리 질렀다.

"뭣들하고 있어요! 정신 안 차려?!"

그리고 전격의 워리어 특수 스킬 트리플 라이트닝 스매시를 쏘아냈다.

"트리플 라이트닝 스매시!"

거기에 홍세영의 샤이닝 샤워가 더해졌다. 날으는 코끼리 길드원들도 순식간에 정신을 차렸다.

이왕 이렇게 된 거 살아남아야 했다. 다행히 보스 몬스터는 플래티넘 슬레이어가 어그로를 잘 잡아낸 것 같았다.

현석이 외쳤다.

"보스 몬스터는 건드리지 않도록 합니다!"

혹시라도 어그로가 다른 슬레이어에게 튀면 안 된다. 지금 한 번 부딪쳐 봤는데 명중률, 방어력, 공격력 그 모두가 일반 슬레이어들을 훨씬 상회하고 있다. 크리티컬 샷을 얻어맞으면 죽을지도 모른다.

특히 몸동작이 상대적으로 굼뜬 하종원 같은 슬레이어에게, 이 보스 몬스터는 굉장히 위험한 상대였다.

보스 몬스터는 일반 붉은 오크보다 그 덩치가 세 배 이상 컸다. 예전 필드에서 마주쳤던 오우거와 거의 비슷한 크기였다. 보스몹이 크기 5미터는 될 법한 거대한 나무 몽둥이를 휘둘렀다.

콰과광!

현석이 그 공격을 가까스로 피해냈다.

'정면으로 얻어맞으면……. 꽤나 타격이 크겠어.'

회피율이 발동하여 대미지가 들어오지 않는 요행을 바라기는 힘들었다. 일단은 최대한 얻어맞지 않는 쪽으로 싸움을 진행시켜야 했다.

'최악의 경우… 그 방법도 생각해야겠지.'

홍세영, 하종원 그리고 날으는 코끼리의 딜러진과 힐러진은 일반 붉은 오크들을 상대로 꽤나 좋은 전투를 보여줬다.

모두가 이를 악물고 싸웠다.

덕분에 보스몹 주변에 생성된 30여 마리의 오크는 소탕이 가능했다.

하종원이 외쳤다.

"현석아, 여기는 정리 완료! 어떻게 해? 우리가 도와?"

보스몹의 실드 게이지는 약 50퍼센트가량 떨어져 있는 상태였고 아직까지 현석의 H/P는 멀쩡했다.

그러나 긴장하며 싸운 탓인지 제법 숨이 거칠었다. 실드 게이지만 깎는다고 일이 끝나지는 않는다. 현석에게 H/P가 있다면 저 보스몹에게도 H/P가 있다.

현석도 외쳤다.

"아니, 멀리 떨어져. 최대한!"

날으는 코끼리 길드원들은 순간 귀를 의심할 뻔했다. 사실 나쁜 생각까지 했다.

플래티넘 슬레이어가 자신들을 방패막이로 세우고 영웅놀이를 하지 않을까하는 생각이었다. 실제로 그럴 리는 없다고 생각했지만 그래도 그런 생각을 안 해본 건 아니다.

안전제일을 지향하던 플래티넘 슬레이어가 갑자기 보스몹을 잡겠다고 나섰으니 이상할 법도 했다.

그런데 최대한 멀리 떨어지란다. 어째서? 왜? 라는 의문이 머릿속에서 떠나지 않았다. 하종원이 말했다.

"최대한 멀리 이동하죠."

"납득이 되지 않습니다. 지금 플슬도 많이 지쳐 보입니다."

"맞습니다. 지금이라도 체력을 회복한 딜러진이 합세하여 공격해야 합니다."

하종원이 고개를 저었다.

"그렇지만 플슬이 요청했습니다. 최대한 멀리 떨어져 달라고. 아마 물리 모드를 사용할 것 같습니다."

"물리 모드요?"

플래티넘 슬레이어는 물리 모드와 비물리 모드를 선택하여 사용할 수 있다. 물리 모드는 확실히 효과적인 방법이 될 수 있다. 몬스터에게 고통을 안겨줄 수 있으니까. 그러나 역효과는 분명 있었다.

"그러나 플슬에게도 반탄력이 엄청나게 작용하지 않습니까? 별로 현명한 선택은 아니라고 봅니다."

날으는 코끼리의 길드장 공만식이 중재했다.

"일단은 물러서죠. 지켜보다가 정 위험한 상황에 처하게 되면 그때 우리가 나서면 됩니다."

'나선다고 해서 얼마나 도움이 될지는 모르겠습니다만'이라는 말은 삼켰다.

강한 몬스터와의 전투에 있어서 머릿수는 그렇게 큰 승패 요인이 되지 않는다. 수치상으로 누가 더 강한 공격력과 방어력, 명중률과 회피율을 가졌느냐가 훨씬 중요하니까.

공만식은 플래티넘 슬레이어를 쳐다봤다.

'많이… 지쳐 보인다.'

대략적인 정보는 있다.

'모든 스탯이 거의 1,000에 근접한 괴물이 저렇게 힘겨운 모습을 보이고 있다니. 확실히 저 보스몹은 엄청난 개체야.'

현석이 뒤쪽을 힐끗 쳐다봤다. 다른 딜러진과 힐러진은 최대한 멀리 떨어진 채 방어 진형을 유지하고 있다.

'됐어.'

숨이 가쁜 건 사실이다. 그러나 죽을 만큼 힘든 것도 아니다. 아직까진 충분히 견딜만 했다. 보스몹의 실드 게이지도 착실히 깎아내려 지금은 30퍼센트까지 떨어졌다.

'이번에 승부를 건다!'

그런데 알림음이 들려왔다.

['보스 몬스터-오크킹' 솔로잉 조건이 충족되었습니다.]

활이 불타올랐다.

―이건 반드시 우리 주인님이 하셔야 해요! 무조건! 반드시! 주인님! 이거 꼭 하셔야 해요!

알림음이 이어졌다.

['보스 몬스터-오크킹' 솔로잉을 선택하시겠습니까? Y/N]

이미 생각해 놓은 바가 있다. 차라리 잘 됐다. 이런 알림음이 들려온 건 의외지만 당황하지는 않았다. 그는 주저 없이 Y를 선택했다.

['보스 몬스터-오크킹' 솔로잉 필드에 진입합니다.]

뭔가가 변했다. 그리고 그때까지만 해도 모두들 플래티넘 슬레이어가 예전 같지 않은 줄로만 알았다.

날으는 코끼리의 길드장 공만식은 스스로 생각하기에 굉장히 합리적이고 이성적인 사람이었다. 다른 사람들도 공만식을 그렇게 생각했다.

"사실상 플래티넘 슬레이어의 클래스의 특성은 모두가 아시다시피 모든 스탯이 균일하게 발달되어 있다는 것입니다."

그건 정확하게 파악했다. 그뿐만 아니라 수많은 사람이 이미 그렇게 생각하고 있었다.

현석의 클래스 이름이 올 스탯 슬레이어라는 건 모르지만 어쨌든 겉으로 드러난 내용을 살펴보면 모든 스탯이 높다는 것에는 이견을 달 사람이 없었다.

"여태까지의 행보를 분석해 본 결과 플슬의 능력치는 최대치로 잡아도 약 1,500쯤이라고 생각됩니다."

겉으로 말은 그렇게 했지만 속생각은 조금 달랐다.

'사실… 1,500도 많이 쳐주긴 했지.'

1,500도 사실 많이 쳐준 것이다.

실제로는 약 1,000에서 1,200 정도 될 거라고 생각했다.

세계 최강자임은 부인할 수 없지만 아예 오르지 못할 나무 혹은 슬레이어를 초월한 초인은 아니라는 뜻이다.

"따라서 날으는 코끼리의 길드장인 저는 지금 이 자리에서 합당한 선택을 할 수 밖에 없습니다."

그는 잠깐 숨을 돌리고 말을 이었다.

"저희는 여기서 후퇴합니다."

날으는 코끼리의 길드원인 21세 최성식이 버럭 소리쳤다.

"길드장님! 그게 말이 됩니까!"

"성식아, 어쩔 수 없어. 지금이야 플슬이 솔로잉 필드인지 뭔지에 들어가 있지만……."

그러나 결과는 회의적이다. 과연 플슬이 살아서 나올 수 있을지도 의문이고 무엇보다도 아까의 그 이상한 돔이 다시 생기면 빼도 박도 못하게 된다.

지금 이 전력으로 저 보스몹을 상대할 수 있을 것 같지가 않았다. 물론 슬레잉 자체는 가능할 것 같다.

그러나 상당히 많은 피해가 생길 것이다. 슬레이어들이 굳이 목숨을 걸고 슬레잉에 나서야 할 필요도 의무도 없다.

날으는 코끼리의 길드장 공만식은 길드장의 자리에서 스스로 생각하기에 옳은 선택을 했다.

"지금 플래티넘 슬레이어는 우리한테 위험 부담을 덜어주려고 솔로잉 필드에 혼자 들어갔다고요! 그런데 그를 내버려 두고 그냥 도망치자고요?"

"…물론 나도 그의 희생정신에는 경의를 표하는 바야. 하지만… 반대로 생각해 볼 수도 있어."

최성식은 하종원과 홍세영을 힐끗 쳐다봤다. 인하 길드원들이 자리에 있다 보니 신중해질 수밖에 없었다.

"플슬은 우리한테 처음부터 멀리 떨어지라고 경고했어. 그렇다는 말은 일이 이렇게 될 거라는 걸 미리부터 알고 있었던 거 아냐?"

공만식이 말을 이었다.

"즉, 우리에게 도망치라고. 시간을 끌겠다고 한 것일 수도 있다는 뜻이야. 홍세영 씨와 하종원 씨에게도 비밀로 하고서. 자기 자신을 버려서 우리를 모두 살리겠다는 뜻일 수도 있다는 거지."

공만식의 말에도 분명 일리가 있었다.

최성식이 소리쳤다.

"저는 안 갑니다! 저는 여기 있을 겁니다. 혹시라도 플슬에게 도움이 필요한 일이 생길 수도 있잖아요! 저는 여기 남아서 도울 겁니다!"

          *   *   *

현석의 귀에 알림음이 들려왔다.

[솔로잉 필드가 개방됩니다.]
[솔로잉 필드 개방으로 인해 레드 돔 특수 페널티가 일시 완화됩니다.]

페널티가 완화된다는 알림음이 들려왔다. 솔로잉 필드, 일시 완화, 레드 돔 특수 페널티. 모두 처음 듣는 말이다. 그래도 대충 감은 왔다. 레드 돔의 특수 페널티. 역시 가장 큰 것은 원래의 힘을 발휘할 수 없다는 거다.

'이럴 줄은 몰랐는데.'

길드원들을 멀찌감치 떨어뜨려 놓은 것은 물리 모드를 가동시켜 발경을 사용하기 위함이었다.

발경을 사용하면 몬스터의 내부를 진탕 흔들어 놓을 수 있고 그러면 몬스터는 발작할 거다.

올 스탯 슬레이어인 현석이야 그 난동을 막아내거나 피해낼 수 있겠지만 다른 인원들은 아닐 거다. 싸이클롭스 때처럼 보호해야만 하는 상황에 처할 수도 있다. 그래서 뒤로 물렀다.

'오크킹 솔로잉이라니.'

설마 본신 능력 개방이 되나.

'개방.'

봉인을 풀었다. 스탯 수치를 확인해 봤다. 힘 스탯 4,800, 민첩 스탯 4,800, 지성 스탯 4,800, 체력 스탯 4800, 모든 능력치 제한이 풀렸다.

'풀렸다!'

직접 부딪쳐 본 결과, 오크킹의 능력치는 일반 균형자보다는 강했다. 그건 확실했다.

그러나 단장급 균형자와 비교해 보자면 아무래도 손색이 있었다. 균형자 왕도 한 방에 때려잡는 현석이다.

올 스탯 4,800이 된 현석 덕분에 활의 모습도 어린아이의 형태로 변했다. 활은 한쪽 구석에 서서.

"활이는 업데이트 중, 활이는 업데이트 중, 활이는 업데이트 중!"

이라고 계속 중얼거렸다. 붉은 콧김을 뿜어대던 오크킹이 흠칫 몸을 떨었다.

눈앞의 작은 인간, 원래대로라면 먹잇감이다. 호승심이 들며 분노가 치밀어 올라야 했다.

그런데 지금은 아니다. 뭔가 두려웠다. 갑자기 인간이 달라진 것 같다.

"쿠오오!"

그러나 작은 인간에게 잠깐 흠칫했다는 것을 떨쳐 버리기라도 하듯 괴성을 질러대며 현석에게 달려들었다.

현석은 여유로웠다. 올 스탯 4,800이다. 이제 오크킹이 아니라 오크킹 할애비가 와도 무섭지 않다.

'움직임이 확실히 느려졌어.'

오크킹이 느려진 게 아니라 현석의 능력이 월등하게 높아진 거긴 하지만 어쨌든 그랬다.

'이때 능력치와 특성을 확실히 파악해 둬야 해.'

가능하다면 솔로잉 필드 개방의 확실한 조건부터 시작해서 앞으로도 등장하게 될 가능성이 농후한 오크킹의 습성이나 특수 스킬 등을 미리 파악해 두는 것이 중요했다.

어느 정도 스탯으로 어느 정도의 힘으로 부딪치느냐도 알아봐야 했다.

'대미지 컨트롤.'

대미지 컨트롤을 활성화시켰다.

PFC를 연습하면서, 춘식과 함께 대련을 했던 것이 움직임에 큰 도움이 됐다.

멀리서 상황을 지켜보던 하종원은 깨달았다.

'지금 저 자식…… 오크킹 농간하고 있는 거야!'

하종원이 활짝 웃었다. 저도 모르게 웃음이 새어 나왔다. 지금 유현석이 뭘 하고 있는지 알겠다.

새로운 몬스터가 나타났으니 그에 대한 공략법을 알아내야 했다. 그래서 일부러 지금 저렇게 시간을 끌고 있는 거다.

'짜식아! 그래! 난 네가 해낼 줄 알았어! 알았다고! 난 걱정 같은 거 하나도 안 했다고!'

주먹을 불끈 쥐었다. 하지만 최성식의 눈에는 다르게 보였다. 그는 진지하게 주먹을 말아 쥐었다.

'힘내세요! 기회만 있다면 제가 기필코 돕겠습니다.'

그의 눈에 사투를 벌이는 플래티넘 슬레이어가 잡혔다. 가슴속에 무언가가 꿈틀거렸다.

인류를 위해 제 한 몸을 희생하는 플래티넘 슬레이어. 저번에 들은 우창현이란 남자와는 달라도 너무 다르지 않은가.

*　　　　　*　　　　　*

현석은 오크킹에게 가까이 파고들었다.

'발경.'

발경을 사용했다. 물리 모드도 당연히 켰다. 정확한 파악을 위해 대미지 컨트롤을 일단 99퍼센트로 가동시켜 놨다. 그렇게 큰 타격은 없는 듯 보였다.

'95퍼센트.'

대미지 컨트롤 수치를 조정했다. 오크킹이 달려들었다.

"쿠오오!"

현석은 몽둥이를 손바닥으로 슬쩍 빗겨내고서 오크의 배에 다시금 손을 가져다 댔다.

'발경.'

"크오오오오!"

오크킹이 비명을 질렀다. 발경은 분명 효과가 있었다. 몬스터에게 강한 고통을 안겨다 주는 것은 확실해졌다. 설사 그게 보스몹이라고 할지라도 말이다.

'능력치 파악은 거의 끝났고……. 뭔가 특수 스킬 같은 건 없나?'

보통 보스 몬스터의 경우 특별한 스킬이나 능력을 하나씩은 가지게 마련이다. 더더군다나 '오크킹'이라는 거창한 이름을 가진 몬스터. 뭔가 특별한 것이 하나쯤은 있지 않을까 싶었다. 그러나 별다른 징후는 포착되지 않았다.

'슬슬 끝을 내볼까?'

오크킹의 H/P는 이제 약 10퍼센트 정도 남았다. 죽이지 않으려고 정말 신경 써가면서 때려줬다. 그런데 그때, 새로운 알림음이 들려왔다.

[보스 몬스터-오크킹' 솔로잉. 잔여 H/P 10퍼센트 확인.]
[2단계에 돌입합니다.]

오크킹이 갑자기 이상한 행동을 보이기 시작했다.

거대한 몽둥이로 땅을 마구 내려치기 시작했다. 흙먼지가 자욱하게 일어 시야가 가려졌다.

'뭘 하려고 저러는 거야?'

차라리 솔로잉인 게 마음 편하다. 저만치 뒷쪽을 힐끗 보니 세 사람이 남았다. 홍세영과 하종원. 그리고 한 명은 모르는 남자다. 저들을 보호할 필요도 없고 오크킹이 무슨 짓을 하든 자신에게는 피해가 오지 않을 거다. 느긋하게 기다렸다.

[솔로잉 2단계 시작 30초 전.]

30초가 제법 길게 느껴졌다.
'뭔지는 몰라도 빨리 시작 좀 하자.'

*　　　　　*　　　　　*

최성식은 발을 동동 굴렀다.
"도와야 해요! 우리가 이렇게 넋 놓고 보고 있을 수는 없단 말입니다!"
그냥 외치는 것이 아니라 눈물까지 줄줄 흘리는 것이 여간 급한 것이 아닌 것처럼 보였다. 그러나 하종원은 침착했다.
"침착해, 성식 씨. 지금 우리가 간다고 해서 무슨 도움이 된다고 생각합니까?"
"그렇다고 이렇게 두 손 놓고 두고 보자고요? 지금 저 상황이 하종원 씨한테는 안 보인단 말입니까? 저는 뭐라도 해야겠습니다! 가서 플슬을 끄집어내서 도망치든 뭘 하든! 뭐라도 좀 해봐야 할 거 아닙니까!"
하종원도 눈이 있다.

솔로잉 필드의 상황이 보인다. 오크킹이 바닥을 마구 내려치는가 싶더니, 붉은 오크들이 떼로 생겨났다. 일반적인 붉은 오크와는 약간 달랐다. 조잡하게나마 철제 갑옷을 걸치고 있었으며 쇠로 된 몽둥이를 들고 있었다.

적어도 일반적인 붉은 오크보다는 훨씬 강해 보였다.

'안 돼. 진짜 안 돼. 저분을 저렇게 죽게 내버려 둘 수는 없어.'

그러나 현실적으로 성식 자신이 플래티넘 슬레이어에게 뭔가 도움을 줄 수 있는 거라곤 없었다.

'제기랄!'

그 스스로가 미웠다. 정말 수치스러웠다. 살신성인의 슈퍼 히어로인 플래티넘 슬레이어로부터 이렇게 큰 도움을 받았는데 아무것도 못하는 자신이 너무나도 싫었다.

"젠장!!!"

크게 외치고서 입술을 깨물었는데 어찌나 세게 깨물었는지 입술에서 피가 질질 흘러 나왔다. 정말로 화가 많이 난 것 같았다.

그때 놀라운 일이 벌어졌다.

*   *   *

현석은 여유로웠다.

'언제 덤벼드나?'

슬슬 덤벼들 때가 된 것 같다. 몽둥이로 바닥을 내려치는 행위도 이제 끝났다. 오크킹은 네까짓 놈이 감히 어쩌겠느냐, 하고 묻는 듯 굉장히 여유만만해졌다. 특수 스킬이 있는 건지 H/P가 다시 30프로까지 차올랐다.

크오오!

조잡한 철제 갑옷을 입은 크기 약 3미터의 오크들이 현석을 향해 조심조심 접근하기 시작했다. 현석을 무서워한다기보다는 진을 맞추어 사냥을 진행하는 것처럼 보였다.

'몬스터 주제에… 진열을 짠다고……?'

예전 균형자가 처음 나타났을 땐 센세이션이었다. 그들은 분명 인간처럼 대화가 가능했고 지성도 있었다. 그러나 막상 실체를 까보면, 지능이 그렇게 높지는 않았었다.

만약 균형자가 전 세계적으로 연합하여 인간들처럼 움직였다면 지구는 이미 균형자에 의해 지배되고 있을지도 모를 일이다.

척. 척. 척. 척.

아주 일치하지는 않지만 나름대로 발걸음도 맞춘 상태다. 개중에는 창 형태의 무기를 가지고 있는 놈도 몇몇 보였다.

현석은 피식 웃었다. 몬스터의 발전은 알겠다. 그러나 그래 봤자다. 지금 그는 본연의 힘을 되찾은 상태다.

갑옷을 입은 오크들이 마치 학익진을 펼치듯 현석을 포위하고 점점 옥죄어 왔다. 현석의 몸이 갑자기 사라졌다.

'나를 인지하는 거리는 약 8미터 정도.'

8미터가량 떨어지자 이쪽을 찾지 못했다.

"어이! 오크 새끼들아!"

그러나 반응이 없었다.

'청각에는 별로 반응이 없고.'

아무래도 청각 기관은 퇴화한 것 같다. 그렇다면 시각에 의존하는 놈들이다. 가까이 움직여 몇 번 부딪쳐 봤다.

현석의 짐작이 맞았다. 오크보다는 강하고 오크킹보다는 많이 약한 개체다.

최성식은 지금이라도 달려가고 싶은 걸 억지로 참고 있다. 괜히 끼어들었다가 솔로잉 필드가 깨진다거나 아니면 저곳에 같이 들어가게 된다면, 오히려 플래티넘 슬레이어에게 방해만 될 것이 뻔하니까.

만에 하나 방해를 하게 된다면 그는 자살을 할지도 모를 일이다.

'유현석 씨 제발… 살아 돌아와 주세요. 제발……!'

그때, 유현석의 몸이 사라졌다. 최성식은 유현석의 몸놀림을 눈으로 쫓지 못했다. 그리고 최성식은 입을 쩍 벌렸다.

'도대체 무슨 일이 벌어진 거야?'

눈을 비벼봤다. 턱이 다물어지지 않아 오른손으로 턱을 닫았다. 무슨 일이 일어난 건지 파악이 안 됐다.

'갑옷 오크가 한 마리도 보이지 않아.'

갑옷 오크가 사라졌다. 더욱 황당한 건, 몬스터인 오크킹 조차도 황당한 표정을 짓고 있는 것처럼 보인다는 거다.

물론 실제로 황당한 표정을 지었는지 아닌지는 모른다. 다만, 그런 느낌이 들었다.

'갑자기 왜 사라진 거지? 설마……?'

있을 수 없는 가정을 해봤다. 지금 플래티넘 슬레이어가 엄청난 속도로 갑옷 오크들을 도륙했다는 가정 말이다. 말도 안 되는 가정인데, 왠지 그 가정이 맞는 것 같은 기분이 든다.

'이럴 수가!'

그것만 해도 놀라운 일인데 더욱 놀라운 일은 그 다음에 벌어졌다.

콰과광!

거대한 폭발음과 함께 오크킹의 H/P가 거의 다 사라져 버렸다. 소위 말하는 '빨피'가 됐다. 이제 툭 치면 죽는 수준에 이르렀다. 현재 오크킹의 H/P는 거의 있으나마나한 수준이다.

'H/P를 단 한 번의 공격에 저렇게 만들었다고? 어떻게? 도대체 무슨 일이 벌어지고 있는 거야?'

최성식의 놀람과는 별개로 현석은 오크킹 앞에서 목을 돌렸다.

"이제 더 보여줄 건 없는 건가?"

정확하게 조절해서 때리느라 힘들었다. H/P가 1퍼센트 밖에 안 남았다.

그러면 이제 최후의 수를 꺼낼 거다. 그러나 더 이상의 수는 없었다. 최성식은 또다시 어처구니없는 장면을 목격하고야 말았다.

'오크킹이 도망간다고?'

하종원이 옆에서 피식 웃었다.

"그래, 저래야 유현석이지. 그간 너무 약했어."

종원은 보지 못했지만 항상 무뚝뚝하기만 했던 세영의 입가에 가느다란 미소가 걸려 있었다.

　　　　　*　　　　　　*　　　　　　*

　오크킹이 도망쳤다. 현석은 윈드 커터를 사용해 도망가는 오크킹을 죽여, 슬레잉을 성공리에 끝마쳤다.

[보스 몬스터─오크킹 슬레잉 클리어.]
[업적을 산정합니다.]

　레드 돔 내 솔로잉 필드라는 새로운 시스템이 적용됐고 그에 따라 뭔가 변화가 있는 듯했다.

[솔로잉 필드 클리어 확인.]
[레드 돔─하디스트(Hardest) 모드 인정.]
[하더 모드 진입 조건 클리어.]
['레드 돔─하디스트' 인정에 따라 새로운 룰과 시스템이 적용됩니다.]

　여태까지 들어보지 못했던 새로운 알림음들이 연속해서 들려왔다.

[현재 슬레이어의 스탯을 감정합니다.]
[전투 올 스탯 4,800.]
[비전투 스탯 도합 1,022.]
[잔여 스탯 187.]

['대체 불가능한' 신체를 얻습니다.]

그리고 충격적인 알림음이 들려왔다.

[모든 스탯 능력치가 초기화됩니다.]

순간 소리를 지를 뻔했다.

모든 스탯 능력치가 초기화된단다. 현석은 올 스탯 슬레이어다. 그런데 스탯 능력치가 초기화되다니. 스탯창을 열어보려고 했으나 열리지 않았다. 주위를 둘러봤다.

아무것도 보이지 않았다. 저만치 멀리서 보이던 하종원과 홍세영도 없었다. 어두운 공간에 혼자 남아버린 그런 느낌이었다.

'이게 도대체……!'

이건 마치 1차 각성을 이루던 때와 비슷한 느낌이었다. 그때와 다른 점이 있다면 그땐 어마어마한 고통이 있었고 지금은 아니라는 것 정도.

[레드 돔—하디스트' 인정에 따라 새로운 룰과 시스템이 적용됩니다.]

[칭호를 확인합니다.]

[장사 +9, 날쌘돌이 +9, 현인 +9, 돌쇠 +9, 불가능을 개척하는 자 +4, 정력의 대가 퍼펙트 슬레이어.]

[키클롭스 슬레이어, 균형자 슬레이어, 자이언트 터틀 슬레이어, 싸이클롭스 슬레이어, 리나 슬레이어 외 11왕 칭호 확인.]

그리고 한참의 시간을 기다렸다. 이 어두운 공간에 평생 갇혀 있으면 어쩌나하는 생각이 들 정도로 말이다.

[칭호 시스템이 초기화됩니다.]
['대체 불가능한' 칭호를 얻습니다.]
[칭호 잔여 스탯 +1을 확인합니다.]
['대체 불가능한 +1'로 업그레이드됩니다.]

칭호마저 사라졌다. 그리고 '대체 불가능한 +1'이 생겼다. 도대체 무슨 일인가 싶어 스탯창을 계속 열어보려고 했는데 스탯창은 열리지 않았다. 지금 생기고 있는 변화가 좋은 건지, 나쁜 건지 도무지 알 수 없었다.

현석이 가지고 있는 스킬들에 대한 알림음도 계속해서 들려왔다. 전투 필드 개방부터 시작하여 폭풍까지. 하나하나 일일이 나열했다. 스킬 역시 초기화된다는 알림음 이후에 또 다른 알림음이 이어졌다.

[스킬의 조합과 재분배 설정 중.]
[스킬. 앱솔루트 필드 생성 완료.]
[스킬. 앱솔루트 필드와 발경의 조합에 실패합니다.]
[스킬. 발경 현상 유지.]

현석은 얼떨떨했다. 뭐가 뭔지 도무지 모르겠다. 설명을 해줄 수 있는 활도 이 자리에 없었다. 활이라도 있으면, 최소한의 정보라도 얻을 수 있을 텐데 말이다. 그때, 목소리가 들려왔다.

"주인님."

"활아, 너……."

더 이상 어린아이의 모습이 아니었다. 물론 지금도 어려 보이는 건 맞다. 사람으로 치자면 중학생 정도로 보인다.

"이게 지금 어떻게 된 일이야?"

"활이의 소원이 이루어져 아름다운 여성체의 모습을 갖게 된 것이지요. 이제 주인님과 동침하는 일만 남았어요!"

활이 활짝 웃었다. 모습은 변했는데 성격은 변하지 않은 것 같았다.

알림음이 이어졌다.

[클래스를 확인합니다.]
[클래스. 올 스탯 슬레이어.]
[최종 판정에 진입합니다.]

활이 현석에게 팔짱을 꼈다.

사람은 아니지만, 사람을 만지는 것과 비슷한 느낌이 났다. 예전에는 아예 만지는 느낌조차 없는 불덩어리였는데 이만하면 많이 변했다.

"이제 최종 판정에 들어갔어요. 주인님이 획득한 칭호와 스킬, 신체는 사실 하디스트라고 보기에는 지나치게 높은 등급이어요."

"그래서?"

"결코 불가능한 일이 일어났으니 최종 판정을 하는 거예요. 과연 주인님이 이러한 능력을 가져도 되는지 안 되는지에 대한 최종 심사예요."

"그 심사는 누가 하는데?"

활은 고개를 갸우뚱했다.

"그건 저도 잘 모르겠어요. 하지만 걱정 마세요. 능력치뿐만 아니라 지난 행적, 그리고 명성까지도 모두 고려된답니다. 당연히 주인님은……."

그때, 또다시 알림음이 들려왔다.

[최종 승인 완료.]

[클래스: 올 스탯 슬레이어. 칭호: '대체 불가능한 +1'. 신체: '대체 불가능한'이 인정됩니다.]

활이 또 활짝 웃었다.

"활이는 주인님한테 청혼하고 말 거예요!"

더 빨갛게 타올랐다. 목소리가 작아졌다.

"어쩜 그렇게 섹시할까……."

*　　　　　*　　　　　*

과거부터 지금까지 이루어진 변화를 정말 크게 세 개의 카테고리로 분류하자면, 튜토리얼 그리고 이지부터 하더 그리고 하디스트. 이렇게 세 가지로 나눌 수 있을 것 같다. 현석은 그렇게 생각했다.

하디스트 진입 조건 스탯은 이미 충족한 상태였었던 것 같다. 아니, 더 정확히 말하자면 하디스트조차도 가뿐히 뛰어넘는 스탯이라고 했다.

그래서 균형자 왕들마저 한 방에 죽일 수 있었던 거다.

'하디스트 진입 이후에는……. 엄청난 변화가 일어나.'

아무래도 길드원들을 불러 모아 설명을 해야 할 듯싶었다. 단순히 스탯 문제가 아니었다. 아무래도 이 하디스트에 진입하려면 솔로잉 필드를 클리어해야 하는 듯했다.

이것 외에 다른 조건—이를테면 승급 퀘스트 같은—이 있을지도 모를 일이지만 일단 밝혀진 건 그랬다.

'일단… 유니온에 오크킹에 대해 보고부터 해야겠지.'

현석은 유니온을 찾았다. 사실 날으는 코끼리가 철수하고 나서 오크킹을 슬레잉하기까지는 그렇게 오랜 시간이 걸리지는 않았다.

현석이 유니온을 찾았을 때, 날으는 코끼리의 길드장 공만식도 함께였다.

공만식은 손에 들고 있던 커피 잔을 놓쳐 버렸다.

'말도… 안… 돼……!'

도저히 여기 있을 수 없는 사람이 나타났다. 저 사람은 분명 플래티넘 슬레이어다.

오크킹 솔로잉 필드에 홀로 들어가서, 스스로를 희생하여 다른 사람들을 구한 희대의 영웅. 그 영웅이 눈앞에 보였다.

두 눈을 비벼봤다. 믿을 수 없었다. 오크 무리와의 싸움에서 많이 지쳐 있었던 플래티넘 슬레이어다.

오크킹을 슬레잉하고 돌아왔을 리 없다. 아무리 높게 쳐줘도 스탯 1,500이 넘지 않는 플래티넘 슬레이어에게 그건 애초에 불가능한 거였다.

"유니온장님. 혹시 저 사람 보이십니까?"

"예?"

아무래도 귀신이 보이는 것 같았다. 공만식도 사람이다. 플래티넘 슬레이어에게 마음의 빚이 없을 리 없다. 그를 버리고 돌아오기까지 그도 인간적인 고민을 많이 했다.

'어떻게… 왜… 도대체 어떻게 눈에 저 사람이 보이는 거냐?'

박성형이 손을 들어 올렸다.

"오크킹은?"

대답이 들려왔다.

"잘 슬레잉하고 왔습니다. 덕분에 수확도 좀 있었고요."

공만식은 몸을 움찔 떨었다. 플래티넘 슬레이어의 목소리가 맞았다. 침을 꿀꺽 삼켰다. 진짜 플래티넘 슬레이어가 돌아왔다. 말도 안 되지만 그 일이 진짜 벌어졌다.

현석은 당황한 공만식은 내버려 둔 채 말했다.

"이 레드 돔, 깰 수 있는 방법을 알아냈습니다."

해답은 오크킹이 드롭한 아이템에 있었다.

본래대로라면 아이템을 드롭시킬 수 없는 규격 외 슬레이어인 플래티넘 슬레이어가 아이템을 주웠다.

성형이 벌떡 일어섰다.

"그게 정말이야?"

＊　　　　　＊　　　　　＊

현석은 스탯창을 열어 보려고 했다. 그러나 열리지 않았다. 스탯창은 물론이고 스킬창도 마찬가지였다.

그가 알고 있는 정보라고는 '대체 불가능한 신체'를 얻었고 '대체 불가능한 +1' 칭호를 얻었으며 앱솔루트 필드와 발경 스킬이 남았다는 것 밖에는 없었다.

앱솔루트 필드를 펼쳐 봤다.

[앱솔루트 필드를 개방하시겠습니까?]

그리고 저도 모르게 헉, 신음성을 내고 말았다. 스탯창이 사라졌다. H/P도 M/P도 보이지 않는다.

예전에는 정확한 수치로 구현이 되었는데 이제 그런 게 없었다. 힘이 빠지는 느낌이 들었다.

[레드 돔의 특수성에 능력치에 제한을 받습니다.]
[앱솔루트 필드가 레드 돔의 특수성에 저항합니다.]

그러한 알림음과 함께.
'M/P 소모가 엄청 심해.'
M/P가 빠져나가는 느낌이 들었다. 이런 느낌은 처음 받는다.

실제로 힘이 빠지는 느낌인데 이게 M/P가 빠져나간다는 것으로 인식이 됐다. 정확한 수치도 없고 그냥 느낌이 그랬다.

'이거… 오히려 위험한데.'

모드가 상향 조정됐다. 이제 하디스트에 들어섰다. 하디스트에 들어서면서 정확한 파악을 위해 도움이 되는 정보들. 이를테면 H/P나 M/P같은 수치들이 사라졌다.

'내 힘이 언제 어느 정도 사용했을 때에 전부 소진되는지, 확실히 알아놓을 필요가 있겠어.'

앱솔루트 필드. 이게 뭔지 모르겠다. 좀 더 시간을 끌어봤다.

'앱솔루트 필드는 레드 돔의 특수성… 아마도 능력치 제한에 저항할 수 있는 능력을 가졌고……'

저항하는 데에는 M/P가 많이 소모되는 것 같았다.

'뿐만 아니라 내가 여태껏 사용했던 스킬들은 전부 사용이 가능해.'

손짓을 해봤다. 이미지 구현에 따라 회오리가 일었다. 그런데 예전의 회오리와는 약간 달랐다. 예전의 회오리는 일단 회오리를 발생시키면 그 이후는 어떻게 손쓸 도리가 없었다.

일단 발동된 마법은 저절로 사라질 때까지, 현석이 어떠한 개입도 하지 못했다. 그러나 지금은 아니다.

'크기, 위력. 모두 조절이 가능해.'

하종원이 눈을 크게 떴다. 현석을 오랫동안 봐왔던 종원이지만 지금 현석이 한 짓은 처음 보는 거다.

"야. 지금 그거, 지금 날린 그거 뭐야? 지금 뭐한 거냐고?"

별거 아니다.

"윈드 커터."

"미친? 윈드 커터가 무슨 그따위야?"

윈드 커터가 맞긴 맞다. 크기가 10미터가 넘는 거대 윈드 커터였을 뿐. 10미터 이상 커지지는 않았다. 10미터 이내에서 크기를 자유자재로 조절할 수 있으며 방향과 대미지도 생각한 대로 조정이 되는 것 같았다.

"나도 모르겠어. 좀 더 정확한 파악이 필요해."

"와…… . 뭐 이딴 놈이 다 있어? 또 강해진 거냐?"

"모르겠다 나도."

정확하게는 모르겠으나 아무래도 이 앱솔루트 필드라는 건, 현석이 여태껏 사용할 수 있었던 모든 스킬들을 필드 내에 녹여 내어 자유롭게 사용할 수 있도록 만드는 어떠한 공간인 것 같았다.

'심지어… 실드마저도.'

능력치 개방을 하면 블랙 등급의 실드를 사용할 수 있었다. 블랙 등급의 실드라면, 아마 항공폭탄급의 거대한 폭탄도 막아 낼 수 있을 거란 확신이 들었다. 실험해 보지 않아서 모른다.

'내가 이 필드를 운용 가능한 시간은 대략 20분 정도 되는 건가…….'

20분 정도는 연속으로 사용할 수 있을 것 같다. 쿨 타임도 없다. 사용하고 싶을 때 사용하고, 끄고 싶을 때 끄면 됐다.

마치 손을 위로 들어 올리는데 동작에 별다른 쿨 타임이 없는 것처럼 자연스러웠다. 다만 시간이 지나면 지날수록 힘들어졌다. 뭔가가 고갈되는 느낌이었다.

종원이 세영을 툭 쳤다.

"야, 너 자꾸 뭘 보고 있어?"

세영은 얼굴을 살짝 붉혔다가 이내 무뚝뚝한 표정을 지었다. 그러나 당황한 게, 종원의 눈에는 훤히 다 보였다.

"아, 아무것도."

활이 크게 불타올랐다. 어느새 활은 중학생 정도의 모습이 아닌, 7~8살가량의 어린 소녀의 모습이 되어 있었다.

"계집! 지금 우리 주인님을 사모하는 눈빛으로 쳐다본 것 이 활이가 다 봤어!"

하고 말했다가 세영과 눈이 마주쳤다. 활이 작아졌다.

"언니, 그게 그러니까요. 활이가 다 본 게 있는 거 같은 느낌적인 느낌이 있는데요… 그게……."

*　　　　　*　　　　　*

원래 현석은 아이템을 주울 수 없다. 정확하게 말하자면 현석이 잡은 몬스터에게선 아이템이 드롭되지 않는다.

그런데 이번엔 달랐다. 현석이 보스 몬스터─오크킹─를 잡았는데 아이템이 드롭됐다.

"바로 이거죠."

현석은 주먹만 한 크기의 둥그린 무언가를 성형에게 건넸다. 그것을 받아든 성형이 고개를 갸웃했다.

"억제 코어?"

"활의 말에 따르면 그 억제 코어라는 것을 부수면 레드 돔이 없어진다고 합니다."

"보스 몬스터를 잡으면 억제 코어가 드롭되는 거고?"

"활은 이 억제 코어가 9개쯤 될 거라고 예상하고 있어요."

"이건 어떻게 부수는 건데?"

"그 방법은 찾고 있어요."

현석은 앱솔루트 필드를 펼친 상태로 레드 돔에 타격을 가해 봤다. 그러나 소용은 없었다.

자연계 몬스터였던 블리자드를 공격하려면, 그보다 상위 등급의 슬레이어가 필요했다. 아무래도 레드 돔을 부수려면 하디스트가 아닌 그것을 초과하는 등급이 필요한 듯했다.

활에 의하면 이 억제 코어를 부수는 것이 현재 활이 알고 있는 레드 돔을 부술 수 있는 유일한 방법이라고 했다.

성형이 중얼거렸다.

"9개라. 이걸 구하는 방법은 확실해졌는데… 이걸 어떻게 부수느냐는 또 다른 문제군."

현석이 이걸 굳이 가져와서 보여주며 어떻게 깨는지 모르겠다고 말한 건 분명 이유가 있어서다.

'현석이의 능력으로도 불가능하겠지.'

성형이 말했다.

"어쨌든… 대단한 정보를 하나 가져왔네. 역시 플래티넘 슬레이어답다."

한편, 날으는 코끼리의 길드장 공만식은 플래티넘 슬레이어의 뒷모습을 쳐다보다가 이내 고개를 떨구었다.

이유야 어찌 됐고 상황이 어찌 됐든 날으는 코끼리는 플래티넘 슬레이어를 배신했다.

결과만 놓고 보면 그랬다.

'내게 아무런 질책도 하지 않고 있다.'

그 점이 오히려 더 무서웠다. 만약 자신이 플래티넘 슬레이어의 입장이었다면 어땠을까를 생각해 봤다.

같이 슬레잉을 갔던 슬레이어들이 자신을 버리고 후퇴했다면.

아무리 그 당시, 이성적이고 합리적인 판단이었다고는 해도 아마 엄청난 배신감을 느꼈을 것이다.

'역시… 플래티넘 슬레이어인가?'

거인은 확실히 거인다웠다. 지금 플래티넘 슬레이어는 보스 몬스터를 솔로잉할 수 있는 거의 유일한 슬레이어다. 갑의 위치에 있다고 봐도 무방했다. 그럼에도 불구하고 그 어떤 갑질도 하지 않고 있다.

솔직한 말로, 공만식이 도망친 책임을 물어 날으는 코끼리를 산산조각 내거나 아니면 공만식의 뺨을 때리거나 뭐든지 할 수 있다.

플래티넘 슬레이어가 왜 도망쳤냐고 뺨을 때린다면 뺨을 맞아줄 각오도 하고 있다. 아니, 마음 같아선 차라리 플래티넘 슬레이어의 손에 죽고 싶은 마음까지 들었다.

현석의 말이 들려왔다.

"공만식 길드장님도 수고하셨습니다."

그 말이 들려옴과 동시에 공만식은 털썩 무릎을 꿇었다. 고개를 들지 못했다.

"죄송합니다."

"별로 죄송할 일은 아닙니다. 어차피 그 자리에 날으는 코끼리 길드원 분들이 있었다고는 해도 제겐 큰 도움이 되지 않았을 겁니다. 오히려 방해가 되었을 수도 있어요. 길드장으로서 현명하고 이성적인 선택을 하셨습니다."

애초에 솔로잉 필드에 진입한 건 현석의 독단이었다. 홍세영이 괜히 '안 돼!'를 외친 게 아니다. 솔로잉 필드에 들어가기로 결정한 것도 현석이고 솔로잉을 성공시킨 것도 현석이다.

사실 날으는 코끼리가 후퇴한 것에 대해선 별다른 생각이 없었다.

"정말 죄송합니다. 정말… 정말 죄송합니다."

공만식은 자괴감에 빠져들었다. 무릎을 꿇은 상태로 머리를 땅에 박았다. 이러지 말라는 목소리가 들려왔지만 공만식은 고개를 들지 못했다.

자신에 대한 자괴감, 플래티넘 슬레이어에 대한 미안함, 그리고 플래티넘 슬레이어에 대한 묘한 동경이 공만식의 심장을 강타했다.

플래티넘 슬레이어, 그는 확실히 그릇 자체가 일반인과는 달랐다. 공만식은 그렇게 생각했다.

한참의 시간이 흘렀다. 공만식이 고개를 들었을 때, 플래티넘 슬레이어는 그 자리에 없었다.

CHAPTER 7

현석은 고개를 끄덕였다.

'능력을 많이 끌어다 쓰면 쓸수록 M/P 소모가 심하다 이건가.'

이제 대충 패턴을 알겠다.

본격적인 전투로는 처음이라 힘을 좀 많이 끌어다 썼다. 순식간에 처리한다고 최대의 힘을 발휘했는데 폭발적인 힘을 내자 솔로잉을 끝내고 나니 기진맥진해서 쓰러질 뻔했다.

'오케이. 몇 번만 더 싸워보면 감을 찾을 수 있겠어.'

그는 하늘을 올려다봤다. 하늘은 여전히 붉었다.

[붉은 오크 무리 솔로잉에 성공했습니다.]

[위대한 업적으로 인정됩니다.]

예전에는 게릴라전으로 상대를 했었다.

[솔로잉 시간을 산정합니다.]
[1초 01. 추가 보상이 주어집니다.]
[위대한 업적 보상으로 '안전 코어' 3개를 획득하였습니다.]

그리고 또 알림음이 이어졌다. 놀라운 알림음이었다.

['대체 불가능한 +1' 칭호 효과로 인하여 레벨이 증가합니다.]

그게 끝이 아니었다.

[레벨이 증가합니다.]
[레벨이 증가합니다.]
[레벨이 증가합니다.]
[레벨이 증가합니다.]

그렇게 도합 13번의 레벨 업 알림이 들려왔다. 현석은 어안이 벙벙했다.

'레벨 업이라고?'

곰곰이 생각한 끝에 그럴듯한 가정이 세워졌다. 현석은 여태 껏 시스템에 의해 성장을 제한받았다. 오로지 업적을 통해서만 강해질 수 있었다. 아이러니하게도 세계 최강자인 현석의 레벨은 언제나 1이었다.

'내가 레벨 1이어서 레벨을 올리는 게 이렇게 수월한 건가?'

아마도 이게 맞는 것 같다.

현석이 앱솔루트 필드를 펼치는 바람에 여중생의 모습을 갖게 된, 심지어 반쯤 실체를 갖게 된 활이 현석에게 쏙 안겼다.

"주인님! 우리 섹시한 주인님!"

"활아, 지금 나한테 일어난 변화, 레벨 업 맞아?"

"네. 맞아요. 주인님은 어쩜 이렇게 점점 더 황홀할 만큼 섹시해져요?"

"까분다."

현석은 활의 이마를 툭 쳤다. 역시 활이랑 있으면 심심할 틈이 없다. 꼬리 하나를 붙여주면 아주 살랑살랑 흔들면서 애교를 떠는 강아지 같아 보일 거란 상상을 해봤다.

그 상상을 알아챈 건지, 활의 엉덩이 뒤쪽으로 꼬리가―불로 이루어진―나타나 양 옆으로 살살 흔들렸다.

"어서 활의 머리를 쓰다듬어 주세요. 주인님이 쓰다듬어 주는 거 너무너무너무 좋아요. 이제 주인님도 레벨 업 시스템이 적용됐답니다! 아참! 그것도 아시죠? 보스몹 슬레잉 시에는 아이템 드롭이 돼요."

"사용은?"

"아이템 사용은 허가가 아직 안 났네요. 어떻게 해야 주인님도 아이템을 사용할 수 있을지는 아직 잘 모르겠어요."

현석은 자신의 품에 안긴 활의 머리를 슥슥 쓰다듬었다. 활이 불덩어리일 때와 마찬가지로 꺄르르 웃더니.

"조금만 더 아래요! 조금만 더! 조금만 더!"

하고 현석의 손길을 가슴 쪽으로 유도하다가 현석에게 꿀밤을 얻어맞았다. 활은 들릴 듯 말 듯 아주 작게 중얼거렸다.

"힝, 아쉽다."

✳   ✳   ✳

한국 유니온에 새로운 뉴스가 접수됐다. 이전과 달리 이제 핸드폰 사용이 불가능해졌다. 끽해야 무전기를 이용한 통신 혹은 몬스터에게서 드롭된 '핸드폰'을 사용할 수 있는데, 그 핸드폰은 물량이 그렇게 많지 않았다.

결국, 지금 한국 사회는 예전처럼 활발한 정보 교류가 오가지 못하고 있다는 뜻이다.

"3일 전에 평창 부근에서 트윈헤드 오크가 발견됐다고 합니다."

성형이 물었다.

"평창 외에 다른 곳에서는?"

"아직 발견되지 않았으나 아마 오크 때와 마찬가지로 전국적으로 나타날 거란 예측이 지배적입니다."

성형은 고개를 끄덕였다.

충분히 가능성이 있는 얘기다. 레드 스카이가 도래한 이후, 과거 튜토리얼 모드 이후의 사건을 비슷하게 따라가고 있는 것 같다.

오크가 나왔고 오크의 수좌인 오크킹을 처리했다. 그렇다면 다음 몬스터는 트윈헤드 오크가 될 가능성이 높았다.

'일이 점점 어려워지겠군.'

성형은 현석이 원래의 능력치를 대략적으로 회복했다는 건 알지만 정확하게는 모른다. 어쩐 일인지 현석이 정확하게 설명을 안 해줬다.

안 해준 건지, 못 해준 건지는 모르겠지만—못 해준 것에 가깝다고 생각하는 중이다—어쨌든 예전만큼 엄청나게 강하지는 않다고 생각하고 있다.

민서가 말했다.

"오빠, 트윈헤드 오크 나타났다는 소식 들었어?"

"어, 방금 유니온에서 연락왔다."

"갈 거야?"

"가야지."

"근데 오빠. 나 궁금한 거 있어. 왜 오빠 능력… 유니온장님한테 제대로 말 안 하는 거야?"

현석이 어깨를 으쓱 했다.

"나도 잘 모르니까. 내 능력을 아직 내가 잘 몰라서 제대로 말을 못 해줬을 뿐이야."

"그래?"

민서는 고개를 갸웃했다. 뭔가가 더 있는 것 같다는 기분이 들었지만 이내 납득했다.

그들은 평창으로 이동했다. 이번에는 한국 내 톱 길드 중 하나인 프리미엄 길드가 함께 동행하기로 했다.

현석 역시 새로운 몬스터를 대적하는 것인 만큼, 프리미엄 길드와 함께 하는 것에 동의했다.

종원은 속으로 생각했다.

'솔직한 말로 솔로잉도 충분히 가능할 텐데? 왜 군이 힘을 감추고 같이 이동하는 거지?'

모르겠다. 그러나 종원은 군이 대놓고 묻지 않았다.

현석과 그는 정말 오랜 친구다. 게다가 생사를 오가는 전장에서 함께하는—사실은 도움받는 쪽이지만—전우다. 현석이 대답하기 꺼려한다는 것을 대충이나마 눈치챘다.

평창으로 이동하는 자동차 안.

욱현이 너스레를 떨었다.

"그나저나 프리미엄 길드의 길드장님이 미인이라는 소문은 들었는데. 정말이네요."

"감사합니다."

프리미엄의 길드장 엄소현은 살짝 웃으면서 고개를 끄덕였다. 생김새는 홍세영과 비슷했는데 성격은 강평화와 비슷했다.

"어디 사는 누구랑 다르게 말투도 따뜻하시고."

옆에 앉은 홍세영이 움찔했지만 별다른 반응을 하지는 않았다.

그렇게 평창에 도착했다. 한편, 엄소현은 겉으로는 웃고 있지만 속으로는 딴 생각을 했다.

'플래티넘 슬레이어를 어떻게 못하나?'

그녀는 스스로에게 자신감이 있는 편이었다. 슬레이어로서의 능력도 그렇지만 여성의 가장 큰 무기는 아름다움이라고 생각하고 있으며, 소현은 그 아름다움에 제법 자신이 있었다.

'일단은… 트윈헤드 오크부터 처리를 해야겠지.'

트윈헤드 오크가 있는 지역이 도착했다. 아마도 또 무리를 짓게 될 거라고 예상했다.

엄소현이 말했다.

"인하 길드의 길드장님께서 생각하신 바가 있으면 말씀해 주시겠어요?"

"붉은 오크 무리를 상대할 때와 별다른 차이점은 없을 겁니다. 좀 더 강한 오크가 나온다고 생각하고 오크를 상대할 때처럼 공간이 일렁거릴 때 집중해서 딜을 넣습니다."

"간단하고 기본에 충실한 공략이군요."

트윈헤드 오크에게 별다른 특이점만 없다면 아마 오크 때와 마찬가지일 것이다. 몬스터가 오크에서 트윈헤드 오크로 바뀌었을 뿐이었다.

"예상보다 강하면 어떡하죠? 저 플래티넘 슬레이어님 뒤에 숨어도 될까요?"

소현은 별로 긴장하지 않은 듯, 배시시 웃으며 은근슬쩍 현석의 팔을 붙잡았다. 홍세영이 말했다.

"프리미엄 길드장님께선 겨우 트윈헤드 오크가 강하다고 말씀하시는 겁니까?"

"야야. 너 왜 그렇게 날이 섰어."

욱현이 홍세영을 툭툭 쳤다. 소현이 어깨를 으쓱했다.

"강할 수도 있잖아요. 길드장이라면 최악의 상황까지 고려하여 움직여야 한다고 생각해요."

"프리미엄 길드장님의 말씀이 맞습니다."

민서는 고개를 갸웃했다.

'그럴 리 없잖아. 오빠 본신 능력치 회복했잖아. 레벨 업 시스템까지 도입됐고. 트윈헤드 오크 정도는 문제될 게 없을 텐데 왜 저러지?'

프리미엄 길드원들은 베타랑들이긴 하지만 그래도 긴장하긴 했다.

아무리 플래티넘 슬레이어와 함께 하고 있다고는 하지만 플래티넘 슬레이어는 더 이상 예전의 플래티넘 슬레이어가 아니었다.

자신들보다 끽해야 200~300 정도—물론 큰 차이긴 하지만—차이밖에 안 나는 약간 더 강한 슬레이어다. 자신들의 목숨을 완벽하게 보장해 주지 못한다는 뜻이다.

'긴장해야 해.'

어차피 죽자 살자 슬레잉해야 하는 건 아니다. 생각보다 강하다거나 위험하면 도망치면 된다. 근딜진이 가장 먼저 트윈헤드 오크에게 가까이 다가갔다.

아니나 다를까. 붉은 오크 때와 마찬가지로 공간이 일렁거리기 시작했다. 현석이 외쳤다.

"딜 넣습니다!"

딜러진이 공간을 향해 공격하기 시작했다. 욱현 역시 화염계 마법으로 서포트했다. 원거리 공격에 큰 내성을 갖고 있다고 짐작은 되지만 그래도 안 하는 것보단 나을 테니까. 공간이 일렁거릴 때, 아직까지는 괜찮다. 이 순간은 어그로가 튈 염려가 별로 없었다.

"욱현 형은 이제 딜 그만 넣으세요."

트윈헤드 오크들이 완전히 모습을 드러냈다.

프리미엄 길드원들의 얼굴에 화색이 돌았다.

'상대 불가능한 수준은 아냐!'

이 정도면 상대가 가능할 것 같다.

붉은 오크보다 강한 건 틀림없지만 그래도 힘을 합쳐서 못 싸울 정도는 아니었다.

딜러 1진과 2진이 번갈아가면서 꾸준히 슬레잉을 진행한 결과 약 1시간 만에 트윈헤드 오크 무리를 잡을 수 있었다.

"아~ 힘들었다. 확실히 그냥 오크보다는 훨씬 강하네."

인하 길드원들도 프리미엄 길드도 휴식을 취했다. 확실히 체력적으로 부담이 많이 되기는 한 모양이다. 프리미엄 길드의 길드장 엄소현은 약간 어지러운 듯 휘청거렸다. 마침 현석이 옆에 있어서 부축해 줬다.

"괜찮아요?"

"아… 괜찮아요. 긴장이 풀려서 저도 모르게 그만……. 죄송해요."

엄소현이 현석의 품에 안긴 걸 보고 홍세영이 다시 움찔했다. 그러나 상황이 상황인지라 딱히 반응하지는 않고 아주 작게 혼잣말로 중얼거렸다.

"너 싫어."

언제 나타났는지 모르겠지만 익숙한 목소리도 들려왔다.

달콤한 향기, 리나였다. 리나가 진지한 표정으로 물었다.

"나도 그대와 비슷한 생각이다. 이게… 질투라는 감정인가?"

그리고 그와 동시에 이상한 일이 벌어졌다.

"모두 무기 내리고 손 들어. 저항하면 사살한다."

도무지 이해할 수 없는 일이었다. 군인들이 총구를 이쪽을 향해 겨누고 있었다. 아마도 M—arm이리라 짐작되는 총을 들고서 말이다. 욱현이 버럭 소리를 질렀다. 어이가 없었다.

"이게 무슨 개 같은 경우야!"

＊　　　　　＊　　　　　＊

한국은 이미 혼란에 휩싸였다. 레드 스카이가 도래한 지 벌써 한 달이 지났다. 정확한 통계 자료는 발표되지 않았지만 이미 죽은 사람이 500만 명은 넘었을 거라고 추산하고 있다.

지하 대피소에 가만히 있다가 굶어 죽은 사람부터 먹을 것을 구하러 밖에 나갔다가 몬스터에 의해 봉변을 당한 사람까지.

그러나 최근 들어 붉은 오크 무리에 저항하는 슬레이어들이 생겨나면서 그 피해는 조금씩 줄어들고 있는 양상을 보이고 있다.

3일 전.

국방부 장관 구성찬은 자신이 믿는 7명의 국회의원들을 한자리에 모았다.

"아무래도 레드 돔은 당분간 벗겨지지 않을 것 같습니다."

"맞아요. 오히려 이제는 아이템들이 드롭되면서……"

아이템들이 드롭되면서 특권층. 이를테면 최상위권 슬레이어들처럼 슬레잉 실력이 뛰어난 사람들은 예전보다 더 윤택한 삶을 살게 됐다. 건물 아이템이 생기면 건물이 뚝딱 생긴다.

지금 같은 상황에서 누가 이 땅이 내 땅이니, 저 땅이 내 땅이니 재판을 걸고 소송을 걸겠는가.

지금 한국은 거의 무주공산이 되다시피 했다. 일반 사람들은 재산 같은 것보다는 당장 하루 먹을 한 끼, 한 끼가 급했다.

국방부 장관 구성찬이 말했다.

"그런데 우리는 슬레이어들보다 강한 무력을 가지고 있죠."

"무슨 뜻입니까?"

"이젠… 슬레이어들을 조종하는 자가 세상을 지배하게 될 겁니다."

"무슨 수로요?"

"슬레이어들은 강한 힘을 갖고 있지만 그래 봤자 슬레이어입니다. 현대 무기 앞에선 그 능력을 발휘할 수 없어요. 강한 무력으로 그들을 통제하면 우리가 세상의 주인이 될 수 있습니다."

"대통령은 당신의 생각을 알아요?"

구성찬은 고개를 저었다. 대통령에게 은근슬쩍 떠보긴 했는데 대통령은 회의적인 입장이었다. 오히려 이런 시국에 슬레이어들을 지배하겠다는 말도 안 되는 논리를 펴는 것이냐며 화까지 냈다.

국회의원들 역시 약간 회의적인 입장이었다.

"그들을 어떻게 통제합니까?"

"제가 아무런 계획도 없이 귀한 여러분들을 모셨겠습니까?"

구성찬은 자신만만하게 말을 이었다.

"봉인 수갑이라는 아이템이 있습니다."

"그게 뭐죠?"

"말 그대로 슬레이어의 능력을 봉인시키는 수갑입니다."

구성찬은 자신 있었다. 오히려 레드 스카이가 도래한 이 상황이 마음에 들었다. 이 얼마나 좋은가. 힘으로 지배할 수 있는 세상. 구성찬은 이 세상의 특권층이 될 자신이 있었다.

"제아무리 날고 긴다는 플래티넘 슬레이어도 최대 스탯이 1,500은 넘지 않을 겁니다. 이 수갑은 스탯을 1,500씩 규제합니다. 물량은 이미 충분히 구해놨구요."

구성찬이 자신 있게 말했다.

"우린 슬레이어보다 훨씬 강합니다. 우리라면 그들을 우리 통제하에 둘 수 있습니다."

*   *   *

모두가 지쳤다. 붉은색 트윈헤드 오크는 강했다.

프리미엄 길드원들도, 인하 길드원들도 모두 지쳤다. 지치지 않은 사람은 현석뿐이다. 군인들은 아무래도 슬레이어들이 지치길 기다렸던 것 같았다.

"모두 무기 내려."

욱현이 이런 썅! 개 같은! 하고 욕지거리를 내뱉었지만 소용없었다. 현석은 주위를 둘러봤다.

'아마 M─arm이겠지.'

세간에 알려지기로 현석의 실드 스킬 등급은 레드다. 아마 이렇게 자신 있게 접근하는 걸 보면 레드 등급 이상의, 어쩌면 퍼플 등급의 M─arm일 수도 있었다.

'문제는 내가 얼마만큼의 힘을 끌어 올려야 블랙 등급의 스킬로써의 힘을 발휘할 수 있느냐인데.'

힘을 전부 끌어 올리면 당연히 블랙 등급만큼의 힘을 내긴 하겠지만, 그러자면 앱솔루트 필드를 사용하는 시간이 너무 짧다.

"야, 넌 이런 상황 예상이라도 했어? 너무 침착한데?"

"아니. 그런 건 아닌데. 아무래도 지금은 저쪽에 응하는 게 맞을 것 같다."

지금 당장 힘을 개방해서 저들 모두를 죽여 버릴 수도 있다. 숫자를 보니 약 300명쯤 되는 것 같은데 현석이 마음먹고 윈드 커터를 날리면 순식간에 도륙할 수 있다.

그러나 그렇게 하면 겨우 꼬리밖에 못 뗀다. 이미 일은 벌어졌다.

'머리를 도려내야 돼.'

프리미엄 길드의 길드장 엄소현은 눈을 지그시 감고서 한숨을 쉬었다. 그녀 역시 어렴풋이는 염두에 두고 있던 상황인 듯했다. 슬레이어는 현대 무기를 이길 수 없다. 슬레이어에게는 실드가 없으니까.

이번 작전을 담당하게 된 대령 황재운은 침을 꿀꺽 삼켰다. 아무리 이쪽이 현대 무기로 무장하고 있다고는 해도, 저쪽이 아무리 지친 상태라고는 해도 저들은 한국 내 최상위 급 슬레이어들이다.

황재운은 모르고 있지만 국방부 장관 구성찬은 장거리 미사일도 준비했다. 최악의 상황 발생시, 모두 같이 죽여 버리려고 말이다.

'아무 아이템도 들지 않은 저 남자가 플래티넘 슬레이어.'

사진으로만 봤지 실물로 보는 건 처음이다.

'긴장하지 말자. 그래 봤자 스탯 1,500이 넘지 않는 슬레이어 야.'

플래티넘 슬레이어는 세계를 구한 영웅이며 살신성인의 슈퍼히어로가 맞기는 하지만 이젠 다 옛말이다. 플래티넘 슬레이어의 능력은 정체되었고 아무리 높이 쳐줘도 스탯 1,500은 넘지 않는다. 실드의 등급도 레드. 이쪽의 화력이 충분히 감당할 수 있는 수준이다.

현석이 두 손을 머리 위로 들어 올렸다.

"가죠."

황재운은 속으로 의아해했다. 플래티넘 슬레이어가 지나치게 담담했다.

'상황 파악이 빠른 건가, 아니면 이 상황을 예측이라도 한 건가? 일이 너무 쉽게 풀리는데.'

일이 예상외로 너무 쉽게 풀리자 조금 허탈할 지경이었다. 부하 100명은 잃을 각오로 왔다. 그런데 너무 쉽게 풀리니 오히려 불안할 지경이다. 의아한 건 민서도 마찬가지였다.

'오빠가 왜……. 그냥 순순히 잡혀가겠다고 하는 거야?'

현석은 생각했다.

'정부는 이미 오래전부터 이런 생각을 갖고 있었나 보군.'

정부인지, 아니면 누군가의 독단적 소행인지는 아직 모르겠지만 이 아이템을 어디에서 하루아침에 구했을 리는 없다.

정부가 직접 아이템들을 구했을까? 그렇다면 어떻게? 어떻게 비밀리에 구했을까? 그 질문에는 답할 수 없었다.

'애초에 비밀리에 이 봉인 수갑을 모았다는 건……'

그건 간단했다. 언젠가 슬레이어들을 구속하여 저희들 입맛대로 조종하려 들었을 거다.

'우릴 당장 어떻게 하지는 못할 거야. 우릴 필요로 하니까.'

*   *   *

목소리가 들려왔다.

"오랜 시간 기다리게 해서 미안합니다."

현석은 봉인 수갑을 찬 채, 의자에 묶여 있었다. 누군가 안대를 풀어줬다.

"정말 미안합니다. 아무리 봉인 수갑을 차고 있다고는 해도 플래티넘 슬레이어신지라… 함부로 풀어드리기는 곤란하네요."

누군지 확인해 보니 국방부 장관 구성찬이었다.

'구성찬이라. 거물이 나왔네.'

현석은 고개를 끄덕였다. 어디까지 높은 인물이 연관되어 있나 했는데 처음 나타난 사람이 국방부 장관이었다.

"우리 길드원들은 어디 있습니까?"

"다들 안전한 곳에 잘 있습니다. 걱정하지 않으셔도 됩니다. 제가 이렇게 플래티넘 슬레이어를 부른 이유는 손을 잡기 위해서이지 핍박하려고 하는 건 아닙니다."

"그런 것치고는 초대가 너무 과격한데요."

말만 번지르르하지 저쪽은 아마 슬레이어에게 강제력을 갖는,

정신계 아이템을 가지고서 주종 관계를 맺으려 들 거다. 그 다음에 봉인 수갑을 풀어주겠지.

현석이 말했다.

"아시다시피 제 스탯은 1,500이 조금 안 됩니다. 이 수갑의 경우 제 스탯을 전부 봉인해 버리는 군요. 그렇다면 풀어주셔도 될 것 같습니다만."

구성찬이 눈짓했다. 구성찬 뒤에 서 있던 군인 네 명 중 한 명이 걸어가 현석을 묶고 있던 밧줄을 풀어줬다.

구성찬이 말했다.

"본론부터 말하겠습니다. 저를 위해 일해주셔야 겠습니다."

"국방부 장관님을 위해 일을 하는 겁니까, 그도 아니면 그 위에 누군가가 또 있습니까?"

"그것까지는 모르셔도 됩니다."

현석이 피식 웃었다.

"그렇다면 저는 무조건 국방부 장관님의 말만 들으면 되는 겁니까?"

질문을 조금 우회해서 던졌다. 국방부 장관의 말만 들으면 된다는 건, 국방부 장관이 최우선 명령자라는 뜻이다. 그건 즉, 최상위 인사라는 말이다.

"네, 그렇죠."

현석은 여유롭게 말했다.

"저를 벼랑 끝에 몰아세우시고 동아줄을 잡을 거냐, 말 거냐를 선택하라 강요하시는 군요."

"상황은 참 미안하게 됐습니다. 하지만 대우는 섭섭하지 않게 하겠습니다."

구성찬은 확신했다. 역시 플래티넘 슬레이어는 합리적이고 이성적인 사람이었다. 이런 상황에 분노할 법도 한데 상황을 정확하게 인지했다. 이해관계의 득실을 따져서 더 좋은 쪽을 선택하고 있는 것이 틀림없었다.

현석이 말을 이었다.

"우리 길드원들은 지금 어떻게 하고 있습니까?"

"반응이 모두 제각각입니다."

현석은 모두를 떠올려 봤다. 생각해 보니 정말 반응이 다들 다를 것 같긴 했다. 아마 불의를 참지 못하는 욱현은 지금 난리를 치고 있을 거다.

"어차피 답은 정해져 있습니다."

"……."

"그들 모두를 제가 설득하겠습니다. 여기로 데려와 주시죠."

구성찬은 고개를 끄덕였다. 역시 플래티넘 슬레이어가 위인은 위인이었다. 자신의 처지를 이렇게 정확하게 파악하고 있으니 말이다.

이렇게 합리적이고 이성적인 사람들만 세상에 존재했다면, 세상에는 전쟁 같은 건 일어나지 않았으리라. 그렇게 생각한 구성찬은 다른 길드원들을 부르라 했다.

현석은 잠시 눈을 감았다.

'프리미엄 길드원들까지 불러달라고 하면 괜한 의심을 사겠지.'

모르긴 몰라도 이 방은 지금 감시당하고 있을 거다. 여기서 난리를 치면 아마 사이렌이 울리든 경계 병력이 몰아치든 분명 뭔가가 있긴 있을 거다.

'미안하지만……. 우리 길드원들 챙기기만도 벅차서.'

현석이 한 가지를 더 물었다.

"그런데 우리를 어떻게 강제하실 생각입니까? 아무리 봉인 수갑이 있다고는 해도 우리의 힘을 이용할 생각이면 봉인 수갑을 풀어야 할 텐데."

현석이 떠올리는 건 예전에 사용했던 '영혼의 계약' 같은 아이템이다. 그런 게 있으면 이들이 이런 짓을 벌이고 있는 이유도 설명이 됐다.

아마도 부관이리라 짐작되는 남자 하나가 구성찬에게 귓속말했다.

"괜찮으시겠습니까?

아주 작게 말했지만 현석은 다 알아 들었다. 그의 청력은 일반인에 비할 바가 아니며 애초에 봉인 수갑 따위는 현석의 능력을 제한하지 못했다. 왜냐하면 현석에게 이미 스탯은 의미가 없으니까.

아예 스탯창 자체가 열리질 않는다. 이후 상위 모드에 들어서면 다시 열리게 되는 건지, 아니면 스탯이란 거 자체가 무효화되고 '대체 불가능한 신체'를 얻은 건지는 좀 더 두고 봐야 알겠지만 어차피 수치랑은 멀어진 지 오래다.

구성찬은 고개를 끄덕였다.

"괜찮아."

이후에 벌어질 일에 대해서는 전혀 걱정하지 않는 듯 여유로웠다.

'플래티넘 슬레이어와 인하 길드만 잡으면 이 세상은 내 것이 된다.'

밝은 세상에서는 이런 짓이 불가능했을 거다. 그러나 지금은 아니다. 핸드폰도 방송도 무용지물이 되어버린 지금 같은 혼란 기라면 충분히 가능한 일이다. 지금은 슬레이어가 곧 힘이다.

인하 길드원들이 현석과 같은 방에 불려왔다.

"오빠!"

"현석아!"

다들 같은 방에 모였다. 현석이 입을 열었다.

"민서, 넌 눈 감아."

영문은 모르지만 일단 민서는 눈을 감았다. 현석은 물리 모드를 발동시켰다. 머릿속으로 어떻게 해야 할 지에 대한 구상은 끝 내놨다. 이젠 이쪽에서 반격할 차례다.

*   *   *

현석은 물리 모드를 활성화시켰다. 물리 모드를 켰다 함은, 상 대에게 물리력을 행사하겠다는 소리다. 달리 말해 현석이 공격 을 하면 공격을 받는 상대는 고통을 느낄 수밖에 없다.

이런 상황에서는 손속에 사정을 두기는 어려웠다. 일격에 죽 이면 가장 좋겠지만 일격에 죽이는 것에 실패하더라도 고통을 주는 게 이쪽에 유리했다.

앱솔루트 필드를 펼쳤다.

"윈드 커터."

수십 개의 윈드 커터가 사방에 분출됐다. 이곳을 감시하는 CCTV가 박살 나고 4명의 군인의 목이 썩둑 잘려 나갔다. 잘려 나간 네 개의 목이 떼굴떼굴 굴렀다.

민서는 현석이 시키는 대로 눈을 감았다.

"오빠……?"

보이지는 않지만 무슨 일이 벌어지고 있는지는 알 것 같다. 비릿한 피냄새가 민서의 코를 찔렀다. 몸이 바들바들 떨려왔다.

"이 무슨 개 같은……."

국방부 장관 구성찬이 당황해하며 걸음을 옮기려 할 때 갑자기 그의 세상이 기울어졌다.

"어……."

그의 눈에 자신의 몸뚱아리가 보였다. 자신의 몸이었을 것이 분명한 그 몸은 이내 머리를 잃고 풀썩 쓰러졌다. 현석은 인하 길드원들의 스탯을 구속하고 있는 봉인 수갑에 힘을 주어 모두 부숴 버렸다.

"오빠, 나 눈 떠도 돼?"

"이방에서 나가서 떠."

방을 나섰다. 그와 동시에 위이이잉—! 사이렌 소리가 요란하게 울려 퍼지기 시작했다. 비상체제에 돌입한 것 같다.

"명훈아, 부탁한다."

명훈이 고개를 끄덕였다. 당연한 말이지만 명훈은 트랩퍼다. 그것도 세계 최정상급의 트랩퍼. 민서가 전투 필드를 펼치고 명훈이 광역 탐색을 사용했다.

과학 기술로 치자면 최신형 레이더다.

"12시 방향, 적 7명."

현석은 앱솔루트 필드를 켰다가 끄기를 반복했다. 어차피 쿨타임도 없고 껐다 켠다고 해서 체력이 더 빨리 고갈되는 것도 아니다. 그렇다면 M/P—눈에 보이지는 않지만 일단 M/P라고 표현한다—를 아끼는 것이 좋다.

"윈드 커터."

윈드 커터가 또다시 현석의 손에 의해 구현됐다. 크기는 그렇게 크지 않았다. 그러나 일반 군인들을 죽이는 것에는 전혀 무리가 없었다. 몸놀림이 빠른 홍세영도 살인에 가담했다.

그녀의 손속에도 자비는 없었다. 그녀의 레이피어가 움직일 때마다, 미간에 구멍이 뚫린 군인들이 죽어나갔다.

길목에 방패와 기관총으로 무장한 군인들이 보였다.

"발사!"

현석이 외쳤다.

"민서! 연수!"

이름을 부르는 것으로 충분했다. 민서는 터틀—디펜시브와 디펜시브 업을 사용했다. 둘 다 방어력을 높여주는 버프다. 그리고 연수가 디펜시브 필드를 펼쳤다.

투다다다닷!

매캐한 화약 냄새가 느껴졌다. 군인들이 쉴 새 없이 기관총을 난사했다.

"힐! 힐! 힐! 힐!"

평화가 계속해서 힐을 외쳤다. 디펜시브 필드는 필드 내의 모든 대미지가 디펜시브 필드의 시전자에게 가해진다. 직접적인 공격은 성자의 방패로 막아내고 나머지 탄환에 의한 대미지는 연수가 흡수했다.

그러나 H/P가 떨어지는 속도보다 평화의 힐에 의해 H/P가 차는 속도가 더 빨랐다. 빠르게 감소하고 또 빠르게 차올랐다.

그사이.

"윈드 커터."

현석의 하급 마법 윈드 커터가 군인들의 목을 깔끔하게 잘라 버렸다. 그때, 이상한 알림음이 들려왔다.

[비슬레이어 30명을 사살했습니다.]

[현재 슬레이어의 등급을 판정합니다.]

[블랙 나이트로의 전직 조건 충족.]

30명을 죽였더니 블랙 나이트로의 전직 조건이 충족됐다.

'블랙 나이트.'

블랙 나이트. 귀에 익은 이름이다. 바로 의정부에서 나타난 자칭 '블랙 나이트 왕국'을 설립한 블랙 나이트 슬레이어 집단의 이름이 아니던가.

'비슬레이어를 죽이는 게 블랙 나이트로의 전직 조건인가?'

그렇다면 또 문제가 된다. 30명의 사람을 죽인 살인자가 그렇게 많을 거라고 보지는 않지만 그래도 또 모른다.

30명을 죽여 블랙 나이트가 됐고, 블랙 나이트라는 것이 훌륭한 메리트를 가진 클래스라면 아마도 그 방식을 사용하여 덩치를 불릴 거다.

'상당한 메리트가 있는 클래스일 것이 틀림없어.'

명훈이 외쳤다.

"네 시! 8명!"

현석의 윈드 커터가 또다시 군인들을 죽였다. 명훈이 또 말했다.

"약 400미터 정도 떨어진 방에 프리미엄 길드원이라 추측되는 사람들이 있는데, 어떻게 해? 길장?"

현석은 잠시 고민했다. 자신에게 큰 호감을 보이던 엄소현 길드장이 떠올랐다.

'그들을 모두 살려 나가기는 힘들어.'

한 가지를 확인 했다.

"우리 도주 경로와 겹쳐?"

"아니. 안 겹쳐. 반대 방향이야."

"구할 수 있으면 구하되, 일단 우리끼리 빠져나가는 걸 최우선 과제로 해."

어차피 연수 같은 광역 대미지 흡수 스킬이 있는 사람이 없으면 그들을 무사히 데려올 수 없다. 현석이 아무리 강해도 무수히 빗발치는 모든 총알을 막아낼 수는 없으니까.

연수가 없었다면 현석은 모든 힘을 소진하는 한이 있더라도 이 주변을 모두 초토화시켜버렸을 거다.

프리미엄 길드가 같이 죽는 한이 있더라도 말이다. 그렇게 하지 않는 건, 프리미엄 길드에 대한 마지막 배려였다. 알아서 살아 나오라는.

인하 길드원들은 현석을 필두로 열심히 달렸다. 그때, 욱현이 이를 악물었다.

"젠장. 저건 또 뭐야?"

복도 위에서 두터운 콘크리트 벽이 떨어져 내리고 있다. 뒤쪽을 보니 뒤쪽도 마찬가지다. 아무래도 앞, 뒤를 봉쇄할 모양인 것 같았다.

"파이어 볼!"

물리력을 갖는 메이지, 욱현이 파이어 볼을 사용해 봤으나 콘크리트 벽은 요지부동. 흠집만 조금 났다.

"엄청 단단한 놈인 것 같은데."

종원이 나섰다.

"파워 해머!"

종원이 파워 해머를 외치자 인하 길드원들은 약속이라도 한 듯 세 걸음씩 뒤로 물러섰다.

파워 해머는 본래대로라면 단일 개체를 공격하는, 종원이 가진 가장 강력한 공격 스킬인데 종원의 해머가 약 3배 정도 커진다. 괜히 근처에 있으면 종원의 움직임을 막는다. 이미 수백, 수천 번 맞춰본 인하 길드원들이다.

콰지직—!

노란색 스파크가 튀었다.

콰과광—!

그러나 종원의 공격에도 콘크리트 벽은 요지부동이었다.

"저거. 화염방사기 같은데……."

설상가상으로 천장에는 아무래도 화염방사기로 짐작되는 무언가가 이쪽을 향해 얼굴을 들이밀고 있었다. 그와 동시에, 쿠과

과과광! 거대한 폭발음이 들렸다. 두께 약 5미터는 넘어 보이는 엄청난 두께의 콘크리트 벽이 순식간에 깨졌다.

현석이 발경을 사용했다. 물질 내부로부터 충격을 줘서, 내부부터 터뜨리는 현석의 고유 스킬 발경에 의해 콘크리트 벽은 안쪽부터 깨져 나갔다. 천장에선 실제로 화염방사기가 불을 뿜었다.

종원이 어깨를 으쓱했다.

"진짜 던전 같은데?"

던전에서 수많은 함정과 트랩을 경험해 봤다. 다만 그 트랩은 '이능'에 의한 것이고 이곳의 트랩은 현대 과학 기술력으로 만들어졌다는 차이가 있을 뿐. 그리고 그 '이능'은 명훈에 의해 미리부터 해제가 되지만 이 기술력으로 만들어진 트랩은 원천 봉쇄가 불가능하다는 차이가 있을 뿐이었다.

'내가 힘을 이끌어낼 수 있는 시간은······.'

정확하게는 모른다. 아직 현석도 이 힘에 완벽하게 적응은 안 됐다.

'약 10분 정도.'

명훈에게 물었다.

"앞으로 얼마나 더 가야 돼?"

"아무리 잘 쳐줘도 20분 정도는 걸릴 것 같은데. 여기 되게 큰 시설이야. 도대체 언제 이런 걸 만들어 놨어? 게다가 여기 지하라고. 지상으로 올라가는 길목은 다 틀어막고 있을 텐데?"

아예 여기 자체를 초토화시켜 버리는 방법은 보류다. 이곳을 무너뜨리면 인하 길드원들이 건물 잔해에 깔릴 수도 있다. 일단 밖으로 탈출부터 해야 했다.

욱현이 말했다.

"길 따라 가지 말고, 아예 천장 뚫고 위로 올라가는 방법은 어때요? 길장이라면 구멍 낼 수 있을 것 같은데. 이 정도로 튼튼히 지은 건물이면 어디 구멍 하나 뚫려도 무너지지 않을 겁니다."

군인들이 몰려드는 소리가 들렸다. 정확히 파악하긴 힘들어도 이 기지―일단 기지라 표현한다―내에 수백 명의 상주 군인들이 있는 것 같았다. 그만큼 미리부터 준비를 해왔단 소리다.

"명훈아, 가장 뚫기 쉬운 쪽을 찾아."

"오케이."

명훈이 천장을 뚫어져라 쳐다보며 '집중 탐색'을 사용했다.

그리고는 한곳을 손가락으로 가리켰다.

"저쪽이 가장 만만하네."

명훈의 말을 빌리자면 명훈은 '조루'다. 집중 탐색을 사용하면 M/P가 남아나질 않는다. 민서가 바로 M/P 차징을 사용해 줬다.

"모두 뒤로 물러서. 물리 모드 사용했어. 회오리 사용할 거야."

"나한테 맡겨, 오빠."

민서가 자이언트 터틀 두 마리를 소환했다. 모두 등껍질에 들어가 있는 상태. 등껍질 두개가 바람막이 역할과 더불어 건물의 잔해를 막아주는 역할을 해줄 수 있을 거다.

이쪽을 발견한 군인들이 기관총을 계속해서 쏴댔다. 현석은 회오리의 위력을 조율하기 위해 집중했다. 총알 따윈 신경도 안 썼다.

"젠장! 저 미친 괴물 새끼!"

투다다다닷!

총성이 계속 울렸고 탄피가 땅바닥에 수북이 쌓여가지만 플래티넘 슬레이어에게는 전혀 소용없었다.

김진수 소령은 당황했다.

'이건 퍼플 등급의 M—arm이라고! 그런데 어째서 안 먹히는 거냐!'

세간에 알려지기로 플래티넘 슬레이어의 실드 스킬 등급은 레드다. 그런데 이건 퍼플 등급의 M—arm이다. 저 실드를 무력화시켜야 맞다.

그러나 플래티넘 슬레이어의 실드에는 아예 영향조차 없었다. 이토록 무식하게 쏟아내는 총탄을 플래티넘 슬레이어는 아이템도 없이 맨 몸으로 받아냈다.

"죽어라, 이 괴물 새끼!"

수많은 동료가 죽었다. 그렇다면 복수를 해야 한다.

"RPG!"

"여기 있습니다!"

로켓포를 들었다. 이것 역시, 퍼플 등급의 M—arm이다. 이거면 확실히 놈을 처치할 수 있을 거다. 그는 플래티넘 슬레이어를 향해 조준했다.

"죽엇!"

탄두가 쏘아졌다. 그때, 현석이 스킬명을 말했다.

"회오리."

물리 모드를 가동한 회오다. 처음에는 작았다. 그 작았던 회오리가 점점 커지기 시작하더니 하늘로 치솟아 올랐다.

자이언트 터틀의 등껍질 사이로 빼꼼 고개를 내민 욱현이 여태껏 준비해 왔던 헬파이어를 사용했다. 헬파이어와 회오리가 조합됐다. 뜨겁게 달아오른 강풍이 천장으로 치솟았다.

"씨, 씨팔! 튀어!"

콰과광!

RPG의 탄두는 빙글빙글 돌다가 김진수 소령에게 되돌아가서 커다란 폭발을 일으켰다. 김진수 소령은 자신이 쏜 RPG탄에 맞아 죽었다.

운 좋게 살아남은 3명의 군인은 전의를 상실했다. 사람이 어떻게 저럴 수 있단 말인가. 사람 손에서 나온 회오리는 딜레이 미사일조차도 막아낸다는 이 요새의 천장을 뚫어내고, 또 녹여내고 있었다.

"저런 괴물을 우리가 어떻게 막아……."

"미쳤어. 미친 거라고 이건……."

총을 버리고 도망쳤다. 저건 괴물이다. 자신들의 힘으로는 절대 막을 수 없었다. 클래스 자체가 너무 달랐다.

위이이잉—!

사이렌 소리가 계속해서 울렸다.

"됐다!"

아무래도 지하 약 3층 정도 되는 것 같았다. 저만치 높이, 하늘이 보였다.

몸놀림이 재빠른 세영과 명훈은 자력으로, 나머지는 현석이 한 명씩 껴안고 지상으로 올려보냈다.

그때, 하늘 위에 뭔가가 보였다. 헬리콥터였다. 모양새를 보아 하니 아무래도 황급히 도망을 가는 것 같았다.

현석은 생각했다.

'국방부 장관 외에 또 다른 지도부겠지.'

헬기를 타고 황급히 도망을 갈 수 있다는 건 분명 지도층이라는 소리다.

현석의 생각은 맞았다. 하급 군인들에게 플래티넘 슬레이어를 막으라 시키고 도망을 치는 사람은 국회의원 조유천이었다. 그는 헬기 안에서 발을 동동 굴렀다.

'제기랄. 정보가 잘못됐어. 봉인 수갑이면 충분하다며! 스탯 1,500은 무조건 안 될 거라고 그렇게 장담하더니. 이 무슨 개 같은 경우야!'

만약 일이 잘못되더라도 던전보다도 더한 삼엄한 경비와 안전 장치들 때문에 괜찮을 거라고 자신있게 말하던 국방부 장관 구성찬의 얼굴이 떠올랐다. 씹어먹어도 시원찮을 놈이다. 지금이야 죽었지만.

'그래도……. 나는 살았어. 살았다고.'

헬기가 떴다. 그래도 이제 살 수 있을 거다. 의자에 몸을 눕혔다. 일은 잘못됐지만 어쨌든 살았으면 됐다.

저 안에는 군인 약 720명가량이 있다. 모두 플래티넘 슬레이어를 막도록 지시했으니 시간을 끌 수 있을 거다.

'겨우 720명의 쓰레기 같은 목숨을 바쳐서 내가 살 수 있으면 남는 장사지. 쓰레기들에게도 영광이야. 몇 초만 잘 버텨라. 너희들의 용도는 딱 거기까지야.'

안도의 한숨을 내쉬었다.

그때, 현석이 헬기를 발견했다.

* * *

1시간 전.

조유천은 구성찬과 만남을 가졌다. 조유천은 구성찬을 적극적으로 지지하는 사람들 중 한 명이었다.

"국방부 장관님의 말대로만 된다면 정말로 세상은 우리의 것이 되겠군요."

슬레이어를 잡는 자가 세상을 지배할 수 있다. 그에게는 권력이 있었고 권력에 따른 무력이 있었다. 군대 말이다. 군대도 지금 여러 파벌이 생겨서 나뉘어져 있는 판국이다.

특히 공군기지를 중심으로 하여 병력이 집결되고 있는데 각 공군기지마다 지휘관이 다르다. 그러한 가운데 플래티넘 슬레이어를 얻는다? 그야말로 대통령을 능가하는 힘을 가질 수 있을 거다.

조유천은 흡족했다.

"차라리 레드 스카이가 도래한 것이 우리에겐 다행인 일이죠. 우리에겐 권력이 있으니까요."

"맞습니다. 플래티넘 슬레이어가 상당히 이성적으로 판단을 하더군요."

"플래티넘 슬레이어가 되기 전에는 그저 한낱 서민 아니었습니까? 그 천한 근본이 어디 가는 건 아니죠. 피지배 계급은 지배를 받을 때 안정감을 느끼는 법입니다."

국방부 장관 구성찬은 어깨를 으쓱하고서 웃었다. 그때까지만 해도 모든 일이 잘 풀릴 줄 알았다. 조유천 역시 마찬가지였다. 원래 영웅은 난세가 만든다고 했다.

지금 같은 시기라면, 플래티넘 슬레이어를 얻고 왕이 되는 것도 불가능하지는 않을 것 같았다. 장밋빛 미래가 펼쳐질 줄 알았다.

"씨팔! 이게 뭐야!"

그러나 상황은 생각처럼 좋게 흘러가지 않았다. CCTV가 박살 날 때부터 낌새가 이상했다.

"무슨 일이 벌어지는 지 알아봐!"

이상해도 너무 이상했다. 사실 여기서 바로 도망을 쳤어야 했다. 스탯 1,500이 안 되는 슬레이어가 스탯을 구속당했는데 윈드 커터를 사용할 수 있을 리가 없다.

그 말은 즉, 봉인 수갑이 제 역할을 제대로 못하고 있었다는 뜻이다.

"막아. 무슨 수를 써서라도 막으라고!"

조유천은 황급히 명령을 내렸다. 병력을 총동원해서라도 막아야 했다. 그리고 자신은 최상층으로 올라갔다.

플래티넘 슬레이어가 아무래도 힘을 회복한 것 같다. 그렇다면 여기서 자신이 할 수 있는 일은 없었다. 그저 쓰레기 같은 군인들이 그나마 목숨이라도 바쳐서 시간만 끌어주면 됐다.

그리고 다행히 탈출에 성공하는 듯했다. 이상한 에메랄드빛 칼날이 날아오기 전까지는 말이다.

"추, 추락합니다!"

쌔앵─! 뭔가가 지나가는가 싶더니, 헬기의 레펠을 잘라내 버렸다. 헬기는 땅으로 곤두박질치기 시작했다.

조유천은 비명을 질렀다.

"으, 으아아아악!"

수백 명 군인의 목숨 따윈 중요하지 않았다. 그들은 어차피 피지배 계급이고 지배 계급인 자신을 위해 죽어도 오히려 영광스러운 일이다. 그러나 자신은 아니었다. 그는 무려 국회의원이며 고결한 존재다.

문득 정신을 차렸다. 누군가 코를 막고 말했다.

"오빠. 저 아저씨 오줌 쌌어. 냄새 나."

조유천은 저 여자의 얼굴을 알고 있다. 이미 파악해 놨다. 플래티넘 슬레이어의 여동생인 유민서였다. 조유천은 뭔가 뜨듯하고 축축한 것을 느꼈다. 저도 모르게 오줌을 지린 것이다.

현석이 윈드 커터를 사용해 헬기를 격추시키고 그리고 뛰어올라 헬기를 받아왔다.

마치 캐치볼이라도 하듯 아주 편안하게 헬기를 잡아냈다. 그 와중에 하종원이 '내 친구지만 정말 미친놈이야'라고 한탄 비스무리한 감탄을 했다는 건 여담이다.

현석이 말했다.

"일단 유니온으로 데려가는 걸로 하자."

*　　　　　*　　　　　*

배후가 더 있을지도 모른다. 이미 한 번 벌어진 일, 또 벌어질 수도 있었다. 이참에 아예 뿌리를 뽑아버리는 게 낫다.

현석은 성형에게 조유천을 맡기고 인하 길드로 돌아갔다. 무슨 일이 벌어질지 예상은 했다.

현석이 보기에 성형은 그렇게 선인은 아니었다. 오히려 적으로 만났다면 끔찍했을지도 모른다고 생각하는 중이다.

조유천은 책상에 볼을 댔다. 물론 자의는 아니었다. 건장한 남자 셋이 그의 몸을 구속했다. 한 명이 조유천의 머리를 강제로 눌렀다.

"이, 이새끼들! 내가 누군지 알아? 앙?"

책상에 엉덩이를 걸치고 앉아 있던 박성형이 말했다.

"누군지 압니다."

"한국 유니온장! 이게 도대체 무슨 짓입니까! 국가와 전쟁이라도 벌이겠다는 거요? 이건 명백한 선전포고야!"

"글쎄요. 제가 그쪽을 구속하고 있는 게 어째서 국가에게 선전포고를 하는 것인지 영문을 모르겠군요."

책상 위의 무언가를 뒤적거렸다. 길이 약 10㎝는 되어 보이는 녹슨 못이 보였다.

"무, 무, 무슨 짓을 하려는 거야!"

성형이 말했다.

"오른손 책상 위로 올려."

명령을 받은 남자가 조유천을 힘으로 제압해 오른손을 책상 위로 올렸다.

성형은 10㎝의 못을 조유천의 손등 위에 살짝 댔다. 오른손에는 망치를 들었다. 못을 조유천의 손등에 대고 아주 살살 톡톡 두드리는 시늉을 했다.

"대통령도 이번 일에 힘을 보탰습니까?"

"이, 이 미친 새끼! 지금 무슨 짓을 하는 거야! 난 조유천이라고! 이 쓰레기 같은, 으아아아악!"

조유천은 비명을 질렀다. 이런 고통은 처음 느껴본다. 쾅! 쾅! 쾅! 소리가 들려올 때마다, 차가운 무언가가 손등을 뚫고 들어오는 느낌이 생생하게 느껴졌다. 성형은 무미건조한 표정으로.

"조금 덜 들어갔나."

라고 중얼거리더니 몇 번 더 두드렸다.

"이번엔 왼손."

그사이 조유천의 손등에서 새어 나온 핏물이 책상 모서리를 타고 뚝뚝 흘러내렸다. 조유천이 비명을 질러댔다.

"제발 그만! 그마아아아안!"

"다시 묻겠습니다. 대통령도 연루되어 있습니까?"

이대로면 정말 죽을 것 같다는 공포감이 조유천을 압박했다. 사실대로 말해야 해. 안 그러면 진짜 죽는다. 그의 본능이 그렇게 경고했다.

"아니! 그건 아… 으아아악!"

쾅. 쾅. 쾅.

또다시 녹슨 철 못이 조유천의 왼쪽 손등을 파고들어 갔다.

'도대체 왜. 난 사실을 말했는데 왜.'

이유를 찾기가 힘들었다. 평상시라면 모를까, 너무나 끔찍하고 무서운 고통과 공포감이 조유천을 지배했다. 이성적인 사고를 하기가 힘들었다.

"다음은 여기입니다."

조유천은 현재 왼쪽 볼을 책상에 대고 있다. 성형은 오른쪽 귓구멍에 못을 댔다.

"다시 묻습니다. 대통령이 이번 일에 연루되어 있습니까?"

* * *

성형이 말했다.

"역시 배후는 대통령이었어."

"형님이 그렇게 만든 건 아니고요?"

"……."

성형은 긍정도 부정도 하지 않은 채, 어깨를 으쓱했다. 현석 역시 바보는 아니었다. 아니, 오히려 똑똑했다. 성형이 무슨 짓을 했는지 이미 파악은 하고 있는 것 같았다.

"지금 이 시점은 거의 무정부 상태나 다름없어. 강력한 리더십을 가진 누군가가 나서서 군병력을 재정비하고 힘을 하나로 모을 필요가 있어."

"그게 설마 저는 아니겠죠."

"네가 해준다면 나야 고맙겠지만……. 네 성향상 그걸 맡을 리는 없을 것 같고. 한국 유니온이 대신하려 해. 레드 스카이가 없어질 때까지 한시적으로."

"없어지고 난 다음은요?"

"그 다음은 국민들의 동의를 얻어야겠지."

현석은 고개를 끄덕였다.

성형의 생각은 나쁘지 않았다. 특히나 블랙 나이트들이 성장하고 있는 시점에서 군 병력을 흡수하는 건 상당히 큰 도움이 될 터였다.

현석에게는 지켜야만 하는 사람들이 있다. 힘을 가지면 가질수록 좋다. 조금은 비겁한 방법이 될 지도 모르겠지만 말이다.

현석이 다시 물었다.

"형님, 대통령이… 정말로 가담했습니까? 그럴 사람으로 보이진 않았는데요."

성형은 한참을 머뭇거리다가 대답을 피했다.

"그냥 내가 나쁜 놈으로 하자."

어쨌든 결정은 내려졌다. 지금 이 무정부나 다름없는 상태의 국가를 바로 세우기 위해서 어차피 누군가 나서긴 나서야 했다.

그게 지금은 한국 유니온이 되는 거다. 당연히 한국 유니온의 힘만으로는 안 된다. 그 뒤에는 플래티넘 슬레이어가 버티고 서 있다. 이게 제일 중요한 거다.

"네가 뒤에 있으면… 사실 두려울 게 별로 없지."

여론이면 여론, 힘이면 힘, 뭐 하나 빠지는 게 없다. 성형은 한국 유니온으로 돌아갔다. 현석은 그의 방 침대에 누워 생각에 빠졌다.

'블랙 나이트라.'

아무에게도 말하지 않은 사실이 있다. 현석은 블랙 나이트로의 전직을 한 번 거부당했다.

활의 설명에 의하면 현석의 현재 수준이 너무 높아서 겨우 30명

죽인 걸로는 전직이 안 된단다.

현석이 200명을 죽였을 때, 그때 알림음이 다시 들려왔다.

[블랙 나이트 전직 조건을 완료했습니다.]
[현 클래스: 올 스탯 슬레이어]
[중복 클래스를 승인을 요청합니다.]

시간이 더 흘렀다.

[올 스탯 슬레이어, 블랙 나이트. 중복 클래스를 인정합니다.]
[중복 클래스: 블랙 나이트. 받아들이시겠습니까? Y/N]

200명을 죽이고 블랙 나이트 클래스를 얻겠냐는 알림음이 들려왔다. 이게 뭔지, 어떤 능력을 가졌는지는 현석도 모른다.

'블랙 나이트라……. 도대체 이건…….'

결코 자랑스러운 클래스는 아니었다. 아무리 불가항력이었다지만 비슬레이어 200명을 죽이고 얻은 클래스다.

아직까지도 Y를 선택하지 못하고 고민 중이다. 이 사실은 민서에게도 알리지 않았다.

현석 다음으로 군인을 많이 죽인 홍세영이 뭔가 눈치를 챈 것 같기는 했지만 세영도 아직 별다른 말은 없었고 말이다.

그때 달콤한 향기가 느껴졌다.

"그대여. 그대의 얼굴에 근심이 많아 보인다."

"…리나?"

언제 나타났는지 리나는 현석의 옆에 누워 현석을 쳐다보고 있었다.

"그대여. 그대의 품이 필요하다. 1분이라도 좋으니 그대의 품에 안기고 싶다."

그리고 현석의 품에 안겼다. 리나의 몸이 조금이지만 떨리는 게 느껴졌다. 1분 정도가 지났다. 리나가 말했다.

"이제 그대는 나를 죽여야만 한다. 시간이 길지 않음이니."

"그게 무슨 소리야?"

리나를 죽이면 현석에게도 메리트가 있다. 바로 열람만 가능한 최상위 등급 아이템 상점을 이용할 수 있게 된다는 것. 그리고 어쩌면 이용이 가능해지면 아이템 사용도 가능해질 수도 있다.

자세한 건 아직 모른다. 어쨌든 '12왕 슬레잉'이 하나의 묶음 퀘스트처럼 여겨지고 있는 가운데 보상이 아마 대단히 클 것은 확실했다.

"나의 그 시기가 가까워 왔음이니. 나는 그대를 죽일 수 없다. 내가 그대를 죽인다면 나는 내 손으로 나의 목숨을 끊을 것이니. 어차피 나의 죽음은 정해져 있다. 나는… 사랑하는 그대의 손에 죽고 싶다."

"무슨 말인지 설명을 알아듣게 해봐."

그때, 침대 밑에 숨어 있던—사실 숨어 있었다기보다는 그냥 거기 있었다. 활은 현석이 잘 때면 침대 밑에 들어가 있는다—활이 울먹거리면서 말했다.

"리나 언니의 말이 사실이어요. 주인님."

활이 설명을 이었다.

"리나언니는 여왕이에요. 그 시기의 여왕은. 그 누구보다도 강해요. 그 시기의 여왕은 상대 수컷보다 무조건 강하게 설정되거든요. 설정된 상대의 값보다 무조건 더 많이 빨아들여요."

무슨 말인지 대충은 알겠다. 과거에도 그런 적이 있었다. 그때도 잔여 스탯을 모두 올려서 살아남았던 기억이 있다.

지금은 잔여 스탯도 없다. 스탯창 자체가 사라져 버렸다. 그러니까 과거처럼, 갑자기 강해질 수 있는 방법이 사라졌다는 뜻이다.

"주인님이 아무리 강해도……. 그 시기의 리나 언니를 이길 수는 없다는 뜻이에요."

리나가 차분한 표정으로 설명을 이었다. 그러나 숨은 꽤 가빠져 있었다. 일부러 일어서서 문 쪽으로 갔다. 현석과 거리를 두려는 모양새였다.

"나는 그대를 제외한 그 어느 수컷과도 잠자리를 가지지 않겠다. 나의 몸과 마음은 온전히 그대의 것이다. 나는 다른 수컷과 잠자리를 가질 수 없다. 차라리 나는 그대에게 나의 목숨과 정조를 바치겠다. 그대는 어서 나를 죽이라. 이제 시간이 정말 없음이니."

CHAPTER 8

현석은 고민에 빠져들었다. 솔직한 말로 현석은 리나를 죽이기 싫었다.

리나를 죽여서 얻는 이득 같은 걸 계산하기 전에, 현석은 그녀를 죽이고 싶지 않았다. 집에서 기르는 강아지한테도 사랑을 쏟는 게 인간이다. 하물며 리나는 비록 균형자지만 인간에 한없이 가깝다. 죽이고 싶을 리 없다.

"그대여. 그대가 나를 죽이지 않겠다면 나는 스스로 목숨을 끊겠다. 더는 버티기 힘듦이니."

리나의 몸이 바들바들 떨리며 호흡이 거칠었다. 한 걸음 한 걸음 현석에게 가까이 걸어왔다. 현석이 활에게 물었다.

"활아, 네가 예전에 말했던 건 사실이겠지?"

"화, 활이는 지금 주인님께 무슨 말을 했었는지 기억이 나지 않아요."

리나가 손을 들어 올렸다. 아무래도 스스로 목을 찌르려는 것 같았다.

"나는 그대를 죽일 수 없다."

"잠깐 기다려, 리나."

순간, 리나의 머리카락이 붉게 변했다. 붉은 머리카락. 황금색 눈동자. 보고 있기만 해도 기이하게 빠져드는 묘한 마력. 인간형 균형자. 여왕 리나. J. 알리세인 퓨리티어. 그녀의 본체다. 그녀의 동공이 잠깐 풀렸다. 예전과 마찬가지였다. 말투도 변했다.

"현석아, 나는… 나는……."

그러나 리나는 금세 정신을 차렸다.

"그대여. 어서… 어서 나를 죽여야만 한다. 그 시기의 나는 지금의 그대보다 강하다. 나는 그렇게 설정된다."

[리나. J. 알리세인 퓨리티어의 슬레잉에 도전하시겠습니까? Y/N]

과거에도 비슷한 알림음을 들었던 것 같기는 하다. 잠결이어서, 꿈이라고 생각해서 제대로 기억은 안나지만 그때도 그랬던 것 같다. 현석은 결정을 내리곤 Y를 선택했다. 활에게 들었던 정보를 다시금 확인할 시간이 없었다.

[리나. J. 알리세인 퓨리티어 슬레잉에 진입합니다.]

리나가 원망스런 얼굴로 현석을 쳐다봤다.

"그대여… 그대는 어찌… 그대는 어찌 나에게 이렇게 큰 시련……."

말이 끊어졌다. 그녀는 달뜬 숨을 내뱉으며 빠르게 현석에게 파고들었다. 말투뿐만 아니라 목소리도 묘하게 달라졌다.

"나는… 당신을 사랑해."

그사이, 현석은 또 다른 'Y'를 선택했다.

＊　　　＊　　　＊

며칠 전 현석은 '블랙 나이트'에 관해 활에게 물은 적이 있다.

현석이 '대체 불가능한' 칭호와 신체를 얻은 뒤부터 활은 제법 많은 정보를 현석에게 전해줄 수 있었다. 그 정보에는 블랙 나이트에 관한 설명도 있었다.

정확한 설명은 아니었다. 으레 그렇듯, 대충 이러하다 정도였다.

'가능성에… 걸어보자.'

사실상 이번 결정은 현석의 성향과는 반대되는 결정이었다. 리나는 그의 가족도 아니며 그렇다고 그의 아내라고 할 수도 없다.

이성적으로 판단한다면 리나를 죽이는 게 옳았다. 이득도 있을 뿐더러 위험도 낮았으니까. 그러나 차마 그럴 수 없었다.

'가능성은 높아.'

가능성은 높다고 생각했다.

지금 의정부에서 '블랙 나이트 왕국'을 건설하고 승승장구하고 있는 슬레이어 연합. 아무래도 그들은 블랙 나이트라는 클래스를 얻은 것 같았다.

그 이후로 붉은 오크 무리를 슬레잉할 수 있을 정도로, 엄청난 힘을 발휘했다. 블랙 나이트라는 클래스는 단시간에 우창현을 비롯한 슬레이어들을 그렇게 강하게 만들어 줬다.

'Y.'

여태껏 결정을 내리지 못하고 있었는데, 이번 기회를 빌어 Y를 선택했다. 알림음이 이어졌다.

[특수 클래스: 블랙 나이트로 전직합니다.]
[기존 클래스: 올 스탯 슬레이어와 중복 클래스가 허용됩니다.]
[더블 클래스: 올 스탯 슬레이어, 블랙 나이트. 인정됩니다.]

리나의 달뜬 목소리가 들려왔다.

"…당신을 사랑해."

그녀의 가쁜 숨소리와 달콤한 체취가 느껴졌다. 정신이 아득해졌다. 아무래도 유혹 킬이 발동되고 있는 것 같았다.

'정신 차려.'

[현재 슬레이어의 모드는 하디스트입니다.]
[스탯창과 스킬창 사용이 불가합니다.]
[특수 환경에 따른 추가 보상으로 블랙 나이트에 관한 정보를 안내자에게 전송합니다.]

활이 외쳤다.

"주인님! 카피를 사용하세요!"

현석은 아득해지는 정신을 겨우 붙잡았다. 활의 목소리를 어렴풋이 들었다. 그는 일단 활의 말대로 '카피'라는 걸 사용했다.

사용법은 어렵지 않았다. 현석에게 유일하게(?) 남은 액티브 스킬인 발경처럼 사용하면 됐으니까. 발경이 없었다면 모를까. 액티브 스킬을 사용하는 것 자체는 그렇게 어렵지 않았다.

[리나. J. 알리세인. 퓨리티어의 능력치를 카피합니다.]

순간, 정신이 잠시나마 또렷해졌다.

"주인님! 블랙 나이트의 능력은 시전자의 생명력을 담보로 해요. H/P와는 다른 개념이어요. H/P와는 다르게 시전자 본연의 생명을 갉아먹는 대신 접촉한 상대의 능력치를 그대로 복제해 올 수 있어요!"

활의 설명을 들었다. 상황은 파악됐다.

"현석아 사랑해."

정신이 다시금 아득해졌다.

리나는 동공이 풀린 채 현석을 침대에 눕히고 현석과 입을 맞추려 하고 있었다.

활의 크기가 작아졌다.

"보기 싫어……."

두 손으로 눈을 가렸다. 침대 밑에 숨어 들어가서 쪼그려 앉고 무릎에 얼굴을 묻었다. 약간 시간이 흘렀다. 활은 침대 밑에서 기어 나왔다. 침대 위에는 아무도 없었다. 활이 불로 이루어진 눈물, 아주 작은 불덩어리를 뚝뚝 흘렸다.

"으씨. 활이 너는 바보야! 왜 그런 정보를 다 순순히 알려준 거야! 바람 피우는 못된 주인님! 그냥 콱 죽어버리라고 하지. 활이 너는 진짜 바보! 멍청이!"

한참을 자책하다가 이내 눈을 가늘게 떴다. 뭔가 깨달음을 얻은 듯한 표정이었다.

활이 크게 불타올랐다.

"일단 꼬시려면 침대 위로 가야 하는 구나."

기분이 조금 좋아졌다. 시간이 좀 더 흘렀다. 현석과 리나가, 언제 사라졌냐는 듯 침대 위에 모습을 드러냈다. 두 사람 모두 알몸이었다. 활이 투덜거렸다.

"내가 정말 못 살아."

이불이라도 덮어주고 싶은데 실체가 없어서 불가능했다. 그런데 깜짝 놀랐다.

"히, 히익?"

활이 더 붉게 타올랐다.

"어, 언니…… 아무리 같은 여성체여도 옷은 좀…… ."

"그대에게 깊은 감사를 표한다. 나는… 나의 정조를 지켰고 나의 생명을 지켰으며……. 나의 부군을 지켰다. 나는 그대를 생명의 은인으로 대접하겠다. 그대는… 실로 뛰어난 안내자다."

"아, 아니. 그러니까 아무래도 좋으니까 옷이라도 좀 입어요. 활이는 부끄럽단 말이어요!"

활이 두 눈을 가렸다.

"그, 그리고 그런 칭찬 같은 거 하나도 안 좋다 뭐. 흥. 나는 뭐 좋아서 알려준 거 아니거든요? 우리 주인님 죽을까 봐, 그럴까 봐……."

리나가 물끄러미 활을 쳐다보자 활은 이내 울음을 터뜨렸다. 으아아앙, 하고 울음을 터뜨리며 리나에게 안겼다.

"흐어어엉! 나는 언니가 죽는 줄 알고, 주인님이 언니 죽일 줄 알고 그게, 그러니까."

활은 한참을 울었다.

"언니 미워. 주인님도 미워."

"……."

한참 후에야 깨달았다.

"언니. 나 지금 언니한테 안겨서 운거예요?"

리나가 고개를 끄덕였다.

"어떻게 그럴 수 있죠? 활이는 아직 실체를 갖지 못했는데? 아직 실체를 가질 시기도 아니고, 주인님의 모드도 활이를 실체화시킬 수 없을 텐데……."

그러다가 퍼뜩 정신을 차렸다.

"설마… 주인님 더 강해졌어요?"

"그건 안내자인 그대가 판단할 일이라고 생각한다."

리나는 잠든―사실은 거의 기절한―현석의 이마에 짧게 키스를 했다. 현석의 귓가에 '나는 당신만을 사랑하겠어요'라고 평소에는 사용하지 않는 말투로 속삭였다. '입술만은 안 돼!'라고 활이 소리쳤다.

"어라? 또 사라졌다."

리나는 달콤한 향기를 남기고 사라져 버렸다.

*　　　　*　　　　*

인하 길드원들은 아침마다 밥을 같이 먹는다. 현석의 부모와 길드원들의 가족도 함께 먹는 경우가 많다. 그런데 오늘은 현석이 하도 내려오지 않아 평화가 직접 샌드위치를 만들어 2층 방에 올라왔다.

덕분에 현석의 어머니에게 점수를 땄다. 정말 참한 처자라는 칭찬을 들은 평화는 기분 좋게 현석의 방에 들어왔다가 깜짝 놀랐다.

"에그머니나! 오, 오빠!"

하마터면 쟁반을 떨어뜨릴 뻔했다. 미국에서도 이와 비슷한 일이 있었다. 현석의 꼴을 보아하니 한 30년은 투병한 환자 같았다. 아니, 30년은 늙어버린 것 같은 모양새였다.

"평화야, 조용히 해. 별일 아니니까."

그래도 저번의 일이 있다 보니까 저번처럼 소란을 피우지는 않았다. 조용히 방문을 닫고 침대에 가서 앉았다.

"어디 아프신 거 아니죠? 페널티죠?"

"어. 내 클래스의 부작용이야. 가끔 이런 날이 있어. 길드원들한테는 알리지 말아줄래?"

"이번엔 며칠이에요?"

"5일."

"정말 괜찮은 거죠? 오빠 저 놔두고 아프거나 어디 가거나 그러면 안 돼요."

"괜찮아, 평화야. 나 너무 피곤하다. 조금만 더 잘게."

"알았어요. 여기 샌드위치랑 우유 놓고 갈테니까 일어나면 드세요. 뭐 필요한 거 있으시면 핸드폰으로 저 불러주시구요."

그런데 평화는 놀라운 걸 발견했다. 활이 침대 밑에서 기어나오더니 샌드위치를 집어 들고 우걱우걱 씹어먹기 시작했다는 거다.

"활아, 너……?"

활은 실체가 없다. 현석이 힘을 온전히 끌어냈을 때에, 아주 약간이지만 실체를 갖는 경우가 있지만 저토록 물체를 집어 들 만큼 실체화를 한 적은 없었다. 활이 자랑스레 고개를 끄덕였다.

"주인님은 한 단계, 더 강해지셨어요. 저건 그 부작용이구요. 꽈득."

"꽈득?"

"인간들은 분노했을 때 꽈득, 하고 이를 깨문다면서요. 꽈득. 꽈드득."

보통 그렇게 육성으로 표현하지는 않는데… 하고 평화는 살포시 웃었다가 활의 머리를 쓰다듬어 줬다. 평화의 손길에 기분 좋아진 활은 까르르 웃다가 2초 만에 정색했다.

"계집의 손길 따윈 하나도 좋지 않아!"

*　　　　*　　　　*

현석은 침대에 누웠다. 정말 죽을 뻔했다. 시스템 알림에 의하면 무려 570번이다.

현석은 블랙 나이트를 받아들였다. 카피를 사용했다.

카피는 접촉한 상대의 능력치를 고스란히 가져오는 능력. 현석은 '슬레잉을 승낙했을 때의 시점'을 기준으로 더 강한 리나의 능력치를 얻을 수 있었고 자신의 생명을 담보로 하여 그 능력을 사용했다.

'발경이 없었으면 정말 죽었어.'

그 시기의 리나를 만족 시킬 때 발경은 굉장히 효과적이었다. 덕분에 횟수를 상당히 많이 줄일 수 있었고 결국 살아남았다.

동등한 신체 능력치(?)를 가진 남성과 여성이 그렇게 격렬한 슬레잉을 벌인다면 유리한 건 아무래도 여성이다.

현석은 발경을 사용하여 리나의 내부에 약한 충격을 줬다. 그러면 리나의 만족도는 더욱 높아졌다.

'어쨌든… 살았다.'

살았다. 그리고 결코 불가능한 업적을 일궈냈다. 그것도 무려 SS등급. 그러나 예전처럼 스탯이 들어온 건 아니었다. 알림음은 이러했다.

[결코 불가능한 업적—SS를 이뤄냈습니다.]
[결코 불가능한 업적—SS에 대한 보상으로 '대체 불가능한' 신체가 '대체 불가능한 +1' 신체로 업그레이드됩니다.]

사실 애매모호한 알림음이다. 대체 불가능한 신체가 뭔지도 제대로 파악을 못했는데 이젠 대체 불가능한 +1 신체란다.

'결코 불가능한 업적 SS에 대한 보상이니 뭔가 좋기는 좋을 텐데.'

단순히 신체만 업그레이드된 것이 아니었다.

[레벨이 증가합니다.]

[레벨이 증가합니다.]

[레벨이 증가합니다.]

[레벨이 증가합니다.]

정신이 없어 제대로 세지도 못했다. 하여튼 레벨이 증가했다는 알림이 굉장히 많이 들려왔다. 지금에 이르러서야 레벨에 무슨 의미가 있는지는 모르겠지만 하여튼 레벨이 많이 올랐다.

아무리 적게 잡아도 30번 이상은 들린 것 같았다.

'분명 레벨도 언젠가 쓰임새가 있을 거다.'

또 다른 변화도 있었다.

활이 변했다. 활은 이제 실체를 가질 수 있게 됐다. 현석이 앱솔루트 필드를 펼치면 활이 실체를 가졌다. 앱솔루트 필드를 풀면 다시 어린아이의 형태로 변했다.

그리고 소득도 있었다.

'블랙 나이트가 이토록 빠르게 강해진 이유가 있었어.'

접촉한 상대의 능력치를 가져올 수 있다는 건 상당한 메리트다. 붉은 오크 무리와 접촉해서 붉은 오크와 똑같은 힘을 낼 수 있다면, 머리 나쁜 붉은 오크보다는 슬레이어 집단에게 훨씬 유리할 테니까.

'그렇다면 송골매 길드가 그렇게 쉽게 당했던 건……. 악수라도 했기 때문인가.'

송골매 길드원들과 악수를 해서 능력치를 카피한 뒤 기습과 협공을 해서 송골매 길드원들을 불시에 죽였다면, 그때의 사건도 설명이 된다.

'블랙 나이트의 능력을 알고 있다는 건 내게도 상당한 메리트가 되겠지.'

언제가 될지는 모르겠지만 블랙 나이트와도 분명 부딪칠 날이 올 거다. 아마 사람 좋은 척 접근하여 어떻게든 접촉을 한 번쯤 해보려고 시도하겠지.

생명력을 담보로 한다지만 플래티넘 슬레이어인 자신의 능력치를 카피할 수 있다면 그야말로 대박일 테니까. 이쪽은 의정부의 블랙 나이트에 비해, 하나의 패를 더 가지게 된 셈이다.

"아, 정말. 주인님 또 자요? 또 잠들었어요? 활이를 이렇게 외로이 독수공방시키면서?"

활은 몇 번이나 현석이 잠든 걸 확인한 뒤 주위를 살피고, 또 눈치를 보면서 아주 조심스레 현석의 침대로 들어가 현석 옆에 누웠다.

유혹은 침대에서 하는 거라는 걸, 리나를 보면서 배웠다.

'그런데 이다음은 어떻게 하는 거야?'

거기까지밖에 못 봤다.

'이씨, 모르겠네.'

결국 활은 고민만 하다가 현석 옆에서 새근새근 잠에 빠져들었다. 다음 날, 성형이 현석의 방을 찾았다.

"너… 얼굴이 왜 그래? 도대체 무슨 일이야?"

"아, 별거 아닙니다. 제 클래스상 모습이 이렇게 변하는 페널티가 좀 있거든요. 그런데 왜 이렇게 급하게 보자고 한 거예요?"

성형이 본론을 꺼냈다.

"정부에서 결국 일을 냈다. 우리가 예측했 듯 국방부 장관만 배후가 아니었어."

조심스레 얘기를 했다.

"아직 단언하기는 어렵지만… 아마 전쟁이 일어날 거야. 몬스터 대 인간이 아닌……. 인간 대 인간의 전쟁이."

*　　　　*　　　　*

오성 유니온이 불시에 점거당했다. 그 와중에 슬레이어 70명이 죽었다. 슬레이어를 죽인 사람들은 다름 아닌 한국의 군인들이었다. 현석처럼 실드 스킬을 가지고 있으면 모를까, 슬레이어들은 현대 무기에 취약할 수밖에 없었다.

그 소식은 얼마 지나지 않아 한국 유니온에도 들어갔다.

"…그렇게 된 거야."

"그러니까 한국 정부는 저와 오성 유니온을 동시에 공격했다는 소리군요."

"그래. 아무래도 너는 특별 관리 대상이었던 것 같고."

"그런데 어째서 한국 유니온은 공격하지 않았을까요?"

"공격이… 없지는 않았어."

성형은 말을 흐렸다. 현석이 고개를 끄덕였다. 무슨 말인지 알겠다. 대외적으로 공개는 안 됐지만 성형은 성형이 따로 부리는 무력 단체가 있다. 단체라고 하기에도 애매한 것이 현석도 사실 그 실체를 잘 모른다.

다만 알고 있는 것이라곤 그들은 과거, 북한 슬레이어들처럼 대인전에 특화되어 있고 특수 부대와 같은 역할을 수행하고 있다는 것 정도였다.

"네가 일을 당하고 우리 쪽에서 먼저 머리를 쳤거든. 다행히 네가 돌아올 때까지 시간을 벌 수 있었어."

"그런데 그들은 북한 슬레이어들입니까?"

"일부는 그렇고 일부는 아니고."

한국 유니온도 언제나 밝은 일만 하는 건 아니다. 현석은 한국 유니온에 어두운 일면이 있음을 충분히 이해하고 있다.

아무래도 예전, 북한 슬레이어들을 구속하여 '영혼의 계약' 같은 아이템으로 구속했거나 어떤 식으로든 세뇌를 했거나, 그도 아니면 현실적인 어떤 계약을 맺었을 것이다.

'하긴 그게 중요한 건 아니지.'

게임으로 분류하자면 '어쌔신' 계열에 가까운 슬레이어를 이끌고 있는 건 알고 있다.

어쨌든 현석이 먼저 잡혀갔고 덕분에 한국 유니온이 먼저 선수를 쳐서 시간을 좀 벌었단다. 그러지 못했던 오성 유니온은 속수무책으로 당했다.

"한국 정부는 이미 오래전부터 준비를 해온 모양이야. 네게 사용했던 봉인 수갑 아이템도 그렇고……"

"형님도 봉인 수갑 아이템이 한국 정부로 들어가는 거 몰랐어요?"

"미안하다. 그것까지는 파악하지 못했어."

"아뇨. 형님이 제게 미안할 문제는 아닙니다. 한국 정부가 철두철미하게 일을 진행했겠죠. 저도 한국 정부에 봉인 수갑이나 영혼의 계약 같은 아이템들이 비축되어 있다는 사실은 몰랐거든요."

이게 정부가 나서서 벌인 일인지, 정부 인사 중 일부가 그런 것인지는 별로 중요하지 않았다. 어차피 일이 이렇게 된 거 이번 일은 정부가 벌인 일이 되어야만 한다.

성형이 말했다.

"내가 고안한 작전은 이래."

"아뇨, 형님. 혹시 제가 먼저 말해도 될까요?"

*   *   *

육군 참모 총장 임한성은 책상을 쾅! 내려쳤다.

"도대체 무슨 일이 벌어진 거야?"

작전은 완벽했다.

플래티넘 슬레이어의 능력은 객관적으로 이미 파악했었다. 실패의 여지가 없는 작전이었다. 실제로 오성 유니온의 최상위 급 슬레이어들은 포섭을 완료할 수 있었다.

이들은 어지간한 특전사들보다도 훨씬 더 강하다. 이들을 부릴 수 있고, 또 군대가 있으면 레드 스카이가 도래한 이 땅을 지배하는 것도 꿈은 아니었다. 그런데 실패했단다.

"파악 중에 있습니다. 다만… 국방부 장관님께선 이미 하직하신 것 같습니다."

"그러니까 그게 무슨 말이냐고!"

"제2시설은 이미 파괴되어 있었고 국회의원 조유천님은 연락이 두절된 상태입니다. 국방부 장관님 역시 연락 두절입니다만… 살해되었을 가능성이 높습니다."

이곳은 서울 성남 비행장이다. 군 병력들은 화력집중을 위하여 대부분 공군기지에 모이고 있는 중인데, 이곳 공군기지의 지휘관은 육군 참모 총장 임한성이라 할 수 있었다. 국방부 장관과 일을 함께 모의한 7명 중 한 명이었다.

'한국 유니온도 실패하고 박성형 그자의 소문이 거짓은 아니었어.'

낌새를 알아차린 한국 유니온에서 자객을 보내 한국 유니온을 치려던 3성장군 이주형의 목을 치는 바람에 공격이 지연됐다. 그사이 플래티넘 슬레이어는 제2시설에서 탈출해 한국 유니온에 합류했다.

'어차피 엎질러진 물.'

이미 돌이킬 수 없다. 한국 유니온을 흡수하든지 그도 아니면 이쪽이 죽든지 둘 중에 하나다.

'명분은 이쪽에 있어.'

명분이야 만들면 그만이다.

전자기기는 제대로 작동하는 것이 얼마 없고 여론 몰이를 할 수 있는 인터넷도 없다. 명분이야 정부가 만들면 된다.

세상이 혼란한 틈을 타서 한국 유니온이 쿠데타를 일으켰다고 하면 된다. 정보가 차단되어 있는 일반 국민들은 상황을 알 수 없을 터였다.

'하기야 지금 같은 상황에서 명분이 무슨 소용이야.'

명분 같은 거 필요 없다. 지금 같은 시국엔 힘이 곧 법이다.

'전쟁이 일어나겠어.'

한편, 청와대에서 대통령 김근회는 쓰러질 뻔했다. 국방부 장관 구성찬과 몇 명의 무리가 기어코 사고를 쳤다.

김근회 역시 정치판에서 닳고 닳은 인물이다. 상황이 어떻게 흘러갈지 대략적이나마 파악을 했다.

"나라가 도대체 어찌 되려고……."

구성찬이 왜 그런 짓을 했는지 불을 보듯 뻔하다.

"그렇게 욕심을 부리지 말라고 했는데……."

이 세계의 왕이 되고 싶었을 거다. 구성찬은 원래부터 야욕이 있던 사람이었다. 그 야욕이라는 게 너무 나쁜 방식으로 표출되었을 뿐이다.

대통령은 주먹을 불끈 쥐었다. 일이 이렇게 될 때까지 보고가 올라오지 않았다는 건, 대통령의 눈과 귀를 누군가 의도적으로 막았다는 소리다.

'내가 이렇게까지 무능력한 대통령이었던가?'

사실 한국은 굉장한 발전을 이룩했다. 김근회의 임기 동안 말이다.

'하지만 나의 힘이 아니었다. 오로지 플래티넘 슬레이어의 공이었다고 해도 과언이 아니야.'

플래티넘 슬레이어 덕분에 한국의 입지가 엄청나게 높아졌다.

플래티넘 슬레이어의 고향인 한국을 찾아오는 관광객만 하더라도 한 해 수백만 명이 넘을 지경이었으니 말 다했다.

그것뿐이랴. 비록 잠깐이었지만 '대무역 시대'의 발판을 마련한 것도 그였고 일본과의 오랜 문제를 해결한 것도 플래티넘 슬레이어였다. 사재를 털어 전국 노인 복지 정책도 바꿔 버린 게 바로 그였다.

'그 덕택에 한국이 살아났다. 그 한 사람 덕택에……'

그걸 생각하니 좌절감이 밀려들었다.

자신은 이토록 무능력하고 힘이 없는데, 그는 달랐다. 지금 같은 상황에 처하고 나니 괜히 더 절망스러웠다.

김근회는 한국 유니온에 정식으로 접견을 요청했으나 거절당했다. 정부를 믿을 수 없다는 것이 한국 유니온 측의 답변이었다.

김근회는 생각에 빠져들었다.

몇 시간 뒤. 청와대에 비상이 걸렸다.

"대통령 각하께서 사라지셨습니다!"

"무, 무슨 말도 안 되는 일이야! 이곳은 청와대다! 청와대에서 대통령 각하의 실종이라는 게 말이 되나! 당장 찾아! CCTV 전부 분석하고! 도대체 넌 뭐하고 있었어!"

"혼자 있고 싶으시다 하셔서……."

납치여도 문제고 탈출이어도 문제다. 둘 다, 대통령이 당하거나 할 짓은 아니다. 납치일 가능성은 사실 적었다.

'대통령도… 슬레이어니까.'

레벨 자체는 높지 않지만 레드스톤으로 각성한 슬레이어였다.

아무래도 청와대에서 스스로 탈출한 것 같았다.

"당장 찾앗!"

*　　　　　*　　　　　*

인하 길드 하우스.

현석이 인하 길드원들을 불러 모았다. 명훈이 말했다.

"왠지 길장 네가 우리 불러 모으면 난 불안해 죽겠다. 나 또 어디 죽이러 보내는 거 아니지? 레드 돔 어떻게 하면 깰 수 있는지도 알았다며. 나 좀 살려줘 길장아. 나 약골이라 돌아다니기 무섭다."

현석은 피식 웃고서 그건 아니라며 고개를 저었다.

"제가 여러분들을 모은 이유는… 다들 아시겠지만 한국 정부와의 전쟁 때문입니다. 정확히 말하자면 내전… 일까요."

명훈의 얼굴이 하얗게 질렸다.

"야, 야, 야. 설마 정부랑 싸우자고? 미쳤어? 그거 진짜 미친 짓이야! 너는 몰라도 우리는 총 맞으면 죽는다고!"

"그래서 힘을 모으고 있는 중이야."

명훈은 그 자리에서 쓰러지는 척을 했다. 기절하는 척까지 했지만 누구도 일으켜주지 않아서, 나 참 서러워서라고 툴툴대며 일어섰다.

"물론 힘을 모으는 척을 하는 겁니다. 병력을 집결시키는 척만 할 거예요."

욱현이 말했다.

"무슨 뜻인지 알 것 같네요. 그런데 위험하지는 않겠습니까?"

현석은 혼자서 성남 비행장으로 쳐들어 갈 거다. 물론 완전히 혼자는 아니다. 리나도 분명 함께 갈 거다. 지금 같은 상황에서 리나만큼 든든한 우군이 있다는 건 다행한 일이었다.

"괜찮아요. 리나도 같이 있으니까."

리나가 현석을 쳐다보고 있었다.

현석을 바라보는 리나의 표정에는 비장함보다는 행복감이 잔뜩 묻어 있었다.

마치 현석과 함께 할 수 있어서 정말로 행복하다는 표정이었다. 거기가 전쟁터나 살육의 현장이라는 것 따윈 아무래도 상관없다는 것처럼 보였다.

한편, 한국 유니온은 한국 정부에 선전포고를 했다.

한국 정부에서 먼저 한국 유니온 소속의 슬레이어들과 플래티넘 슬레이어를 공격했다.

그리고 레드 돔이 씌워진 지금 한국 정부는 정부로서의 기능을 제대로 하지 못하고 있다고 했다. 그래서 한국 유니온이 들고 일어섰다.

사실 내전이라고는 해도 국지전 개념에 가까웠다. 격전지는 성남 비행장.

"모두 정신 똑바로 차려! 한국 유니온 놈들이 예고한 시간이 다가온다!"

슬레이어들이 쳐들어올 수 있는 구간에 병력을 재배치하고 화력을 집중하는 등, 군인들은 바쁘게 움직였다.

그런데 조금 이상했다.

"정지! 정지!"

누군가가 나타났다. 그들은 수화에 응답하지 않았다. 바로 보고가 올라갔다.

"한 쌍의 남녀가 비행장 정문으로 걸어 들어오고 있습니다!"

"어떤 미친놈년이야!"

정문 일대가 소란스러워졌다.

＊　　　　＊　　　　＊

7시간 전. 성남 공군기지.

성남 공군기지에는 단순히 공군만 있는 것이 아니라 육군 병력은 물론이고 해병대, 해군 병력까지도 집결해 있는 상태다. 그들은 북한도 아닌 세계의 영웅이라 칭송받는 플래티넘 슬레이어가 속한 한국 유니온과 전쟁을 벌이게 생겼다.

"이 병장님. 암만 실탄이 있어 봤자 진짜 슬레이어들 오면 우리 그냥 개죽음 아닙니까?"

"…시끄러워. 군인이 까라면 까야지."

"솔직한 말로 지금 같은 상황에서 우리가 왜 군복무 하고 있어야 됩니까? 탈영한 애들도 꽤 많은데. 한국의 축복인 한국 유니온이랑 전쟁이라뇨? 정부가 미치지 않고서야. 그리고 또 우리가 플슬한테 쨉이 됩니까? 듣기로는 뭐 숨만 쉬면 몬스터가 죽어 나자빠진다는데."

"입 조심해. 지금은 전시야. 괜히 말 잘못했다가 정말로 죽을 수도 있어."

병사들은 자신들이 왜 한국의 축복인 한국 유니온과 전쟁을 벌여야 하는지 도무지 알 수 없었다.

위에서 말하기로는 한국 유니온이 자신의 사리사욕을 위해, 한국을 정복하고 자신들이 왕이 되려 쿠데타를 일으켰다고는 하는데 도통 믿기 힘들었다.

한국 유니온은 절대 그럴 리 없다고 생각하는 병사들이 많았다. 병사뿐만 아니라 일선에서 일하는 부사관들도 그렇게들 생각했다. 심지어 위관급 장교들도 그랬다.

"쉿. 저기 김소장 지나간다. 저 새끼 꼴통이라 똥군기 존나 좋아하는 거 알지? 각 잘 잡자고."

2성 장군 김성식 소장은 정문 구역을 담당하고 있는 지휘관이다. 아무래도 순찰을 돌고 있는 것 같았다. 메가폰을 들고서 일장 연설을 펼쳤다.

"겁먹지 마라. 플래티넘 슬레이어는 모든 스탯이 약 1,200 정도로 추산되고 있다.

이는 우리 군 장병들이 레드 등급의 M—arm을 가지고 있으면 충분히 상대가 가능한 정도이다. 우리는 국가에 반역하는 불순종자들을 이 땅에서 몰아내야만 하는 영광스런 군인이다."

'영광스런 군인은 개뿔.'

수많은 군인이 속으로 욕을 내뱉었다. 싸우기 싫다. 괜히 싸우다 죽으면 개죽음 아니겠는가.

'그럼 네가 총 들고 직접 싸우던가!'

고 상병은 짜증이 울컥 치밀어 올랐지만 참았다. 지금 저기서 메가폰을 들고 '플래티넘 슬레이어는 약해 빠졌다. 긴장하지 마

라. 슬레이어들도 약하니까 모두 물리칠 수 있다'라고 말을 하고는 있다.

어느 정도 사실은 사실일 거라고 본다. 슬레이어들도 지금 레드 스카이 아래에서 힘겹게 싸우고 있다는 소문을 듣고 있으니까. 매스컴이 차단되어 있는 상태라 정확한 정보를 얻을 수 없는 군인들은 위에서 하는 말을 곧이곧대로 믿을 수밖에 없었다.

그런데 정문에 한 쌍의 남녀가 나타났다. 아무래도 저 한 쌍의 남녀는 뭔가 이상했다. 정문을 지키는 헌병들이 망원경으로 남녀를 살펴봤다. 믿을 수 없었다. 이미 플래티넘 슬레이어와 한국 유니온장 등, 주요 인물에 대한 인상착의는 파악한 상태다. 그런데.

"프, 프, 프, 플래티넘 슬레이어다!"

기지 전체에 비상이 걸렸다.

"마, 마, 말도 아, 안 돼!"

정문은 현재 전차 2대와 군인 수십 명이 진을 짜고 대기하고 있는 상태다. 그런데 그걸 알면서도 정문으로 들어오는 의도를 도무지 모르겠다.

"발포합니까?"

"아직 기다려. 명령이 내려오지 않았어."

예상 밖의 상황에 군인들은 우왕좌왕했다. 그사이 플래티넘 슬레이어는 조금씩 더 가까이 걸어오고 있었다.

성남 기지를 총괄하고 있는 육군 참모 총장 임한성에게도 보고가 곧바로 올라갔다. 플래티넘 슬레이어를 오성 유니온의 슬레이어들처럼 구속하기는 이미 글렀다. 죽여야만 했다. 가질 수 없는 패라면, 차라리 버리는 게 나았다.

"퍼플 등급의 M—arm으로 죽여 버렷!"

명령이 떨어졌다. 한 쌍의 남녀를 향해 포탄과 총알이 쏟아지기 시작했다.

쾅!

조준은 오래 걸리지 않았다. 지금은 유효사정 거리 안이다.

전차가 불을 뿜었다. 고폭탄이었다.

그때, 붉은색에 가까운 갈색 머리카락을 가진 여자가 하얀 손을 들어 올렸다. 일반인의 육안으로는 확인할 수조차 없을 정도의 빠른 속도로 오른손을 좌우로 우로 움직였다.

"미, 미, 미친⋯⋯."

고폭탄이 잘려 나갔다. 폭발을 일으켰으나 여자에게는 어떠한 대미지도 입히지 못했다. 현석이 물었다.

"리나, 괜찮지?"

"나는 괜찮다. 인간의 통상 공격은 내게 위해를 끼칠 수 없음이니."

현석이 고개를 끄덕였다. 괜히 물어봤다.

균형자들 중에서도 최강으로 군림하는 리나에게 전차의 포탄 따위가 소용 있을 리가 없다. 퍼플 등급의 M—arm 정도 되면 리나의 실드에 영향을 끼칠 수 있겠지만 그건 흔하지 않다. 그렇게 위험한 포탄이 떨어진다면 피하면 되는 거고.

"너한테 이런 걸 시켜서 미안해."

"그대여. 나는 그대 덕분에 나의 룰에서 조금 더 자유로워질 수 있었다. 그대가 원하는 것이 곧 내가 원하는 것이며, 그대의 행복이 곧 나의 행복이다. 나의 전부인 그대를 위해 나의 몸을 움직일 수 있다는 사실만으로도 나는 감사하며 또 행복하다."

투다다다닷—!

매캐한 화약내가 진동하고 전차가 불을 뿜고 있는 시점에 어울리는 말은 아니었지만 리나는 진심으로 그렇게 말했다.

"저, 전혀 소용없습니다!"

군인들은 당황했다.

아무리 화력을 쏟아부어도 흠집 하나 나지 않았다. 도대체 저 여자는 누구란 말인가.

현석은 계속해서 걸음을 옮겼다. 일부러 앞에 나서지 않았다. 그는 힘을 끌어 올리면 끌어 올릴수록 앱솔루트 필드를 펼칠 수 있는 시간이 줄어든다.

차라리 지금은 힘을 아끼는 게 낫다. 애초에 여길 완전히 부숴 버리려고 온 게 아니었다.

현석이 크게 외쳤다.

"나는 여러분과 싸우러 온 것이 아닙니다."

그의 목소리는 마치 거대한 마이크와 스피커를 가진 것처럼, 기지 전체에 쩌렁쩌렁 울려 퍼졌다.

정문 근처의 군인들은 그 엄청난 목소리에 귀가 멍멍해졌을 정도다. 포탄이 터지는 소리보다도 더 컸다. 활주로 끝에서 끝까지도 들릴 법한, 전투기의 굉음보다도 더 커다란 소리였다.

"프, 플래티넘 슬레이어가 말을 걸고 있습니다!"

플래티넘 슬레이어가 말을 이었다.

"지금 여러분은 육군 참모 총장 임한성에게 조종당하고 있는 겁니다. 육군 참모 총장 임한성은 국방부 장관 구성찬, 국회의원 조유천등과 합심하여 이 나라를 집어삼킬 야욕을 품고 있었습니다."

순간, 총성이 멎었다.

"병장님. 지금 플래티넘 슬레이어가 뭐라고 하는 겁니까?"

"닥쳐 봐."

현석의 목소리는 통제실 내의 임한성에게도 들렸다. 임한성이 벌떡 일어섰다.

"저 미친 새끼가 뭐라고 지껄이는 거야!"

현석이 계속해서 말했다.

"여러분은 지금 누굴 위해 싸우고 있는 겁니까? 여러분은 M—arm을 지급받으셨습니까? 최소한 제 실드 스킬을 뚫을 수 있는 무기는 지급 받고 저를 공격하고 있는 겁니까? 그도 아니면 그저 정치인의 총알받이로 나서게 된 겁니까?"

정문을 지키던 군인들에게 무전 연락이 떨어졌다. 지금 당장 플래티넘 슬레이어를 공격하라던 명령이었다. 명령을 받은 김성식 소장이 외쳤다.

"발포! 모두 발포하랏!"

군인들은 주춤했다. 그들은 정보가 차단되어 있었다. 플래티넘 슬레이어의 말을 좀 더 들어보고 싶었다. 김성식 소장이 권총을 하늘로 쏘아 올렸다.

"이 개새끼들! 빨리 발포 안햇!"

겁먹은 군인들이 그제야 현석을 향해 총을 쏴대기 시작했다.

현석 앞에는 리나가 섰다. 리나는 태연스레 수많은 총알을 몸으로 받아냈다. 그녀의 표정은 전혀 괴로워 보이지 않았다. 오히려 행복해 보였다.

"정치인들은 이 혼란스러운 틈을 타 자신들의 욕심을 채우려하고 있습니다. 이미 저를 비밀리에 습격하여 자신들의 하수꾼으로 만들려는 수작을 부렸습니다. 자신들이 왕이 되고자 슬레이어들을 매수하고 영혼의 계약이란 아이템으로 복종시키고 있습니다."

현석이 전차를 향해 오른손을 들어 올리고 공격하는 시늉을 했다. 전차 안에서 황급히 군인 두 명이 빠져나왔다. 그걸 확인한 현석은 마법을 사용했다.

'윈드 커터.'

윈드 커터를 사용했다. 전차가 순식간에 두 동강 나는가 싶더니 폭발했다.

"저는 지금 당장 여러분을 죽일 수 있습니다. 그러나 그렇게 하지 않겠습니다. 저는 여러분을 죽이고 싶지 않습니다. 사람의 생명은 생명, 그 자체로도 존귀합니다. 그러나 저 높으신 분들은 여러분의 생명을 과연 귀하게 생각할까요? 그저 총알받이로 내세운 건 아닐까요?"

현석이 목소리를 높였다.

"그저 자기 잇속 챙기기 바빠 선량한 시민을 반란군으로 규정하고 자신은 떳떳하게 앞에 서지도 못하면서 군인……."

그때, 전투기가 출격했다. 모두가 하늘을 쳐다봤다. 분명 전투기다.

"서, 설마 여기서 미사일을 날리는 건 아니겠……."

전투기가 공대지 미사일을 쐈다.

"어, 엎드려!"

이건 정말 미친 짓이다. 아군이 있는 곳에 미사일을 발사했다. 아군도 같이 죽으라는 뜻이다. 군인들이 어떻게 되든 말든, 대화를 요구하고 있는 플래티넘 슬레이어를 일단 죽이고 보자는 걸로 해석됐다.

그 의도가 현석에게도 뻔히 보였다.

'분명 M—arm이다. 그것도 레드 혹은 퍼플.'

현석의 생각대로 흘러가고 있다. 지금 군인들은 정보가 차단되어 있는 상태고 일부러 크게 상황을 얘기했다. 그러면 임한성은 이쪽을 어떻게든 공격할 거라고 예상했다.

아마도 상위 등급의 M—arm이 있을 테고 이쪽을 죽일 수 있을 거라고 생각하고 있을 테니 일단 자신을 죽여 놓고서 일을 진행하려고 했을 거다.

'넌 바보 같은 짓을 한 거다.'

현석은 회오리를 사용했다. 현석도 죄 없는 군인들을 죽이고 싶지 않다. 그러자면 쇼맨십도 어느 정도 필요한 법이다.

통제실 내의 임한성은 속으로 쾌재를 불렀다.

"그럼 그렇지. 제깟놈이 무슨 연설이야!"

저건 퍼플 등급의 M—arm이다. 위기 상황에 쓰려고 미리 비축해 둔 물건이다. 예전 플래티넘 슬레이어가 퍼플스톤을 내놨고 그걸로 아프리카를 구했다.

그때 모든 물량을 아프리카에 쏟아부은 게 아니다.

이미 선진국들 일부는 퍼플 등급의 M—arm을 몰래 구비하고 있는 상태다.

"퍼플 등급의 M—arm이다."

저 멍청한 자만심이 죽음을 부른 거다. 차라리 몰래 기습해서 게릴라전을 펼쳤으면 모를까. 플래티넘 슬레이어는 생각보다 멍청했다. 자신이었으면 저렇게 쓸데없이 떠들 시간에 지휘관 목을 쳤을 거다.

'넌 이제 끝났다.'

그렇게 생각했다. 그런데 전투기가 공중에서 폭발했다. 플래티넘 슬레이어를 향해 날아가던 미사일은 갑자기 생겨난 토네이도에 의해 공중으로 빨려 올라가다가 공중에서 폭발했다.

콰과광!

미사일 파편이 하늘에서 떨어져 내렸다. 군인들은 엎드렸다. 공중에서 미사일이 터진 충격파가 땅을 휩쓸었다. 그래도 다행히 인명피해는 없었다. 저게 땅에서 터졌으면 근처의 군인들도 꽤 많이 죽었을 거다.

그때를 놓치지 않고 현석이 말했다.

"임한성은 여러분의 목숨에는 관심이 없습니다. 그런데도 여러분은 임한성의 명령을 따라야 합니까?"

군인들은 동요했다. 지금 어쨌거나 그들은 현석의 도움으로 살았다. 아이러니하게도 자신들을 죽일 뻔했던 긴 이곳의 지휘관인 임한성이었다.

그런데 상황이 더욱 심각해졌다. 기지 반대편에 배치되어 있던 다연장 로켓포가 포문을 열고 포격을 시작한 거다. 이 정도면 정문을 지키는 병력의 생명 따위 전혀 신경 쓰지 않겠다는 거다.

"씨, 씨팔!"

플래티넘 슬레이어에게 죽는 것도 아니고 무기에 맞아죽게 생겼다. 군인들은 억울했다.

아무리 플래티넘 슬레이어나 저 앞의 여자라고 할지라도 이렇게 무수한 포격 속에서 자신들을 지켜줄 수는 없을 거다. 아니, 지켜줄 의무도 없다. 지금은 적이니까.

이 병장은 입술을 잘근 깨물었다. 어차피 도망가기는 글렀다. 어머니가 떠올랐다. 효도 한 번 제대로 못했는데 입대하고서 세상이 이상하게 변했고 또 여기서 죽게 생겼다. 몸을 뒤로 돌렸다. 어차피 이제 끝이다. 저 포격에선 살아남을 수 없다.

"어머니 사랑합니다! 꼭 살아만 있으십쇼!"

크게 한 번 외쳤다.

그때, 현석이 힘을 최대한으로 끌어 올렸다.

'폭풍.'

광역 스킬. 폭풍을 사용했다. 힘을 이렇게 크게 끌어 올린 건 처음이다. 그런데 조금 이상했다.

'예전보다……. 운용이 훨씬 쉽게 느껴진다.'

알림음이 들려왔다.

[레드 돔의 특수 환경에 저항합니다.]
[저항 조건: '대체 불가능한 +1' 신체.]

예전에는 이 정도 힘을 끌어 쓰면 온몸에 힘이 쭉 빠졌다. 그런데 지금은 아니었다. 한계치까지 힘을 끌어 썼다고 생각했는데 오히려 활력이 넘쳤다. 리나를 두 번째 슬레잉하고서 '대체 불가능한 +1' 신체를 얻은 이후로 생긴 첫 변화였다.

['대체 불가능한 +1' 칭호를 확인합니다.]
[앱솔루트 필드의 반경을 확대할 수 있습니다.]
[스킬. 폭풍의 위력을 100퍼센트 상승시킵니다.]

갑작스레 폭풍이 일기 시작했다. 원래 바람은 눈에 보이지 않는다. 그러나 지금은 아니다.

현석을 중심으로 에메랄드빛 바람이 소용돌이치는가 싶더니 이 일대를 전부 바람으로 덮어버렸다.

[소멸시킬 적을 설정합니다.]

신기하게도 군인들은 그 바람에 영향을 받지 않았다.

군인들의 눈으로 보기에 세상 전체가 에메랄드빛 돌풍으로 가득 찼다.

"이, 이병장님… 저, 저거 보십쇼……."

"지, 지금 도대체 무슨 일이 벌어지고 있는 거야?"

＊　　　　＊　　　　＊

공중에서 수많은 폭발이 일어나기 시작했다.

쾅! 콰과과광! 콰과광! 쾅!

천둥이 수십, 수백 번 연속으로 내리치는 것 같은 굉음이 사방을 뒤흔들었다.

에메랄드 폭풍과 다연장 로켓포의 포탄이 부딪쳐 공중에서 폭발했다. 그러나 폭풍 속은 오히려 고요했다. 폭풍 내로는 파편도 튀지 않았으며 충격파도 덮치지 않았다. 군인들은 멍하니 하늘을 올려다봤다.

지금 이게 꿈인지 생시인지 도무지 분간이 안 됐다.

"지금… 이게 플래티넘 슬레이어가 하고 있는… 겁니까?"

아무래도 그런 것 같다. 플래티넘 슬레이어가 대단하다는 걸 말로는 들었는데 설마 이 정도일 줄은 몰랐다. 지금 세상 전체가 이상한 바람에 물들었다. 적어도 그들이 보는 세상은 그랬다.

그들은 확실히 알았다. 플래티넘 슬레이어가 자신들을 죽이려고 했으면 진작에 죽일 수 있었다는 걸. 그에 반해 지휘관은 오히려 이쪽을 죽이려고 했다는 걸.

힘을 펼친 현석도 놀랄 지경이다.

'힘의 운용이 놀라울 정도로 편해졌다. 위력도 강해졌고 앱솔루트 필드의 반경도 훨씬 넓어졌어. 게다가 목표물 타겟팅까지 정확해.'

아무래도 '대체 불가능한 +1' 신체와 '대체 불가능한 +1' 칭호가 연계 작용을 일으킨 것 같았다.

그것 말고는 지금의 이 능력을 설명할 수 없었다. 사실 그도 모든 군인들을 구할 수 있을 거라고 생각하지는 않았다. 설마 이 정도의 힘 발휘될 줄은 그도 처음 알았다.

임한성은 다급함에 발을 동동 굴렀다. 이대로면 플래티넘 슬레이어가 계속해서 진입해 올 것 같았다.

정문으로 당당하게 걸어와 활주로를 지나 통제실까지 들어오고야 말 것 같다는, 말도 안 되는 상상이 점점 현실로 다가오는 것 같았다.

"막아! 어떻게든 막으란 말이야 이 머저리 새끼들아!"

믿었던 퍼플 등급의 M—arm도 아무런 소용이 없었다. 대외적으로 스탯 약 1,200. 아무리 높게 쳐도 1,500 정도의 힘을 가진 슬레이어라고 했는데 이건 말이 안 된다.

아무래도 정보가 잘못됐다. 잘못되어도 한참 잘못되지 않았는가. 저런 경이로운 능력은 전 세계 어느 보고서에도 기록된 적이 없었다.

현석이 계속해서 걸음을 옮겼다. 군인들은 공격을 멈췄다. 모두 할 말을 잃은 상태였다.

"이게… 플래티넘 슬레이어……."

"어떻게 사람의 힘으로 이런 게……."

공격할 엄두도 나지 않았다. 군인들은 살았다는 안도감을 느낄 겨를도, 자신들을 공격한 지휘관에 대한 분노를 할 겨를도 없었다. 그저 팔을 늘어뜨리고 현석이 가는 길을 열어줬다.

너무나 충격적이고 경이적인 장면을 목격하고서 머릿속이 백지처럼 비어버렸다. 저 사람은 어쩌면 신이 아닐까, 하는 생각마저 들 정도였다.

꼬장꼬장하다던 김성식 소장 역시 한참이나 아무런 말도 못했다. 그는 들고 있던 권총마저 땅에 떨어뜨렸다. 오히려 명령을 내렸다.

"모… 모두 총 내려……."

성남 비행장. 정문을 플래티넘 슬레이어와 정체 모를 여자가 당당하게 걸어서 진입에 성공했다. 지리는 대충 파악하고 있는 것 같았다.

그의 발걸음은 정확하게 활주로 쪽, 더 정확히 말하자면 지휘 통제실이 있는 쪽을 향하고 있었다.

그때, 목소리가 들려왔다. 현석의 귀에도 익숙한 목소리였다.

"거기까지 입니다. 이 이상은 보내드릴 수 없겠습니다."

CHAPTER 9

현석 앞을 가로막은 사람은 다름 아닌 오성 유니온장 이강식이었다.

　이강식을 필두로 하여 과거 '신 슬레이어' 집단을 이끌었던 오성 유니온의 간부들 약 40여 명 정도가 현석 앞을 막아섰다.

　'자의는 아니겠지.'

　아마도 영혼의 계약과 같은 강제성을 띄는 어떤 아이템에 의해 지금 구속을 받고 있을 거다.

　사실상 이강식은 현석에게 있어서 그렇게 반가운 얼굴은 아니었다. 대놓고 적이라 하기에는 힘들어도 그렇다고 좋은 인연이 아닌 건 확실했다.

　"플래티넘 슬레이어께서도 알고 계시듯, 저는 그쪽을 무조건 막아야 합니다."

"하나만 묻겠습니다. 영혼의 계약 때문입니까?"

이강식은 긍정도, 부정도 하지 않았다. 아마 맞는 것 같았다.

현석이 말했다.

"계약을 이행하지 않으면 단순히 슬레이어의 힘만 없어지게 될 텐데요."

슬레이어로서 살아가지 못한다는 건, 지금 이 세계에 있어서는 커다란 불리함이라 할 수 있다. 레드 스카이가 도래하면서 슬레이어의 시대가 열리고 있다. 좋으나 싫으나 슬레이어가 세상을 지배하게 될 거다.

그러나 이강식에게 있어서 슬레이어는 단순히 슬레이어 이상의 의미를 가졌다.

잘난 형에게 항상 비교되면서 자라온 그가 형을 이길 수 있는 유일한 방법은 슬레이어로서 성공하는 것이었고 레드 스카이가 도래하면서 그는 가족들의 지지를 한 몸에 받을 수 있었다.

20년 넘게 받아왔던 남모를 설움을 한 번에 해소할 수 있었다. 그런데 슬레이어의 힘을 잃는다? 그렇게 되느니 차라리 죽는 게 낫다. 적어도 강식은 그렇게 생각했다.

"그렇게 되느니 차라리 죽는 게 낫습니다."

"저로서는 이해하기 어렵네요."

현석은 고개를 저었다.

'결국 비키지는 않을 셈이군.'

수많은 사람을 죽여왔지만 여전히 살인은 좀 거북스럽다. 어지간해서는 하고 싶지 않은 일이다. 현석은 뚜벅뚜벅 앞으로 걸어갔다. 슬레이어들이 아무리 M—arm이나 M—item으로 무장하고 있다 하더라도 자신의 상대가 되지 않음을 잘 알고 있다. 저들의 공격은 제대로 박히지도 않을 거다.

오성 유니온 측 슬레이어들은 침을 꿀꺽 삼켰다. 그들 역시 죽고 싶지 않다. 플래티넘 슬레이어와 싸우느니 차라리 그냥 힘을 잃는 게 낫다고 생각하는 사람도 분명 있었다.

'싸워야 한다.'

'젠장. 가만히 죽을 수는 없잖아.'

'그런데 플슬은 우릴 공격할 것 같지가 않은데……'

현석은 그저 뚜벅뚜벅 걸어갔다. 별로 급할 건 없었다. 통제실 쪽은 이미 파악해 놨다.

거기서 누군가가 나오거나 그도 아니면 헬기나 전투기 혹은 전차를 타고 탈출하려고 하면 그거 잡으면 그만이다. 이럴 때야말로 쇼맨십이 필요할 때다. 지금 수많은 군인이 숨을 죽이고 이쪽을 쳐다보고 있다.

'군 세력은 어차피 얻어야 해.'

단순히 이들을 쓸어버리는 건 어렵지 않은 일이다. 그러나 그렇게 해서야 남는 게 없다. 이들의 마음을 얻는 게 더 낫다. 현석 자신에게도 이후 유니온에게도.

초소 내에서 숨을 죽이고 플래티넘 슬레이어 쪽을 쳐다보던 강상병이 이일병에게 말했다. 둘은 맞선후임 관계이며 상당히 친했다.

"플래티넘 슬레이어가 진짜 성인군자가 맞긴 맞구나……"

"그렇지 말입니다. 세계에서 영웅으로 추앙받는 인물이지 않습니까?"

"누가 나한테 총 겨누면 사정은 모르겠고 일단 냅다 갈기고 볼 텐데."

"그릇이 다르지 않습니까. 강 상병님은 상병이고 저 사람은 플래티넘 슬레이언데 말입니다."

현석은 슬레이어들을 뒤에 두고 계속해서 걸었다. 그 모습을 멍하니 지켜보던 오성 유니온장 이강식은 입술을 깨물었다. 이대로 그냥 보내면 계약 불이행이 되고 슬레이어로서의 힘을 잃게 된다.

"죽어랏!"

예전 현석에게 사용하려고 했었던 총기 형태의 M—item이다.

투다다다닷!

총성이 터져 나왔다. 군인들은 깜짝 놀랐다. 그들은 정확한 전후 사정을 잘 모른다.

"아니, 저 인간은 왜 저 지랄입니까? 플슬이 안 죽이려고 한 거 같은데."

"모르지. 죽고 싶어 환장했나 본데."

뒤에서 총이 쏘아지는데도 현석은 여유로웠다. 총알을 몸으로 받아냈다. 현석의 몸에는 아무런 타격도 없었다. 그리고 얼마 지나지 않아 이강식은 쓰러졌다.

현석은 조금 씁쓸해졌다. 고통 없이 죽인다고 죽였는데 마음이 착잡한 건 어쩔 수 없었다.

'괜히 살려뒀다가는 오히려 후환이 될 가능성이 높아.'

이강식은 자기 목숨보다도 슬레이어로서의 힘을 더 중요하게 생각했다. 살려놓으면 나중에 복수하겠다고 설칠지도 모를 일이다. 그런 위험성을 감수하느니 차라리 여기서 죽이는 게 낫겠다는 판단이 들었다.

'이걸로 오성 그룹과는 영원히 척을 지겠군.'

다른 슬레이어들은 감히 현석을 막아서지 못했다. 공격할 엄두도 내지 못했다.

그들이 갑자기 바닥에 풀썩, 풀썩 쓰러졌다. 그들도 나름 최상위권 슬레이어들이었다. 그런데 힘이 없어졌다. 최상위권 슬레이어에서 일반 슬레이어로 돌아와 버렸다.

현석이 한 마디를 남기고 계속 걸어갔다.

"여러분을 이렇게 만든 건 제가 아니라 한국 정부입니다."

＊　　　　＊　　　　＊

정말 황당한 일이 벌어졌다. 육, 해, 공군이 모두 집결해 있는 상태인데 단 한 쌍의 남녀가 정문을 대놓고 통과하고 또 태연하게 지휘 통제실까지 걸어서 도달했다. 상식상 있을 수 없는 일이다.

"미, 미친놈……."

육군 참모 총장 임한성은 지휘 통제실 벙커 내에 진입한 현석과 만났다. 현석이 말했다.

"미친놈은 내가 아니고 그쪽이겠지. 슬레이어들을 납치, 구속하고 아이템으로 강제한 뒤 군대의 힘과 더불어 한국을 집어 삼키려던 게 어디 사는 누구시더라."

"개, 개소리 지껄이지 마라!"

"한국 정부를 완전히 믿었던 건 아닌데 그래도 이렇게 뒤통수를 치니까 기분이 아주 더럽네. 그런 아이템을 외부와 차단된 지금 구했을 리도 없고. 아주 오래전부터 은밀하게 미리 준비를 해왔다는 건데."

"……."

현석이 씨익 웃으며 임한성에게 가까이 걸어갔다.

"게다가 날 막으라고 내보낸 군인들이 있는 것도 아랑곳 않고 미사일도 마구 쐈다며? 국회의원이나 육군 참모 총장, 뭐 높은 곳에 계신 분들은 원래 그런 거야?"

"가, 가까이 오지 마라!"

임한성이 품에서 무언가를 꺼내들었다. 기폭장치인 것 같았다.

"더 이상 가까이 다가오면 누르겠어. 폭탄이다."

현석이 걸음을 멈췄다. 통했다고 생각했는지 임한성은 식은땀을 흘리면서 현석을 계속 위협했다.

"너도 같이 죽고 싶은 생각은 아니겠지?"

"영상 전송이 됐을 텐데. 아까 날 향해 쐈던 미사일. 퍼플 등급 아니었나?"

그 말과 동시에 현석이 사라졌다. 현석의 움직임은 일반인의 육안이나 반사 신경으로는 어떻게 반응조차 할 수 없을 정도였다.

임한성이 현석이 움직였다는 것을 알아차리기도 전에 현석은 임한성의 손에서 기폭 장치를 빼앗아 들었다. 그리고 오른 주먹으로 임한성을 한 대 후려쳤다.

빠각!

요란한 소리와 함께 임한성이 나가떨어졌다. 코뼈를 정통으로 맞았는지 코에서 피가 철철 흘러내렸다.

"배후에 또 누가 있는지 불어."

임한성은 현석 앞으로 달려가 무릎을 꿇었다. 마지막으로 믿고 있던 기폭 장치마저도 빼앗겼다. 정말로 죽을 것 같았다. 국방부 장관 구성찬처럼 말이다.

그렇게 죽을 수는 없었다. 자신은 이런 곳에서 죽어서는 안 되는 사람이다. 무려 육군 참모 총장이 아닌가.

"제, 제발 살려주십쇼. 목숨만 살려주시면 무슨 짓이든 다 하겠습니다!"

"뭡니까? 겨우 한 대 얻어맞았다고 태도가 싹 바뀌는 겁니까? 전부터 느낀 건데 왜 높으신 분들은 남의 아픔, 아니, 생명은 똥파리처럼 여기면서 자기 몸은 그렇게 귀하고 중요하지? 정말 이해가 안 되네."

현석이 오른발로 임한성의 턱을 차올렸다. 뻑! 소리가 났다. 임한성은 뒤로 발라당 넘어져 간헐적으로 몸을 떨었다.

거의 죽어가는 목소리로 '사, 살려줘……' 하고 중얼거리며 눈물을 줄줄 흘렸다.

"살고 싶으면 배후에 또 누가 있는지. 그런 아이템은 어디서 어떻게 구했는지 다 말하면 돼. 뭐, 지금 당장은 말 안 해도 됩니다. 그런 쪽으로 전문가는 따로 있으니까."

*   *   *

수도권 지역은 이제 한국 유니온이 장악했다. 그사이 플래티넘 슬레이어의 위명은 계속해서 높아졌다.

한국 유니온 내에서 붉은 오크 무리 솔로잉이 가능한 사람은 오로지 플래티넘 슬레이어 뿐이었다. 안전 코어는 솔로잉을 진행해야만 드롭된다. 현석은 안전한 생활공간을 만들어낼 수 있는 능력이 있다는 소리다.

현석이 말했다.

"그렇다면 오성 유니온 측은 안전 구역을 어떻게 만들었죠?"

성형이 대답했다.

"그에 대한 정보도 들어온 게 있는데 아직 확인이 되지 않았거든. 사실 여부가 확인되는 대로 얘기해 줄게."

사실상 오성 유니온도 무너진 것과 다름없었다. 간부진이 전부 슬레이어로서의 힘을 잃었으니 말이다.

그러나 그들이 죽은 건 아니다. 실무 역할은 충분히 할 수 있었고 한국 유니온은 오성 유니온을 흡수, 병합해 나가고 있는 중이다.

안전 구역에는 예전처럼, 사람들이 다시 도시로 나와서 살고 있다. 적어도 안전 구역에는 오크보다 강한 개체가 나타나지 않기 때문이다.

나온다 하더라도 하급 몬스터밖에 출몰하지 않았고 약한 슬레이어들도 충분히 감당이 가능한 정도였다.

레드 스카이가 도래했을 때, 세상이 멸망할 거라고 다들 얘기했었는데 오히려 이젠 많이들 익숙해졌다. 물론 피해는 컸다. 대략적인 추산이지만 전국적으로 약 500만 명 이상이 죽었을 거라고 집계되고 있다.

그러나 세상은 조금씩이나마 안정을 찾아가고 있었다. 적어도 수도권 지역은 안전한 주거공간이 확보됐다.

한국 유니온에 또 보고가 올라왔다.

"상위 급 개체가 나타났습니다."

"상위 급 개체?"

"트롤입니다."

예전과 똑같았다. 오크가 나왔었고 트윈헤드 오크가 나왔다. 그 다음에는 트롤이었다. 현석이 고개를 갸웃했다.

'그러고 보니… 트윈헤드 오크킹은 나타나지 않네.'

트윈헤드 오크는 지금도 발견되고 있다. 그러나 오크킹과 같은, 보스 몬스터는 발견되지 않았다.

일반 슬레이어 입장에선 다행이라면 다행이고, 현석에겐 불행이라면 불행이다.

'대체 불가능한 +1' 신체가 된 지금, 솔로잉 필드에 진입하면 어떤 효과가 있는지 알아보고 싶은데 그걸 못하게 된 것이었다.

트롤이 나타났다. 다른 슬레이어들과 다르게 현석은 편한 마음으로 이동했다.

눈앞에 트롤이 보였다. 붉은색 피부에 일반 트롤보다 약 1.5배는 더 큰 덩치. 분명 일반 트롤보다는 훨씬 더 강할 거다.

게다가 재생력이 강해서 굉장히 까다로운 개체다. 일반 슬레이어들에게는 말이다.

강남 스타일의 길드장 김상호는 붉은 트롤을 공격할까 말까 고민하다가 이내 깨끗하게 접었다.

"얘들아, 자리 옮기자."

"예?"

"저기 봐라. 플슬 떴네. 우리 할 거 없다. 야야. 마력 측정 그만둬. 해봐야 무슨 소용이야?"

한편, 명훈이 겉으로는 태연한 척 말했다.

"현석아."

"왜?"

"느껴지냐?"

"난 트랩퍼 아니잖아. 뭐가?"

명훈이 주의를 줬다.

"다들 동요하지 마. 그냥 모르는 척해."

"뭔데 그래?"

"누군가 숨어서 이쪽 보고 있다."

현석도 태연하게 대꾸했다.

"그게 누군데?"

"모르겠어. 정확하게는 모르겠는데… 예전에 내가 의정부 쪽으로 탐사 갔을 때 블랙 나이트라던 그 떨거지들한테서 좀 이상한 느낌이 났었거든. 그거랑 비슷하다. 어쩌면……. 블랙 나이트 집단일지도 몰라."

*　　　　　*　　　　　*

현석이 말했다.

"명훈이 넌 계속 상황 주시해. 돌발 상황 일어날 것 같으면 바로 알려주고. 트롤 쪽으론 신경 쓰지 마. 알아서 할 테니까."

"오케이."

현석은 숨을 골랐다. 저만치 앞쪽에 보이는 새로이 나타난 붉은 트롤보다도 블랙 나이트일지 모를, 어디선가 이쪽을 주시하고 있는 그 슬레이어들이 더 신경 쓰였다.

혹시라도 블랙 나이트가 자신의 능력치를 흡수한다면 정말 위험한 일이 벌어질 수도 있다.

'생각보다 내가 약하거나 한다면 덤벼들 가능성도 배제할 수 없겠지.'

앱솔루트 필드를 펼쳤다. 트롤도 이쪽을 인식했다.

'그럴 바에야.'

현석에게 알림음이 들려왔다.

[붉은 트롤 70마리를 사냥했습니다.]
[업적을 판정합니다.]
[대체 불가능한 +1 신체를 확인합니다.]
[대체 불가능한 +1 칭호를 확인합니다.]

그리고 황당한 알림음이 이어졌다.

[업적이 인정되지 않습니다.]

1초도 안 되어 트롤 70마리를 모두 없애 버렸다. 일부러 더 과

시하려고 힘을 좀 무리하게 썼다. 이 정도면 블랙 나이트라 짐작되는 그 슬레이어들도 충분히 위협을 느꼈을 터다.

'아니. 그래도 업적 인정이 아예 안 되는 건 너무하잖아.'

업적을 판정하는 요소에 '신체'와 '칭호'가 들어갔다.

신체와 칭호를 확인하더니 업적을 안 줬다. 하지만 현석의 귀에 달콤한 알림음이 들려왔다.

[레벨이 증가합니다.]
[레벨이 증가합니다.]
[레벨이 증가합니다.]

정확하게 세어보지는 못했지만 여태까지 들려온 알림음들을 전부 합치면.

'대략… 레벨 35 정도 되는 건가?'

아무래도 35번 정도 레벨 업 알림음을 들은 것 같다. 하종원의 레벨이 약 80 정도라고 했다.

여태까지 현석과 함께 다니면서 그 많은 업적을 공유하고 경험치를 쌓았는데도 80이다. 인하 길드원들의 평균 레벨이 75쯤 된다.

힐러인 평화와 헬퍼인 민서, 디펜더인 연수가 레벨이 60대로 좀 낮은 편이라 평균이 좀 깎였다.

참고로 명훈의 레벨이 87이다. 레벨 30 이상부터 레벨 업 속도가 느려지고 또, 레벨 50 이상부터 더더욱 현저히 느려진다고 들었다.

'어쨌든 며칠 되지도 않아 레벨 35인 건 엄청난 거네.'

트롤 슬레잉은 어렵지 않게 끝났다.

[붉은 트롤 솔로잉 업적을 확인합니다.]

[보상으로 '안전 코어×1'을 획득합니다.]

솔로잉 보상으로 안전 코어를 얻었다.

한편, 우창현의 심복 중 한명인 임재훈이 고개를 갸웃했다. 그는 잠깐 담배를 핀다고 상황을 제대로 못 봤다.

"형님, 확실히 파악하셨습니까?"

"…봤다."

우창현이 고개를 끄덕였다. 블랙 나이트 특유의 은신 스킬로 몸을 숨기고 있었는데, 하마터면 그게 풀릴 뻔했다.

'플래티넘 슬레이어… 생각보다 훨씬 엄청난 자다.'

사람들이 하도 플슬플슬하길래 얼마나 대단한지 직접 보려고 했다. 솔직한 말로 자신도 있었다.

제법 고위급 정보인데 플래티넘 슬레이어의 능력은 아무리 잘 쳐줘도 1,500은 넘지 않는다고 알고 있었다. 그래서 트롤을 상대로 하여 지쳤을 때, 그때 공격하면 승산이 있을 거라고 생각했다.

어떻게든 플래티넘 슬레이어에게 다가가 접촉만 하면 저쪽을 심지어 강남 스타일 길드원들도 도륙할 수 있을 테니까 말이다.

그러나 지금 보니 그게 절대 아니었다.

'1,500? 미친 소리하고 있군.'

1,500으로는 절대 저렇게 못한다. 붉은 트롤을 저렇게 순식간

에 쓸어버릴 수 있는 인간이 겨우 올 스탯 1,500이라고? 그건 말도 안 된다.

직접 공격하겠다는 계획은 머릿속에서 지워 버렸다.

'아무래도 방법을 바꿔야겠군.'

＊　　　　＊　　　　＊

이제 매스컴은 없다. 그러나 발 없는 말이 천리 간다는 말이 있다. 플래티넘 슬레이어의 어마어마한 활약상은 이미 입에서 입을 타고 빠르게 전국으로 확산되고 있는 중이다. 신기하게도 폭동이나 살인, 강간 등의 많은 강력 범죄의 발생율이 현저하게 줄어들었다.

대구의 지하 대피소.

27세의 청년 곽기현이 참치 통조림과 과일 통조림, 그리고 식수를 공수해 왔다.

"자자. 오늘치 식량입니다."

이곳 지하 대피소는 다른 곳에 비하여 분위기가 상당히 좋은 편이다. 곽기현은 과거 격투기 선수 출신이었는데 그 완력과 힘을 바탕으로 이곳의 청년들을 휘어잡았다.

다행히 근처에 커다란 마트가 있어서 3일에 한 번 꼴로 나가 음식을 공수해 오고 있는 실정이다.

비록 통조림과 건조된 식품밖에는 구할 수 없지만, 앞으로 한 달 정도는 더 버틸 수 있을 것 같았다. 그리고 곽기현은 오늘 사람들에게 희망찬 소식을 전했다.

"플래티넘 슬레이어가 안전 구역을 엄청나게 **빠른** 속도로 넓히고 있다고 해요. 서울 쪽은 벌써 안정화되어서 예전처럼 살기 좋은 곳이 되었다고 합니다."

이곳 지하 대피소에 모여 있는 약 80여 명의 사람은 두 눈을 크게 떴다.

지금이야 이렇게 연명하고 있지만 언젠가는 죽을 거라는 막연한 공포감에 휩싸여 있었다. 밖으로 나가 자살한 사람만 해도 벌써 3명이 넘었다.

누군가 중얼거렸다.

"우리한테도… 이제 희망이 생긴 거야."

별거 아니라면 아닌 건데, 희망이란 건 사람들에게 참 신기한 역할을 했다. 없던 입맛도 생겨났다.

'그럼 우리도 서울로 이제 가야 하는 거 아닙니까? 목숨을 걸고서라도 가야 합니다'라고 누군가 말하기도 했다.

그때, 목소리가 들려왔다.

"이야~ 여기 싱싱한 애들 많네."

모르는 남자 3명이 대피소에 나타났다. 전투 필드를 펼치는 걸 보니 슬레이어인 것 같았다.

그리고 비명 소리가 터져 나왔다.

*　　　　　*　　　　　*

"어우씨, 뭔 놈의 일반인이 움직임이 그렇게 잽싸? 한 놈 놓쳤네."

"격투기 같은 거 한 모양인데."

한 남자의 팔에서 핏물이 뚝뚝 떨어져 내렸다.

"레벨 업 많이 좀 했냐?"

"역시 일반인을 죽여야 빨리 오르네. 예쁜 여자애도 있었고."

"아오. 내가 가위바위보만 이겼어도."

남자는 억울한 듯 장난스레 방방 뛰었다. '아까 그 여자 정말 내 스타일이었는데' 하고 중얼거렸다. 가위바위보에서 지는 바람에 원하는 걸 하지 못했다.

"확실히 그냥 하는 것보단 강제로 하는 게 좋지. 울고불고 살려달라고 비는 년하고 하는 게 제일 재미있네."

"어우, 변태 새끼. 적어도 난 너 같은 변태는 아니다 이 새끼야."

남자들은 걸음을 옮겼다.

"다음 대피소는 어디냐? 오늘 한탕만 더 뛰자."

한편, 곽기현은 죽을 각오를 하고 서울로 향했다. 예전과는 세상이 달라져도 너무 달라졌다.

사람 비슷한 형태를 보기만 해도 일단 숨었다. 저번에 봤던 놈들은 인간이 아닌 것 같았다. 사람을 죽이는데 어떻게 그렇게 즐겁게 웃으면서 죽일 수 있는 건지, 도무지 그놈들을 이해할 수가 없었다. 아니, 이해하기도 싫었다.

'한국 유니온으로 가야 해.'

이미 고속도로 같은 건 사용할 수도 없다. 자동차로 도로는 꽉 막힌 지 오래다. 걸어서 서울까지 가야 했다.

오크한테 걸리면 무조건 죽는다. 그래도 이를 악물었다. 한국 유니온까지 가면 어떻게든 살 수 있을 것 같았다.

서울로 가는 고속도로를 통해 걷고 또 걸었다. 그런데 그때 목소리가 들려왔다.

"저기요. 길 잃었어요?"

＊　　　　　＊　　　　　＊

명훈이 말했다.

"의정부에 있는 블랙 나이트 말고, 또 다른 블랙 나이트들이 계속해서 생겨나고 있는 것 같아."

곽기현은 아직도 이 현실이 믿어지지 않았다.

플래티넘 슬레이어가 세상을 구원하고 있다는 소문은 들었다. 그러나 이 정도일지는 몰랐다.

서울은 과거의 모습을 거의 되찾았다. 물론 예전처럼 활기차게 돌아다니는 건 아니었다. 서울에도 인구수가 많이 줄었다. 사람들은 바깥 출입을 자제하고 있다.

그러나 대구와는 완전히 달랐다. 더군다나 이곳, 플래티넘 슬레이어가 살고 있다는 인하 길드 하우스는 정말 다른 세상 같았다.

"아, 인사하세요. 저희 길드원들입니다. 너희는 내가 미리 말해서 알고 있지? 대구에서 서울로 올라오던 분."

곽기현에게 상황을 전해 들었다.

세상이 이렇다 보니 블랙 나이트들이 점점 많아지고 있는 모양이다. 대표적으로 의정부의 블랙 나이트 왕국이 있다. 그들은 전국의 블랙 나이트들을 소집하여 덩치를 불리고 있는 모양이었다. 한국 유니온도 지금 블랙 나이트를 어떻게 해야 할지 고심하고 있는 중이고 명훈이 말했다.

"내가 좀 둘러봤는데 적게는 서너 명씩 무리를 지어 다니고 많이 모인 곳은 100명이 넘는 집단도 있었어. 그리고 일반인을 죽이면 경험치를 더 많이 주는 것 같더라. 특수 스킬도 생기는 모양이고."

그때, 유니온에서 사람이 찾아왔다. 플래티넘 슬레이어 전담 팀의 팀장 고강준이었다. 그가 놀라운 소식을 전해왔다.

"이름 우창현. 블랙 나이트 왕국의 왕이라는 자가 한국 유니온을 찾아왔습니다. 한국 유니온장님과 플래티넘 슬레이어님과 면담을 하고 싶답니다."

현석은 잠시 생각에 빠졌다.

'그놈들은 어떻게 블랙 나이트가 되는지, 우리는 모르고 있다고 생각하고 있을 가능성이 높아.'

그렇다면 사람 좋은 척하고서 힘을 합치자는 등의 헛소리를 할 수도 있었다. 예전 송골매 길드원들을 무참히 사살했다는 사실도 이쪽은 모르고 있을 거라고—당시 영상 전송이 가능한 초소형 카메라로 영상을 전해 받았으므로—생각하고 있을 거다. 그러니까 태연히 찾아왔겠지.

패는 이쪽이 쥐고 있다. 차라리 잘 됐다. 일단 가서 얘기나 들어보기로 했다.

"명훈이는 따라와."

"나? 진짜 나? 나라고?"

명훈의 광역 탐색과 집중 탐색이 분명 필요할 거다.

"아이씨, 나 같은 약골을 데려가다니. 길장님 진짜 너무하네. 무서워 죽겠구만"

명훈은 중얼거리면서도 그래도 열심히 잘 따라왔다. 현석은 걸음을 옮기면서 생각했다.

'상황이 여의치 않다면… 살인도 염두에 둬야겠지.'

우창현은 블랙 나이트의 왕이라고 했다.

'머리를 잃은 세력은 힘이 없어지게 마련이니까.'

*　　　　*　　　　*

현석은 한국 유니온으로 향하다 말고 발걸음을 되돌렸다. 인하 길드원들을 전부 데려왔다.

"만약의 사태에 대비하는 거야."

블랙 나이트 왕국의 자칭 왕인 우창현은 절대 혼자오지 않았을 거다. 당연한 얘기지만 악수라도 건넬 테고, 어쨌든 기회만 잡으면 한국 유니온을 칠 수도 있다.

그렇다면 그들과 대적할 수 있는 대항마는 데리고 가는 게 좋다고 생각했다.

"어쨌든 무슨 일이 있을지 모르니까 내 근처에서 멀어지지는 말고."

지금 당장 블랙 나이트들을 치겠다는 생각은 하지 않았다. 현석은 스스로 생각하기에 정의의 사도나 영웅은 아니었다.

사람들이 살신성인의 슈퍼 히어로라고 말을 하지만, 그건 오해가 빚은 착각이다. 물론 그의 업적이 기적에 가깝다는 건 두말할 필요도 없는 사실이지만.

한국 유니온장실 앞. 현석이 유니온장실 내로 들어가기 전에 명훈이 말했다.

"약… 10여 명 정도의 기척이 느껴지네. 유니온장실 내에는 2명이 들어가 있고. 나머지 8명은 은신을 하고 있어. 아! 아니다. 늘어나고 있네. 제법 잘 숨기는 하는데……. 계속 늘어나고 있어. 한 명, 한 명 은밀하게."

현석은 고개를 끄덕였다.

'은신을… 하고 있다라.'

정말로 '사신'의 역할로 왔다면 굳이 은신을 하고 있을 필요는 없으리라. 명훈은 무섭다, 무섭다 엄살을 부렸으면서도 막상 이곳까지 오니 자존심이 조금 상한 듯했다.

"아니. 한국 유니온 트랩퍼들 실력을 얼마나 깔보고 있는 거야? 형편없는 은신 따위를 하고서 숨어 있으면 진짜 모를 거라고 생각했나?"

현석은 피식 웃었다.

"너만 알아차린 것 같은데?"

역시나 명훈을 데려온 것은 탁월한 선택이었다.

*　　　*　　　*

유니온장실에는 강남 스타일의 길드장 김상호와 한국 유니온장 박성형 그리고 블랙 나이트라 짐작되는 두 명의 남자가 보였다. 남자 두 명이 자리에서 일어섰다. 짧은 스포츠형 머리카락에 다부진 인상의 사내가 먼저 입을 열었다.

"플래티넘 슬레이어를 직접 뵙게 되어 정말 영광입니다. 블랙 나이트 길드를 이끌고 있는 우창현이라고 합니다."

아니나 다를까. 우창현이 오른손을 건넸다. 현석은 그 손을 잡지 않았다. 머쓱해진 우창현은 오른손을 내렸다.

분위기가 조금 어색해졌다. 박성형이 중재했다.

"옆에 계신 남자 분은 임재훈 씨. 인사하세요."

"살아생전 플래티넘 슬레이어를 뵙는군요. 영광입니다. 임재훈입니다."

현석이 자리에 앉았다.

"유현석입니다."

아무리 좋게 보려고 해도 블랙 나이트들은 좋게 보이질 않는다. 일단 전직 조건도 그렇거니와—현석의 경우는 200명을 죽여야만 했다—대구에서 목숨을 걸고 서울까지 올라온 27세 청년 곽기현의 말을 들어봐도, 블랙 나이트들에게는 도저히 정이 가질 않았다.

현석이 단도직입적으로 물었다.

"한국 유니온에는 어쩐 일이시죠?"

우창현이 말했다.

"그야 당연히 레드 스카이를 없애기 위함이 아니겠습니까? 이럴 때일수록 슬레이어들끼리 힘을 합쳐야죠."

현석은 주먹을 살짝 쥐었다. 저 결연한 표정에 주먹을 한 대 꽂아 넣고 싶어졌다.

저들은 모르겠지만 초소형 카메라로 이미 사정을 파악한 지 오래다. 그런데 저런 뻔뻔한 얼굴이라니.

이쪽에서 먼저 손을 잡자고 사람을 보냈는데 그들을 무참히 살해한 놈들이다. 정이 갈 수가 없었다.

우창현이 조금 의아한 듯했다.

"플래티넘 슬레이어께서는 저희들에게 별로 좋지 못한 마음을 품고 계신 것 같네요. 무슨 오해가 있는지는 모르겠지만 모두 해명하겠습니다. 피차 힘을 합치기 위해 이곳까지 왔는데……. 오해는 먼저 풀어야겠죠."

현석은 피식 웃었다. 오해가 있단다. 이미 블랙 나이트에 대해서 파악했고 무슨 짓을 하고 있는지도 안다.

그럼에도 불구하고 성형이 이들과의 대화를 받아들인 것은 이들이 '어떻게' 안전 구역을 만들고 있는 지를 알아내기 위해서다. 현석도 그 사실을 알고 있다.

"블랙 나이트 왕국의 왕으로 군림하고 있다고 들었습니다."

우창현이 멋쩍게 웃었다. 뒤통수를 긁적거렸다.

"아, 그게… 길드 이름을 블랙 나이트 왕국이라고 지은 것뿐입니다. 세상이 어떤 세상인데 진짜 왕 놀이를 하겠습니까? 그… 예전에 E─유니온 사람들도 각 국가의 유니온장을 장로라고 부르지 않았습니까? 그것과 비슷한 개념입니다. 그냥 길드장이라는 이름 대신에 왕이라고 불리고 있는 것뿐입니다."

명훈이 파악한 바에 의하면 다르다. 이름만 왕이 아닌, 실제로 왕으로 행세하고 있다고 했다. 이번에는 성형이 물었다.

"블랙 나이트 측에서는 어떻게 안전 코어를 획득할 수 있었습니까? 이쪽에서도 안전 코어를 얻는 방법을 공개할 것입니다. 물론 소문을 들어 아시기야 하겠지만."

우창현은 별거 아니라는 듯 얘기했다.

"비슬레이어를 제물로 바치면 됩니다. 맨 처음 나타난 몬스터에게 비슬레이어를 먹이로 던져 준 뒤 슬레잉을 진행하면 약 30퍼센트의 확률로 안전 코어가 드롭됩니다."

현석은 순간 일어설 뻔했다. 어떻게 저런 말을 저리도 뻔뻔하게 내뱉을 수 있단 말인가. 우창현이 뻔뻔하게 말을 이었다.

"물론 윤리적으로 허용되지 못할 일인 것은 압니다. 그러나 상황이 어쩔 수 없습니다. 대를 위해 소를 희생하는 것이죠."

성형이 빠르게 대답했다.

"그렇군요."

"이해해 주실 줄 알았습니다."

"우리는 아시다시피 플래티넘 슬레이어가 솔로잉을 진행하여 안전 코어를 획득하는 방식으로 안전 코어를 얻고 있습니다."

"역시 소문이 틀리지 않았군요."

우창현은 새삼스레 감탄했다는 듯 현석을 쳐다봤다. 현석은 성형을 살짝 쳐다봤다.

성형이 미세하게 고개를 끄덕였다. 얻어낼 건 모두 얻어냈다. 너무 쉽게 얻어진 것이 조금 이상하기는 했지만 어쨌든 목적은 달성했다.

현석이 물었다.

"한 가지만 더 묻겠습니다. 어쌔신 계열의 슬레이어로 보이는 자들을 왜 유니온 곳곳에 잠복시킨 겁니까? 10명이 넘는 숫자가 말이죠."

＊　　　　＊　　　　＊

우창현은 내심 당황했다. 처음에 악수 정도는 당연히 하지 않는가.

악수를 하는 행위는 별로 이상할 것도 아니고 처음 만난 상황이라면 거의 무조건 하는, 일상적인 행위다.

그런데 첫 단추부터 틀어져 버렸다.

플래티넘 슬레이어의 능력치만 카피할 수 있다면 한국 유니온을 쓸어버리는 건 어렵지 않다고 생각했다.

지금도 유니온 내 대부분의 능력치가 플래티넘 슬레이어에게 쏠려 있는 상황이 아니던가. 생명력이 깎여 나가는 문제는 차후 문제라고 생각했다.

'설마… 블랙 나이트의 카피 스킬에 대해서 이미 알고 있는 건가?'

실질적으로 대부분의 블랙 나이트들을 우창현이 관리하고 있다. 보안유지도 철저히 하고 있었다.

카피 스킬은 블랙 나이트의 생명줄이다. 그게 새어 나가면 블랙 나이트 스스로에게 나쁘다. 그 스킬에 대하여 떠벌릴 멍청이는 없다고 생각했다.

'그럴 리는 없어. 그저 송골매 길드가 실종된 것에 대해 좀 이상하게 생각하고 있다 수준이겠지.'

당연히 그럴 거다.

'성인군자, 성인군자라고 떠받들더니… 실제 인성은 개판이구만.'

우창현은 속으로 욕했다.

플래티넘 슬레이어의 모습은 굉장히 거만해 보였다. 거만함을 넘어 독선적으로까지 보일 정도였다.

'오냐. 언젠가는 내가 짓밟아 주고 만다.'

지금 당장은 참기로 했다.

플래티넘 슬레이어의 능력치를 카피하기 전까지는 섣불리 움직일 수 없었다.

그때, 저 재수 없는 플래티넘 슬레이어가 말했다.

"한 가지만 더 묻겠습니다. 어쌔신 계열의 슬레이어로 보이는 자들을 왜 유니온 곳곳에 잠복시킨 겁니까? 10명이 넘는 숫자를 말이죠."

우창현은 순간 당황했다.

"아… 많은 인원이 온 것은, 의정부에서 여기까지 안전하게 오기 위함입니다. 저희는 플래티넘 슬레이어처럼 강력한 무력이 없기 때문에 무리를 지어서 이동해야 합니다. 그래야 몬스터의 위협으로부터 안전할 수 있습니다."

"……"

"또한 한국 유니온 내에, 타인이라 할 수 있는 저희가 이곳저곳 아무렇게나 섞여 있으면 괜히 위화감을 끼칠 것 같아 숨어 있으라고 지시했습니다. 기분 나쁘셨다면 정말 죄송합니다."

'제기랄. 도대체 어떻게 알아차린 거냐.'

우창현은 속으로 뜨끔했다. 블랙 나이트의 은신 스킬은 완벽하다고 생각했다.

'붉은 트롤 슬레잉 때엔……. 우리를 알아차리지 못했었는데.'

현석이 말했다.

"제가 왜 그쪽과 악수를 안 했는지 아십니까?"

"……."

우창현은 뭔가 잘못됐음을 느꼈다. 아무래도 카피 스킬을 파악당한 것 같다.

"송골매 길드원들은 왜 죽였습니까?"

"오, 오해입니다. 저희는 송골매 길드원들과 만난 적도 없습니다."

성형이 자리에서 일어섰다.

"한국 유니온을 얼마나 무시하면 그따위 행동을 벌인 거지?"

임재훈과 우창현은 눈동자만 움직여 서로를 쳐다봤다. 그와 동시에 몸을 날렸다.

일이 잘못됐다. 일단 싸우기보다는 도망을 택했다.

우창현이 외쳤다.

"공격해!"

곳곳에 숨어 있던 블랙 나이트들이 집결하기 시작했다. 그들은 착각했다. 우창현이 플래티넘 슬레이어의 능력을 카피하는데 성공했다고 말이다.

이제 플래티넘 슬레이어와 한국 유니온장만 죽이면 블랙 나이트 왕국이 정말로 설립될 것이 분명했다.

"모든 게 예상대로 흘러가네요."

"블랙 나이트의 순수 스펙 자체는 강남 스타일과 싸워도 지지 않을 정도야. 전투 센스나 경험 등은 둘째 문제지만."

어쨌든 그들이 강한 것은 틀림없었다. 그런 이들이 다른 사람을 공격하면 피해가 생길 수도 있다.

그래서 말하자면 어그로를 이쪽으로 끌어왔다. 우창현이 부하들을 내세워 시간을 벌고 도망갈 거라는 예상은 이미 했었다.

약 4명의 블랙 나이트가 인하 길드원들과 마주쳤다.

그들은 인하 길드원들에 대해 미리 파악을 해놨다. 그들의 얼굴에는 함지박만 한 미소가 걸려 있었다.

"너희들은 이제 끝이다."

왕께선 분명 성공했을 거다. 그러니까 자신 있게 공격하라고 했겠지.

이제 정말로 블랙 나이트의 시대가 열리게 되는 거다.

"그런데 저 여자는 뭐야? 와… 대박인데?"

인하 길드의 여자 길드원들이 정말 예쁘다는 건 이미 유명한 사실이다. 그런데 모르는 여자도 있었다. 아름다운 건 둘째 치고 묘하게 다른 세상 사람 같은 분위기가 풍겨져 나왔다.

"저 여잔 내 걸로 하자."

"여자애들 죽이지 마. 상처도 내면 안 돼. 모두 알지?"

그들은 가벼운 마음으로 임했다.

시간만 조금 끌면 된다. 시간만 끌면 플래티넘 슬레이어의 능력을 카피한 두 명의 든든한 지원군이 도와줄 것이 분명했다.

"오케이."

남자들은 죽이고 여자들과는 즐거운 시간을 보낼 상상을 하니 침이 질질 흘러나올 정도였다. 세상이 변한 게 이렇게 좋을 수가 없었다.

"플슬부터 치기로 했는데 여기서 시간 끌어도 괜찮나?"

"우리까지 갈 필요 있겠어? 벌써 10명도 넘게 쳐들어갔을 텐데."

"그것도 그렇네. 차라리 이 년들 잡는 게 더 큰 포상일 수도 있겠다."

그런데 목소리가 들려왔다.

"나의 정조는 오로지 한 분께만 바칠 수 있음이다. 그대들을 도저히 용서할 수 없구나."

믿을 수 없는 일이 벌어졌다.

한편, 현석이 말했다.

"판은 다 만들었고. 그럼 이제 놔준 토끼는 다시 잡아야죠."

현석의 모습이 사라졌다.

뛰어가는 우창현 앞에 몸을 드러냈다.

우창현이 깜짝 놀라 뒤로 넘어질 뻔했다. 플래티넘 슬레이어의 움직임이 너무 빨라 제대로 보지도 못했다.

"어딜 그렇게 열심히 도망가요? 수십, 수백 명의 죄 없는 사람들을 죽이고, 사람을 제물로 던진다는 말은 아무렇지도 않게 내뱉고, 부하들은 시간 벌이용으로 죽게 던져 놓고. 자기 목숨은 아깝습니까? 진짜 그런 겁니까?"

우창현은 아무 대답도 하지 못했다.

"……"

"이기적인 새끼."

우창현이 이를 악물었다.

'결국… 그걸 사용해야 하나. 제기랄. 사용하고 싶지 않았는데.'

저만치 앞 한국 유니온 건물이 보였다.

*　　　　　*　　　　　*

연수는 찔끔 놀랐다. 디펜더인 그가 한 걸음 뒤로 물러서자 욱현이 연수의 등을 탕! 쳤다.

"인마, 왜 그래?"

"아뇨. 그게 아니라……"

연수는 고갯짓으로 리나를 가리켰다. 욱현도 찔끔 놀랐다.

"저게 뭐냐?"

현재 인하 길드의 가장 선두에는 리나가 서 있다. 리나의 머리카락이 붉게 물들었다.

어차피 연수와 욱현은 리나의 본체에 대해서 알고 있다.

원래도 신비한 분위기가 나는데, 저렇게 붉은 머리카락으로 변하고 나면 뭔가 범접할 수 없는 아우라를 느끼곤 한다.

민서도 이상한 점을 눈치챘다.

"아지랑이……?"

리나의 뒷모습을 쳐다보고 있는데 리나의 몸에서 아지랑이가 피어오르는 것 같은 느낌이 들었다.

이게 좀 묘했다. 실제로 아지랑이가 피어오르는 건 아니었다. 육안으로 보이는 건 아니었는데 아지랑이가 피어오르는 게 느껴졌다. 마치 시스템의 알림음이 그렇듯 말이다.

실제 목소리는 아니지만 귀에 들리고 실제로 눈에 보이는 건 아니지만 머릿속에 그려지는 것처럼.

리나의 목소리도 들려왔다.

"나의 정조는 오로지 한 분께만 바칠 수 있음이다. 그대들을 도저히 용서할 수 없구나."

연수는 직감했다.

그는 여자들의 심리 상태를 정말 모르는 축에 속하는 사람이지만 지금 이 상황에서 리나가 굉장히 화가 났다는 걸 모를 만큼 무지하지는 않았다.

연수의 몸이 부르르 떨려왔다. 몸이 저절로 반응했다.

리나가 말했다.

"그대들은 눈을 감으라."

홍세영이 한 발자국 앞으로 움직였다.

"나도 돕겠……."

그러나 말을 잇지 못했다. 이을 수 없었다. 상황이 이미 종료됐다. 리나를 두고 자기가 먹겠다느니, 어쩌니 저질스런 말을 하던 그들은 이미 이 세상 사람이 아니었다.

뭔가가 떼굴떼굴 굴러왔다. 그게 민서의 발을 툭 건드렸다.

민서는 반사적으로 눈을 살짝 떴다가 비명을 지를 뻔했다. 가까스로 비명을 참기는 했지만 정말로 많이 놀랐다.

아까 말을 하던 블랙 나이트 중 한 명의 잘려진 얼굴이 두 눈을 시퍼렇게 뜨고 자신을 쳐다보고 있었기 때문이다.

연수는 침을 꿀꺽 삼켰다.

'저들은 자기가 죽는 것도 모르고 죽었어.'

리나가 정말로 힘을 쓴 건 이번이 처음이다. 저렇게 무력을 행사한 적은 한 번도 없었다. 그건 균형자인 리나의 특성이었다.

현석이 위험할 때 아니면 보통은 모습을 드러내지조차 않았다. 세상에 위협을 끼칠 만한 힘을 가진 존재가 아니면 나서지도 않았었다. 심지어 붉은 오크킹을 잡을 때도 그랬다.

리나가 움직이자 자신만만하게 덤벼들던 블랙 나이트 4명은 자기가 죽는 것도 모르고 목이 잘려 죽어버렸다.

복도는 피범벅이 되었건만 리나의 몸에는 피 한방울 튀지 않았다. 블랙 나이트들을 순식간에 도륙한 리나가 등을 돌렸다.

리나의 등을 멍하니 쳐다보던 연수는 황급히 눈을 아래로 내리 깔았다.

"그대들에게 부탁이 있다."

"……."

"나는 나의 부군께 한 명의 여자이고 싶다."

하종원은 어이가 없어 입을 벌렸다. 리나가 다 좋은데 가끔 머릿속 지식과 실생활을 헷갈려 할 때가 있다.

"그러니까 현석이한테는 리나 씨가 나서서 이들을 죽였다고 말하지 말아달라, 이 말이죠?"

리나가 고개를 끄덕였다. 하종원이 고개를 끄덕였다. 시선은 세영을 향했다.

"하긴. 내가 현석이 불알친구라 잘 아는데, 현석이는 여자답지 않은 여자 싫어하죠. 암. 여자는 자고로 조신하고 그래야지."

리나가 갑자기 종원 바로 앞에 나타났다. 종원은 저도 모르게 으악! 비명을 지르고 엉덩방아를 찧었다.

리나가 무미건조한 표정으로 말했다.

"나는 조신한 여인이다. 그것을 강조해 주길 부탁한다."

　　　　　　*　　　　　　*　　　　　　*

　유니온장실로 덤벼든 다크나이트들을 정리하는 데에는 3초도
안 걸렸다. 성형 역시 깜짝 놀랐다. 현석이 이전보다도 훨씬 강
해진 게 새삼스레 피부로 와 닿았다.

　주위를 둘러봤다. 주위는 피범벅이다. 물리 모드를 켠 상태로
블랙 나이트들을 모조리 죽여 버렸다.

　'하나, 둘, 셋, 넷, 다섯……. 시체가 도합 16구. 죽이는 데엔 3초
도 안 걸렸어.'

　현석의 압도적인 강함에 성형은 저도 모르게 고개를 끄덕이고
말았다. 레드 스카이라는 이상한 특수 환경이 생겼지만 현석은
그 환경마저도 극복해 버린 것 같았다.

　성형이 말했다.

　"쓰레기들 치워."

　유니온장실 내부에서, 공간이 일렁거리더니 세 명의 남자가
나타났다. 명훈도 알아차리지 못했던 그 남자들이 성형의 명령
을 받아 시체들을 치우기 시작했다.

　한편, 유니온장실로 부하들을 쳐들어가게 하고서 도망쳤던 우
창현은 이를 악물었다.

　'결국 그걸 사용해야 하나. 제기랄. 사용하고 싶지 않았는데.'

　현석은 여유를 두고 우창현을 쳐다봤다.

　유니온장실에 들어오기 전, 활이 까치발을 들고서 현석에게
속삭였던 말이 있다. 그걸 확인해 볼 필요도 있다고 봤다.

다크나이트는 우창현뿐만이 아니니까.

블랙 나이트로서 스킬 레벨을 높이다 보면 카피 스킬도 업그레이드된다고 했다.

직접 접촉이 있어야만 하는 카피에서, 직접 접촉이 없어도 카피가 가능한 원거리 카피 기술도 있다고 했다.

다만 직접 접촉에 비하여 원거리 카피를 하여 그 능력을 사용하면 생명력 소모가 더 크다고 했다.

'주인님은 대체 불가능한 신체와 칭호를 가지고 있어요. 그것 덕택에 레드 돔의 특수 환경에 저항할 수 있는 거구요. 원래대로라면 슬레이어는, 1,000 이상의 능력치를 제한받아요. 저들은 아무리 카피를 하고 강해진다고 하더라도 1,000 이상의 능력치를 발현할 수 없어요. 체내에서 뽑아 올리는 힘의 양은 주인님을 카피한 것만큼 쏟아내겠죠. 활이는 열심히 공부했어요. 인풋 대비 아웃풋이 엄청 후지다! 그런 뜻이에요.'

레드 돔은 특수한 환경이다.

현석도 대체 불가능한 신체와 칭호가 연계 작용을 일으켜 이 특수한 환경에 저항할 수 있게 되었지만 원래대로라면 스탯 1,000 이상의 힘을 내는 건 불가능했다. 슬레이어라면 말이다.

'그래서 생명력은 엄청 빨리 쓰는데 힘은 약할 거예요.'

우창현의 귀에 알림음이 들려왔다.

[카피할 대상을 타겟팅합니다.]

목표를 정했다.

[원거리 카피를 사용하면 생명력의 소진이 5배 이상 빠르게 진행됩니다.]

[그래도 스킬을 사용하시겠습니까? Y/N]

지금은 찬 물, 더운 물 가릴 게재가 아니었다. 이대로 가만히 두면 플래티넘 슬레이어에게 살해당하게 생겼다. 그때, 임재훈이 말했다.

"제가 카피하겠습니다."

임재훈의 귀에도 똑같은 알림음이 들렸다.

[원거리 카피를 사용하면 생명력의 소진이 5배 이상 빠르게 진행됩니다.]

[그래도 스킬을 사용하시겠습니까? Y/N]

우창현은 회심의 미소를 지었다. 육성으로 말할 수는 없다. 이쪽의 작전이 플래티넘 슬레이어에게도 들릴 테니까.

임재훈에게도 원거리 카피 스킬이 있다.

임재훈이 플래티넘 슬레이어의 능력치를 복사하고, 그 다음 자신이 임재훈을 접촉 카피하면 된다.

'차라리 처음부터 이렇게 해버릴 걸.'

생명력 소진이 5배 이상 빠르게 된다는 것에 지레 겁먹고 사용을 못하고 있었는데 상황이 상황이다 보니 어쩔 수 없었다.

'능력치를 다루는 숙련도에서는 차이가 날 수 밖에 없겠지. 그러나 우리는 두 명이다. 네가 혼자서 감당할 수 있을 것 같아?'

우창현이 임재훈의 몸에 손을 댔다.

'카피.'

그런데 임재훈의 표정이 조금 이상했다.

[카피 대상의 능력치가 지나치게 높습니다.]

[임재훈 슬레이어의 규격을 과도하게 초과했습니다.]

카피에는 성공했다. 그러나 여태까지는 들어보지도 못한 생소한 알림음이 들려왔다.

상대 슬레이어가 자신의 규격을 한참 뛰어넘었단다. 아무래도 생명력 소진이 굉장히 빠를 것 같다는 예감이 들었다.

'그래도 여기서 살아 나가는 게 중요해.'

우창현은 고개를 돌렸다. 우드득, 우드득 소리가 났다. 몸이 조금 가벼워진 느낌이 들었다.

역시 붉은 오크 따위와는 상대도 되지 않는 능력치다. 플래티넘 슬레이어의 힘을 손에 얻고 나니 자신감이 충만해졌다.

'이것이 플래티넘 슬레이어의 힘인가.'

흐흐흐, 흐흐흐흐! 저도 모르게 웃음이 새어 나왔다. 이내 호탕하게 웃었다.

"우릴 여태까지 가만히 놔둔 네놈의 자만심 때문에, 네놈이 죽는 거다."

시간을 끌 수는 없었다. 상대는 플래티넘 슬레이어다. 썩어도 준치라고, 둘이서 빠르게 협공을 하여 죽여 버려야 했다.

플래티넘 슬레이어를 죽이고 나면, 그 다음은 한국 유니온 장이다.

그런데 역시 이상했다.

[특수 환경: 레드 돔이 확인됩니다.]
[레드 돔의 특수 환경에 저항할 수 있는 수단이 없습니다.]

임재훈이 주먹을 내질렀다.

임재훈의 움직임은 과연 빨랐다. 갑자기 강해진 몸임에도 불구하고 빠르고 정교하게 현석의 얼굴을 향해 주먹이 뻗어져 나갔다.

"뒤져랏!"

그리고 우창현은 깨달았다. 임재훈의 목소리가 변했다. 조금 더 칼칼해졌다.

잠깐 사이에 10년은 늙은 것 같았다. 그러나 그것을 신경 쓸 겨를이 없었다. 일단 플래티넘 슬레이어부터 처리해야만 했다.

플래티넘 슬레이어는 미동조차 하지 않았다.

콰과광!

현석이 과거 몬스터들을 싹쓸이했을 때처럼, 거대한 폭발음이 터져 나왔다.

임재훈의 주먹이 현석의 오른쪽 뺨에 닿았다.

후웅─! 충격파가 복도 내부를 한바탕 휩쓸었다. 현석이 고개를 끄덕였다.

"활이 말이 맞네. 제대로 힘을 끌어 쓸 수 없어."

여중생 형태의 활이 현석 뒤에서 빼꼼 고개를 내밀었다.

"활이가 정확한 정보를 전해줬어요? 활이 잘했어요? 그런 거예요?"

"그래."

활이 제자리에서 방방 뛰었다. 만세를 불렀다.

"주인님한테 칭찬 받았어! 활이는 너무너무 행복해요!"

현석은 임재훈을 쳐다봤다.

임재훈은 으아악! 비명을 지르며 손목을 부여잡았다. 아무래도 손목뼈가 박살이 나버린 것 같았다. 그리고 이상한 점을 발견했다.

임재훈의 머리카락 색깔이 변하기 시작했다. 검은색에서 하얀색으로 말이다.

우창현 역시 그 사실을 깨달았다. 지금 임재훈은 급속도로 노화가 진행 중이었다.

플래티넘 슬레이어를 상대하기 위해 플래티넘 슬레이어의 힘을 카피했는데, 생명력이 급속도로 떨어지고 있는 듯 보였다.

저렇게 확연하게 보일 정도라니 플래티넘 슬레이어의 힘이 그 정도였나 싶었다.

'아냐. 뭔가 잘못됐어. 이건 너무 압도적이야. 그럴 리가 없는데.'

그런데 너무 압도적이었다. 카피를 제대로 한 것 같지가 않았다. 현석을 직접 카피한 것이 아닌, 임재훈을 카피한 구창현은 상황을 제대로 알 수 없었다.

우창현은 상황을 정확하게 파악했다.

'도망가야 해.'

어쨌든 플래티넘 슬레이어의 힘은 손에 넣었다.

활용하기에 따라 무궁무진하게 쓸 수 있을 터. 여기선 도망쳐야 했다. 임재훈이 시간을 끌어주면 그때 도망치면 된다.

플래티넘 슬레이어의 능력치를 빌어 전력으로 도망친다면 도망은 칠 수 있을 거라고 생각했다.

임재훈이 비틀거리며 일어서서 현석을 노려봤다.

"제기랄!"

능력치가 과도하게 높다는 알림음을 들었다. 그래서 카피가 제대로 안 되었을 거라고 생각했다.

물론 아니다. 카피는 됐다. 그 힘을 끌어다 쓰지 못하고 있을 뿐이었다. 그리고 능력치 격차가 너무 심하게 나는 바람에 노화가 급속도로 진행됐다.

30대의 건장한 청년이던 그가 불과 1분 사이에 완전히 늙어 80대 노인처럼 보였다. 키도 조금 작아졌다.

그때 우창현이 도망치기 시작했다.

"으, 으, 으아아아아!"

저도 모르게 비명이 터져 나왔다. 플래티넘 슬레이어의 능력만 복사하면 어떻게든 될 줄 알았다.

그런데 그게 아니었다. 근래에는 느껴보지도 못했던 엄청난 무력감과 공포감이 그를 집어삼켰다.

머릿속이 텅 비어버렸다. 도망쳐서 복수하겠다는 2차적인 생각도 못했다. 그냥 일단은 도망쳐야 했다.

"으, 으허! 으허어억!"

너무 황급하게 달리다가 넘어질 뻔했다. 허우적대며 뛰었다. 뒤를 돌아볼 겨를이 없었다.

그런데 쌩 하고 뭔가가 차갑고 날카로운 것이 목 근처를 슥 훑고 지나간 것 같은 느낌이 들었다. 현석의 윈드 커터였다.

"너희 같은 버러지들은 그냥 죽는 게 나아! 이제 알아볼 건 다 알아봤으니까 그냥 죽… 응? 이, 이게 아닌데……. 그니까 주인님, 활이요. 죽으라고 한 건 아니구요, 그, 그게 그러니까……."

활의 크기가 조금 줄어들었다. 활에게 익숙해진 현석은 피식 웃었다. 과거의 4,800 스탯이 적용되는 건지는 아직 모른다.

스탯창이 열리질 않으니 확인할 도리가 없다. 그러나 지금의 우창현이나 임재훈보다 훨씬 더 강한 건 확실했다.

현석의 귀에 알림음이 들려왔다.

[레벨이 증가했습니다.]

레벨이 올랐다.

블랙 나이트를 죽이자 레벨이 올라 버린 거다. 우창현도, 임재훈도 현석의 윈드 커터에 목이 잘렸다.

깔끔하게 한 번에 죽여 버렸다. 사람을 죽인다는 건, 썩 기분 좋은 일은 아니었다.

그러나 이번만큼은 예전만큼 찝찝하지는 않았다. 자기 목숨은 정말로 중요하게 생각하면서 남의 목숨은 날파리 만도 못하게 여기는 인간들이다.

활은 현석이 보지 못할 거라고 생각했는지 현석의 등 뒤에서 주먹을 불끈 쥐고 '잘 죽었다 이 나쁜 놈들!' 하고 아주아주 작은 목소리로 중얼거렸는데 그러다가 뭔가를 발견했다.

"응? 뭔가가 드롭됐네요?"

현석이 앞으로 걸어가 그것을 주워들었다. 현석의 얼굴이 굉장히 밝아졌다.

'이건……!'

그리고 목소리도 들려왔다.

"현석 씨."

앞을 쳐다봤다. 친하다고 말할 수는 없지만 분명 안면이 있는 여자가 눈에 보였다.

"엄소현씨……?"

처음, 제2시설을 탈출할 때에 부득이하게 구조하지 못했던 프리미엄 길드의 길드장 엄소현이 현석에게 가까이 걸어오고 있었다.

버리려고 버렸던 건 아닌데, 인하 길드원들을 안전하게 구출하기 위해서 그들을 구하지 못했다. 그래서 약간이나마 미안한 감정을 갖고 있는 상태다.

그런데 그때, 살아남았던 모양이다. 이후에 유니온에 의해 구조됐든지. 어쨌든 그녀가 물었다.

"그 아이템은 뭔가요? 처음 보는 건데……."

*　　　　*　　　　*

현석이 아이템을 들어 올렸다. 다름 아닌 '억제 코어'였다.

억제 코어는 현석이 오크킹을 솔로잉 했을 때에 드롭된 아이템이다.

활의 말에 따르면 억제 코어를 부숴야 이 레드 돔이 없어진다고 했다. 부수는 방법을 아직까지 찾지 못했지만 말이다.

"레드 돔을 없애는 열쇠가 될 아이템입니다. 그나저나 무사하셨군요."

"네, 덕분에요."

엄소현은 배시시 웃었다.

첫인상은 조금 도도해 보였는데 고개를 옆으로 살짝 숙이며 예쁘게 웃는 모습은 그리 나쁘지 않았다. 특히 눈웃음이 굉장히 매력적이었다.

"저희는 그때 꼼짝없이 죽거나 노예 계약을 하게 될 줄 알았는데⋯⋯."

"그땐 죄송했습니다. 저희도 상황이 상황이었던지라 구하지 못했네요."

엄소현은 손사래를 쳤다.

"아, 아닙니다. 플래티넘 슬레이어께서 탈출에 성공하셨고 우두머리 격이었던 조유전을 생포했기 때문에 저희가 살 수 있었습니다. 군인들도 저희를 공격하지 않았고 그사이 유니온에서도 구조대가 왔거든요."

"그랬었군요."

"억제 코어라니. 실제로 보는 건 처음이에요. 역시 플래티넘 슬레이어시네요."

엄소현이 다시 방긋 웃었다. 적어도 악의는 없는 것 같았다.

"지금 막 유니온장님께 보고 드리러 가는 길인데……. 같이 가시겠어요?"

*　　　　*　　　　*

엄소현이 보고를 올렸다. 트롤킹을 발견했다는 보고였다. 명훈이 엄살을 부렸다.

"뭐야? 또? 또 나야? 나 데려갈 거야? 아 진짜 왜! 그러다가 실수로라도 내가 솔로잉 필드에 갇히면 어떡해? 그럼 나 백퍼 죽는다고!"

"빨리 짐이나 꾸려."

"야, 현석아. 다시 생각해 봐. 사실 나 없어도 충분하잖아? 프리미엄 길드장님 엄청 예쁘더만. 그냥 둘이 데이트하지 그래?"

명훈은 입으로는 반대 의사를 강력하게 표현했지만 그래도 갈 준비를 잘 마쳤다.

현석도 이제 명훈의 엄살을 그냥 흘려 듣는다. 저건 그냥 습관이다. 말로 구시렁대는 거.

"우리 길드원들 전원 다 데려갈 거야. 모두 준비해 주세요. 1시간 뒤 출발합니다."

종원이 고개를 갸웃했다.

"우리도?"

"그래. 트롤킹에게 접근하면 트롤 무리가 반드시 생겨. 내가 솔로잉하는 것도 나쁘진 않기는 한데……."

종원은 현석의 뜻을 알아차렸다. 현석이 혼자 나서서 슥슥 처리하면 그게 제일 편하다.

가장 빠르고 안전하며 효율적인 방법이다.

그러나 그렇게 되면 인하 길드는 또 답보 상태에 있을 수밖에 없다.

현석이 안전을 보장해 주는 가운데, 그들이 슬레잉을 진행하게 되는 거다. 일종의 수련 같은 거다.

현석은 방으로 돌아왔다.

'나만 강해져서는 명백한 한계가 있어.'

적어도 블랙 나이트와 같은 무리와 마주쳤을 때, 스스로를 지킬 힘은 있어야 하지 않겠는가.

물론 인하 길드는 지금도 세계 최강의 길드이기는 하지만 현석과 비교하면 굉장히 초라한 수준이었다. 다른 길드라면 몰라도 인하 길드는 착실히 성장을 시켜줘야 했다.

경기도로 향했다.

길 안내를 맡은 프리미엄 길드장 엄소현과 그녀를 지키겠다며 따라붙은 디펜더인 이주형 그리고 프리미엄 길드의 트랩퍼인 정현우까지. 인하 길드를 제외하고 3명이 더 붙었다.

경기도의 한 야산.

"광역 탐색에는 걸리는 게 없네."

결국 발품을 팔아야 한다는 소리다. 트롤킹이 어디론가로 이동했을 가능성도 배제할 수는 없었다.

예전에 트롤킹을 처음 발견한 장소로, 트랩퍼인 정현우가 안내를 시작했다. 명훈도 계속해서 광역 탐색을 사용했다.

명훈이 말했다.

"트롤킹인지는 모르겠고 트롤로 예상되는 개체 하나는 느껴지
는데?"

*　　　　*　　　　*

어느새 메인은 명훈으로 바뀌었다. 명훈의 광역 탐색은 확실
히 유용한 스킬이었다. 현석이 피식 웃었다.

"트롤 맞네."

인하 길드원들이 전투를 준비했다. 엄소현은 의아해했다.

"플래티넘 슬레이어께서는 전투에 참여하지 않으시나요?"

"예, 오늘은 길드원들이 메인이 될 겁니다. 트롤킹은 제가 처리
하겠지만."

인하 길드 육성을 위해 안전 코어 획득의 기회는 잠시 미뤄두
기로—솔로잉을 진행하면 안전 코어가 보상으로 지급되므로—했다.
프리미엄 길드원들은 인하 길드의 슬레잉을 지켜보면서 감탄에
감탄을 더했다.

인하 길드가 대단하다는 건 이미 알고 있었지만 무려 붉은 트
롤을 상대로 이렇게까지 선전할 수 있을지는 몰랐다.

인하 길드의 슬레잉에 엄소현은 상당히 자극받았다.

'인하 길드의 연계는 정말 대단해.'

그리고 한 가지를 더 알아 차렸다.

'저들이 저렇게 과감하게 슬레잉을 진행할 수 있는 건 플래티

넘 슬레이어가 뒤에 버티고 있기 때문이겠지.'

플래티넘 슬레이어가 뒤에 버티고 있다. 그러니까 마음 놓고 슬레잉에 집중할 수 있는 것처럼 보였다.

인하 길드원들의 움직임은 과감했고 빨랐고 또한 강력했다. 엄소현이 곁눈질로 현석을 쳐다봤다.

'트롤 무리를 솔로잉해 버리는 저 남자는 도대체 얼마나 강한 거야?'

그녀 역시 최상위 급 슬레이어다. 그러니까 상위 급 슬레이어의 능력을 상당히 잘 파악하고 있다.

그러나 플래티넘 슬레이어의 진짜 능력이 어디까지인지는 도무지 가늠이 되질 않았다.

'클래스 자체가 달라.'

그렇게 생각하고 보니 묘하게 가슴이 콩닥거렸다.

좋아한다거나 하는 느낌은 아니었다. 오히려 같은 길드장의 위치에 있는 절대자(?)에 대한 동경과 존경에 가까웠다.

이 산에는 유독 트롤이 많이 발견됐다.

3번이나 슬레잉을 진행하고 나자 인하 길드원들도 제법 많이 지쳤다. 연속해서 3번이나 붉은 트롤 무리를 슬레잉했으니 지칠 법도 했다.

명훈이 또 엄살을 부렸다.

"아 뭐야, 또 트롤이야? 이 산 왜이래? 하루에 한 번 발견하기도 힘든 붉은 트롤 놈이 뭐 이리 널렸어? 아씨, 못해먹겠네."

그리고 말했다.

"가랏, 현석몬. 쓸어버렷!"

　　　　＊　　　　　＊　　　　　＊

그들은 트롤킹을 발견했다.

쿠아아악!

트롤킹이 괴성을 질러댔다. 엄소현은 두 눈을 부릅떴다.

이건 꿈이 아니었다. 플래티넘 슬레이어의 모습은 그리 급박해 보이지 않았다.

아니, 여유롭다 못해 장난을 치는 것 같아 보였다. 그런데 트롤킹의 실드 게이지가 벌써 30퍼센트까지 깎였다.

'트롤보다도 상위 급 개체인데 어떻게 저렇게… 정말이지 저 사람은…….'

종원이 말했다.

"이제 슬슬 솔로잉 필드 생기겠네."

현석에게 알림음이 들려왔다.

['보스 몬스터—트롤킹' 솔로잉 조건이 충족되었습니다.]
['보스 몬스터—트롤킹' 솔로잉을 선택하시겠습니까? Y/N]
[솔로잉 필드가 개방됩니다.]

트롤킹과 현석의 싸움을 보면서, 프리미엄 길드의 길드장 엄소현은 체면도 잊고 입을 쩍 벌렸다.

명훈과 종원은 연신 고개를 끄덕거렸다.

이건 당연한 반응이다. 현석의 괴물 같은 능력에도 익숙하고 사람들의 이런 반응에도 이제 익숙하다.

현석에게 알림음이 들려왔다. 현석은 앗차 싶었다.

['보스 몬스터─트롤킹' 솔로잉에 성공했습니다.]

실수했다.

힘 조절을 한다고 했는데 그 스스로도 제대로 컨트롤을 못했다. 아니, 컨트롤은 잘했다. 조심해서 친 것도 맞다. 조심해서 친다고 쳤는데 어이없게도 트롤킹이 죽어 버렸다.

'제길.'

솔로잉 필드를 펼쳐서 자신의 힘이 어느 정도 되는지, 전체 개방을 하면 어떤 일이 벌어지는지 확인해 보려고 했는데 불가능하게 됐다.

그걸 확인하기엔 트롤킹이 지나치게 약했다.

[더블 클래스: 올 스탯 슬레이어, 블랙 나이트를 확인합니다.]
[대체 불가능한 +1 신체를 확인합니다.]
[대체 불가능한 +1 칭호를 확인합니다.]
[업적이 인정되지 않습니다.]

너무 약한 개체를 잡아서 그런지 업적도 안 줬다. 현석의 입장에선 황당했다.

그나마 다행인 건 레벨이 올랐다는 알림이 들려왔다.

[레벨이 증가했습니다.]
[레벨이 증가했습니다.]
[레벨이 증가했습니다.]

확실히 레벨업 속도는 줄어들었다. 무려 트롤킹을 때려잡았는데 겨우 3밖에 안 올랐다. 그것도 솔로잉이었는데 말이다.

먼발치서 지켜보던 종원이 이번에는 고개를 갸웃했다.

"뭐야, 지금?"

"아무래도 트롤킹 죽여 버린 것 같은데?"

"어째서? 연습 좀 하고, 몬스터 특성 파악 좀 하고 그래야 하잖아?"

"그러게. 나도 잘 모르겠네."

별거 아니었다. 트롤킹이 너무 약해서 그냥 죽어버렸다.

'실수했네.'

현석은 '억제 코어'를 주웠다.

이로써 3개째 억제 코어를 획득했다. 현석을 약 올리듯 알림음이 한 번 더 들려왔다. 아무래도 경험치가 많이 쌓여 있었던 모양이다.

[레벨이 증가했습니다.]

별로 기쁘지 않았다.

*　　　　　*　　　　　*

현석이 말했다.

"여전히 방법은 모르겠어요. 아무리 힘을 주고 공격을 해봐도 꿈쩍도 안하네요. 레드 돔처럼."

대체불가능한 신체와 칭호를 얻으면서 힘을 회복했다. 전체 개방을 하게 되면, 확실히 과거보다도 강해졌다.

그러나 그 강한 힘을 가지고 있어도 레드 돔이나 억제 코어를 부술 수 있는 방법은 찾을 수 없었다.

성형이 의자에 앉았다.

"너무 급하게 생각하지는 말자. 실마리라도 찾았으니 다행이지."

"그거야 그렇지만요."

일단 해결해야 하는 문제가 남아 있다. 블랙 나이트 왕국을 어떻게 처리할 것인가에 대한 문제다.

"그들을 그냥 내버려 두면……. 언젠가 큰 위협이 될 거야."

블랙 나이트는 급속도로 빠르게 강해진다.

생명력을 담보로 한다고는 하지만 완전한 페널티라고 보기엔 힘들었다.

임재훈 같은 경우, 너무 격 차이가 많이 나는 능력을 카피하려고 했다가 급속도로 늙은 거다.

"천천히 단계를 밟아 강해지면 노화 속도도 그렇게 빠르지 않을 거야. 지금처럼 트롤이 나타나고 이제 웨어울프나 자이언트 터틀 같은 상위 급 개체들이 나타나기 시작하면……. 그들은 단계적으로 계속 강해지겠지."

"그리고 가장 큰 문제는 일반인들을 제물로 삼는 행위와 일반인들을 죽였을 때 상당한 경험치와 좋은 스킬을 획득할 수 있다는 거죠."

이 두 가지는 확실히 문제가 된다.

결국 답은 정해져 있었다. 정의의 사도 흉내를 내려는 건 아니지만.

'그렇게 내버려 둘 수는 없어.'

레드 돔이 씌워진 이후, 확실히 알게 됐다.

안전제일만을 지향하며 편하게 사는 것이 능사가 아님을. 강한 힘을 가지고 있으면 그에 걸맞는 무게의 책임이 뒤따르는 법이었다.

현석이 일어섰다.

"가장 효율적인 방법으로 가죠."

*　　　　*　　　　*

명훈이 새로운 정보를 가져왔다. 현석에게 있어서 가장 빠른 정보통은 명훈이었다.

말로는 죽겠다 무섭다 엄살을 부려대도, 시키지도 않은 의정부 지역 탐사를 제 발로 나서서 하고 왔다.

명훈이 분노했다.

"아주 개 씹새끼들이야."

욱현도 마찬가지였고, 좀처럼 분노하지 않는 연수도 화를 냈다. 현석이 재차 확인했다.

"…그게 정말이야?"

"내 두 눈으로 직접 봤어. 개 같은 새끼들."

명훈은 충격에 빠져들었다. 우창현이 돌아올 때가 되어도 돌아오지 않자 블랙 나이트 왕국은 일이 잘못되었음을 느낀 듯했다.

그래서 한국 유니온과 싸울 준비를 하고 있었는데 그 준비라는 게 정말 가관이었다.

욱현은 씩씩댔다.

"천벌 받을 새끼들."

대구에서 상경하여 지금은 인하 길드의 보호를 받고 있는 27세 청년 곽기현은 기어코 눈물을 터뜨렸다.

대구에서의 그 끔찍한 기억은 그에게 트라우마가 되었다.

자신만 살아남았다는 죄책감, 그들을 버리고 도망쳤다는 자괴감, 그리고 블랙 나이트에 대한 분노. 그러나 아무것도 하지 못한 채 보호만 받고 있는 현실. 그 모든 게 겹쳐졌다.

울 자격도 없다는 걸 알지만 눈물이 왈칵 쏟아져 나왔다. 어떻게 사람의 탈을 쓰고 그런 짓을 벌일 수 있는지 도무지 이해할 수가 없었다.

인하 길드 하우스의 안주인이나 다름없는 평화가 말없이 곽기현의 등을 토닥이며 위로해 줬다.

현석은 고개를 끄덕였다.

'그들에게도 안전 구역이 있으니까.'

의정부에도 전국 각지에서 사람들이 몰려들고 있다.

안전 구역에 대한 소문이 돌기 시작하면서 조금이라도 안전한

곳을 향해 피난행렬이 이어지고 있는 형국이다. 그래서 '그런 사달'이 벌어지고 있는 모양이었다.

현석이 말했다. 괜스레 화가 났다.

"오늘 밤에 바로 움직일 거야."

살인에 대한 찝찝함이 모두 없어져 버렸다.

『올 스탯 슬레이어』 9권에 계속…

초대형 24시 만화방

신간 100%, 샤워실, 흡연실, 수면실(침대석), 커플석, 세탁기 완비

■ 강북 노원역점 ■

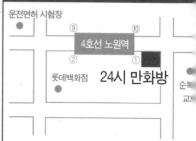

서울 노원구 상계동 340-6 노원역 1번 출구 앞 3층
02) 951-8324 (화용빌딩 3층)

■ 일산 정발산역점 ■

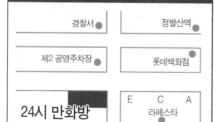

라페스타 E동 건너편 먹자골목 내 객잔건물 5층
031) 914-1957

■ 일산 화정역점 ■

경기도 고양시 덕양구 화정동 984번지 서일빌딩
031) 979-4874 (서일사우나 건물 7층)

■ 부천 역곡역점 ■

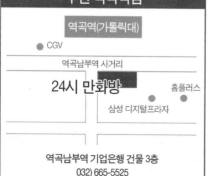

역곡남부역 기업은행 건물 3층
032) 665-5525

■ 부평역점 ■

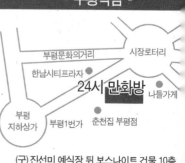

(구) 진선미 예식장 뒤 보스나이트 건물 10층
032) 522-2871

十字星 십자성 전왕의 검

허담 新무협 판타지 소설

FANTASTIC ORIENTAL HEROES

신력을 타고났으나 그것은 축복이 아닌 저주였다.

『십자성 - 전왕의 검』

남과 다르기에 계속된 도망자의 삶.
거듭된 도망의 끝은 북방 이민족의 땅이었다.
야만자의 땅에서 적풍은 마침내 검을 드는데……!

"다시는 숨어 살지 않겠다!"

쫓기지 않고 군림하리라!
절대마지 십자성을 거느린
적풍의 압도적인 무림행이 시작된다!

Book Publishing CHUNGEORAM

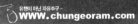

이계진입 리로디드

임경배 퓨전 판타지 소설

FUSION FANTASTIC STORY

『권왕전생』임경배의 2015년 신작!

『이계진입 리로디드』

**왕의 심장이 불타 사라질 때,
현세의 운명을 초월한 존재가 이 땅에 강림하리라!**

폭군으로부터 이세계를 구원한 지구인 소년 성시한.
부와 명예, 아름다운 연인…
해피엔딩으로 이야기는 끝인 줄 알았건만
그 대가는 지구로의 무참한 추방이었다.
그리고 10년 후…….

"내가 돌아왔다! 이 개자식들아!"

한 번 세상을 구한 영웅의 이계 '재'진입 이야기!

Book Publishing CHUNGEORAM

유행이 아닌 자유추구 -
WWW.chungeoram.com

paráclito

빠라끌리또

FUSION FANTASTIC STORY

가프 장편소설

막장 비리 검사가
최고의 검사로 거듭나기까지!
그에겐 비밀스러운 친구가 있었다.

『빠라끌리또』

운명의 동반자가 된 '빠라끌리또'가 던진 한마디.

-밍글라바(안녕하세요)!

그 한마디는 막장 비리 검사, 송승우의
모든 것을 통째로 리뉴얼시켜 버렸다.

빠라끌리또=Helper, 협력자, 성령.

Book Publishing CHUNGEORAM

유행이 아닌 자유추구 -
WWW.chungeoram.com

철백 新무협 판타지 소설
FANTASTIC ORIENTAL HEROES

大武

대
무
사

피와 비명으로 얼룩진 정마대전의 종결.
그리고…

"오늘부로 혈영대는 해산한다."

혈영대주 이신.
혈영사신(血影死神)이라고 불리는 그가
장장 십오 년 만에 귀향길에 올랐다.

더 이상 전쟁의 영웅도, 사신도 아니다!

무사 중의 무사, 대무사 이신.
전 무림이 그의 행보를 주목한다!

Book Publishing CHUNGEORAM

유행이 아닌 자유추구-
WWW.chungeoram.com